LIVROS & OSSOS

LIVROS & OSSOS

TRAVIS BALDREE

TRADUÇÃO DE FLORA PINHEIRO

Copyright © 2023 by Travis Baldree
Publicado originalmente em 2023 por Tor, um selo da Pan Macmillan.

TÍTULO ORIGINAL
Bookshops & Bonedust

PREPARAÇÃO
Giu Alonso

REVISÃO
Marcela Ramos
Thais Entriel

IMAGENS DE MIOLO
© Shutterstock / Nadya Dobrynina, Alexander_P, Kseniakrop, helshik, DvViktoria, CatherinArt, aksol, Barashkova Natalia, sharpner, Elegant Solution, Zdenek Sasek, StocKNick, ArtMari, Canatic, Nata_Alhontess, kirpmun, KSIVA, Vlada Young, Bodor Tivadar, chempina, Luis Line, Limarina, Elizaveta Melenteyva, AVA Bitter, Lisla, nickolai_self_taught, Tatiana Apanasova

DIAGRAMAÇÃO
Isabella Carvalho

DESIGN DE CAPA
Carson Lowmiller

CIP-BRASIL. CATALOGAÇÃO NA PUBLICAÇÃO
SINDICATO NACIONAL DOS EDITORES DE LIVROS, RJ.

B15L

    Baldree, Travis, 1977-
       Livros & ossos / Travis Baldree ; tradução Flora Pinheiro. - 1. ed. - Rio de Janeiro : Intrínseca, 2025.
       368 p.

    Tradução de: Bookshops & bonedust
    Sequência de: Cafés & lendas
    ISBN 978-85-510-1282-6

    1. Ficção americana. I. Pinheiro, Flora. II. Título.

25-97264.0   CDD: 813
                                          CDU: 82-3(73)

Meri Gleice Rodrigues de Souza - Bibliotecária - CRB-7/6439

[2025]
Todos os direitos desta edição reservados à
Editora Intrínseca Ltda.
Av. das Américas, 500, bloco 12, sala 303
22640-904 – Barra da Tijuca
Rio de Janeiro – RJ
Tel./Fax: (21) 3206-7400
www.intrinseca.com.br

Porque as coisas certas acontecem na hora errada.

PRÓLOGO

— Dezoito! — berrou Viv, girando o sabre em um arco plano que arrancou o crânio do inumano da espinha.

Ela soltou uma gargalhada e golpeou com o ombro o corpo esqueletal da criatura ainda de pé, espalhando ossos para todos os lados. Em mais dois passos, já voltava com a lâmina em um movimento ascendente, atingindo outro inumano no tórax. Fragmentos voaram como lascas de madeira sob um machado.

— Dezenove! — gritou, com um sorriso selvagem que exibia as presas, então avançou com passos largos e firmes.

Cada respiração fluía pura e límpida pelos pulmões, os músculos se contraíam e relaxavam em um ritmo perfeito, o sangue rugia nas veias. Era toda juventude, força e poder, e Viv pretendia levar as três qualidades até o limite.

O exército de soldados descarnados de Varine, a Pálida, amontoava-se entre os carvalhos da fortaleza, ágil apesar dos músculos dessecados. Eles lutavam em um silêncio eterno, as espadas curtas e os piques chovendo contra Viv, que se esquivava ou bloqueava os ataques, tão implacável quanto a maré.

Ela estava bem à frente dos demais Corvos de Rackam, liderando o ataque. Um bando de aventureiros velhos de guerra. Velhos e *lentos*. Eles tentavam deixar os novatos na retaguarda, mas Viv não fora feita para isso.

Em algum lugar mais à frente escondia-se a necromante, e Viv pretendia ser a primeira a encontrá-la. Quando os retardatários finalmente chegassem, a encontrariam com o sabre embainhado e a inimiga caída aos seus pés.

Sua contagem aumentava a cada golpe da lâmina. Ainda assim, a arma não era rápida o suficiente. Viv tirou o malho do cinto e começou a lutar com ambas as mãos, esmagando e cortando as fileiras de esqueletos com martelo e sabre. Os escudos dos inimigos eram lançados para longe. As cotas de malha, rasgadas feito papel. Os crânios, triturados como morangas.

Estrondos súbitos ecoaram atrás dela enquanto a equipe de Rackam dava cabo dos restos que Viv deixara para trás e dos inumanos que tentavam flanqueá-los. Alguém gritou para que ela fosse mais devagar. Sua resposta foi um riso de desdém.

E a perna de Viv foi tomada por uma ardência fria que ferveu em meio segundo. Ela cambaleou e girou no outro pé no exato momento em que a ponta enferrujada de uma lança era arrancada do longo corte em sua coxa. Ela encarou, incrédula, enquanto a arma desaparecia mais uma vez pelo tecido, rasgando a carne em um segundo corte paralelo perfeito. Então veio o sangue. Muito sangue.

Ela rugiu, derrubando o pique com o malho para, em seguida, dar um golpe ascendente com o sabre, partindo o inumano ao meio. O elmo com chifres do inimigo voou em uma pirueta absurda. Viv teria rido se a agonia não a tivesse dominado quando o movimento a fez apoiar o peso na perna ferida, que cedeu como um talo de milho.

De repente, Viv estava caída de lado no musgo e na lama, sangrando profusamente.

Outro ressurgido descarnado se assomou a ela, espirais de luz azul piscando em suas órbitas vazias. Na testa da criatura, o símbolo de Varine brilhava — um diamante com ramos que pareciam chifres. O inimigo ergueu um escudo torre enferrujado, preparando-se para desferir um golpe esmagador. Os únicos sons eram os estalos de seus tendões e a respiração ofegante de Viv.

Ela conseguiu acertar a ponta do escudo com o malho, desviando-o para o lado, mas sua arma acabou caindo. Lágrimas de dor embaçavam sua visão. Viv não havia desarmado a criatura. Inclemente, o ressurgido ergueu a placa de metal novamente. Desta vez, o ângulo não permitiria que ela colocasse o sabre entre seu corpo e o escudo que se aproximava. Chocada, só conseguiu assistir enquanto o aço descia em direção ao seu pescoço.

Um grito rouco ecoou, mas não o dela.

Rackam investiu contra a criatura com o ombro. O morto-vivo cambaleou para trás e o anão o destruiu com um único golpe de sua maça flangeada.

Ele baixou os olhos para Viv, e a expressão desapontada fez a náusea dela piorar.

— Maldita tola. Aperte isso aí. Fique onde está e tente não morrer.

Então ele se foi, e Viv perdeu o fôlego de tão atônita ao ver os Corvos de Rackam passarem por ela em uma frente unificada de lâminas, arcos e fogo arcano que arrasava os inimigos à frente.

Eles desapareceram na névoa, e ela ficou sozinha, encarando incrédula o sangue vital se esvair pela perna.

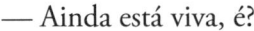

— Ainda está viva, é?

Viv recobrou a consciência, grogue. Sentia-se prestes a vomitar. Talvez já tivesse vomitado.

A primeira coisa que viu foram os olhos severos de Rackam, brilhando acima das tranças da barba grisalha suja de lama. Viv balançou a cabeça e olhou em volta; era como se sua visão tivesse uma moldura engordurada. De alguma forma, ela havia se recostado em um dos carvalhos. Ao que parecia, também tivera a presença de espírito de rasgar a parte de baixo da túnica e amarrar o ferimento com um punhado de musgo. O tecido estava encharcado, e a terra debaixo de si era uma mistura de lama e sangue.

Ao ver a cena, começou a perder a consciência outra vez, mas Rackam a trouxe de volta com um tapa surpreendentemente gentil na bochecha.

Ele suspirou e balançou a cabeça.

A batalha havia terminado. Se a presença dele ali não fosse suficiente para indicar isso, o jeito despreocupado dos guerreiros ao fundo teria confirmado.

— Eu já tinha imaginado quando você entrou no grupo. Torci para estar errado, mas, ah, eu já sabia. Os mais jovens são sempre mais tolos, e tomar juízo demanda sangue e tempo. — Ele olhou para longe, como se visse algum outro futuro possível, e depois voltou a encará-la. — A cada novo recruta, penso em suas chances. Olho para as mãos e os braços. Sem cicatrizes? Então é bem provável que a primeira que o novato arrumar acabe sendo a que vai matá-lo.

Com a mão enluvada, ele deu um tapinha no braço imenso de Viv. Bem musculoso, mas com a pele intocada. Viv olhou mais adiante, para a perna destruída.

Rackam se levantou, e ela não precisou inclinar muito a cabeça para encontrar seus olhos.

— E aí? É essa que vai matar você?

Viv engoliu a náusea e estreitou os olhos, sentindo-se idiota. Sentir-se idiota a deixava ressentida. E do ressentimento era só um passo para a raiva.

— Não — respondeu, entre dentes.

Ele riu.

— Não acho que vá, mesmo. Mas, por enquanto, você está fora.

Ela tentou se concentrar.

— Conseguimos pegar ela?

— Não. Ela nem estava aqui, pelo que deu para ver. Só armou uma confusãozinha, especialmente para nós. Estamos indo para o norte. Vamos encontrá-la.

Viv se levantou com dificuldade, apoiando-se no tronco com a perna esquerda. A outra parecia inchada, do dobro do tamanho normal, e cada batida de seu coração ressoava como um tambor sombrio.

— Quando nós partimos?

— Nós? Como eu disse, você está fora por enquanto. Disseram que tem uma cidade costeira perto daqui. Vou mandar você para lá. Vai se recuperar, e vamos dar uma passada quando terminarmos. Se ainda estiver na área e já tiver melhorado, aceitaremos você de volta. Deve levar algumas semanas. Se não estiver lá quando aparecermos... — Ele deu de ombros. — Não há vergonha em encerrar por aqui.

— Mas...

— Acabou, jovem. Você sobreviveu a um erro idiota hoje. Se quiser cometer outro tão cedo, bem... — Seu olhar endureceu. — Quer que eu diga quais são as suas chances?

Mas Viv não era uma orc idiota, então calou a boca.

1

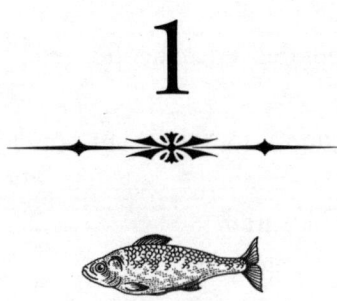

Viv estava deitada no chão do quarto minúsculo. Bem, quase no chão. O lugar não havia sido construído com orcs em mente, e a cama era pelo menos sessenta centímetros curta demais. Alguém se dera ao trabalho de colocar o colchão de palha no chão e, embora suas pernas ainda ficassem para fora, sua sacola de viagem tinha sido posicionada para servir de apoio ao pé, mantendo a perna ferida elevada.

Doía como os oito infernos.

Ela pegara uma febre enquanto sacolejava no palanquim carregado por uma mula de carga, tossindo com toda a poeira que o animal era capaz de levantar. O que era *muita*.

Viv passara uns dois dias de cama, alternando entre a vigília e um emaranhado de sonhos repetitivos, em uma agonia latejante. O cirurgião tinha visitado várias vezes. Ou talvez não; talvez fosse só uma alucinação recorrente. Lembrava-se vagamente do rosto do homem, misturado a uma nuvem de vergonha que ela não conseguia identificar.

Agora, suas ideias tinham clareado. O que significava, principalmente, que ela também podia *sentir* tudo com completa clareza. Era questionável se aquilo era uma melhora.

E pior, ela estava absolutamente faminta.

Olhou em volta do quarto despojado. Uma cama simples, uma mesinha com um lampião e uma bacia. Paredes de tábuas cinzentas sem tratamento. Uma janelinha basculante. Viv sentia o cheiro do mar, da grama seca da praia e de peixe. Um baú velho ficava no outro lado do quarto. Seu sabre estava encostado nele, junto com uma muleta de madeira rústica. Seu malho tinha sumido. Não havia muito mais de interessante ali.

O silêncio era absoluto. Os únicos sons vinham de fora — o farfalhar da grama, o marulho distante das ondas e o pio ocasional de uma ave marinha.

Viv tinha passado menos de uma hora lúcida e já achava que o cenário a deixaria louca se tivesse que aguentar mais do que isso.

Pelo menos sua perna estava bem enfaixada, imobilizada para que o joelho não dobrasse. Sua calça tinha sido cortada. As bandagens estavam um pouco manchadas nos pontos em que o sangue havia vazado, mas era bem melhor que musgo e uma túnica de lã suja.

— Bem — disse ela. — Que merda.

Ela se levantou em etapas, erguendo a bunda até a cabeceira da cama e sugando ar entre os dentes ao girar a perna ferida. Seu pé esquerdo cabia na bota, mas o direito estava tão inchado que teria que continuar descalço. Cambaleando, chegou à bacia com água morna, onde se lavou o melhor que pôde com o pano que encontrou ali. Sentindo-se menos imunda, Viv mancou até a porta, mas, cada vez que o calcanhar encostava no chão, os cantos de sua visão escureciam. Trincando os dentes, ela mudou de direção e, relutante, pegou a muleta.

Custou a admitir o quanto era melhor com ela.

Por hábito, prendeu o sabre na cintura.

Infelizmente, descobriu que o quarto ficava no topo de uma escada estreita. Desceu toda desajeitada, apoiando-se com a muleta a cada dois degraus. O sabre não ajudou. A cada impacto, ela pensava em um insulto novo e mais criativo para Rackam. Não que fosse culpa dele, claro. Ainda assim, era muito mais satisfatório xingar alguém pelo nome, mesmo quando esse nome deveria ser o seu próprio.

O cheiro de bacon pairava no ar, o que foi incentivo suficiente para que ela continuasse a descer.

As escadas levavam a um salão comprido, de madeira rústica, em uma estalagem, taverna ou qualquer que fosse o termo que usavam ali. A grande lareira de pedra na parede estava apagada, bocejando como uma boca decepcionada. Um lustre de ferro pendia torto, soterrado sob camadas de cera de vela. Havia boias de vidro e lamparinas a óleo penduradas ou pregadas nas vigas, assim como redes e remos desgastados, com nomes entalhados na madeira. As poucas mesas maltratadas estavam desocupadas.

Havia um longo balcão na parede dos fundos, e o taverneiro estava apoiado nele, distraído, secando uma caneca de cobre. Parecia tão entediado ali quanto o lugar merecia. Era um feérico de mar, alto e com uma barba grisalha. O nariz era aquilino e afilado, o cabelo grosso como algas marinhas caía por cima das orelhas pontudas, e os antebraços eram cheios de tatuagens sinuosas.

— 'Dia, senhorita — resmungou ele. — Café da manhã?

Viv não se lembrava de já ter sido chamada de senhorita na vida.

O olhar dele a avaliou, as sobrancelhas se erguendo quando notou o sabre, então voltou à caneca que estava polindo.

— Bacon? — perguntou Viv.

Ele assentiu e perguntou:

— Ovos também? Batatas?

O estômago dela roncou agressivamente.

— Por favor.

— Cinco tostões.

Ela procurou a carteira, apalpando o cinto, então olhou para as escadas e praguejou.

— Da próxima vez você acerta. Na pior das hipóteses, eu mesmo subo essas escadas. — O homem abriu um sorriso irônico. — Não é como se você fosse sair correndo, certo? É melhor sentar a bunda em um desses bancos enquanto ainda pode.

Viv estava tão acostumada a ser considerada uma ameaça pela sua simples existência que foi um choque e tanto ouvir uma piadinha com a sua cara, mesmo uma tão leve quanto aquela. Pelo visto, andar por aí apoiada em uma perna só abalava o poder de intimidação da pessoa.

Enquanto ela fazia o que ele havia sugerido, o taverneiro desapareceu nos fundos da cozinha. Viv arrastou outro banco para mais perto e apoiou o pé descalço em uma das travessas baixas.

Tamborilando os dedos no balcão, tentou se distrair estudando o ambiente, mas realmente não havia muito mais a ser notado. Os sons e cheiros vindos dos fundos eram tudo em que conseguia pensar.

Quando o taverneiro trouxe uma frigideira e a apoiou no balcão junto com um garfo e um guardanapo, ela quase puxou a panela pelo cabo quente com a mão nua na pressa de trazê-la para perto. A mistura de batatas, carne de porco crocante e dois ovos moles ainda chiava e estalava. Viv quase chorou de alegria.

Percebeu que o homem do outro lado do balcão a observava devorar a comida e tentou ir mais devagar, mas as batatas estavam salgadas e faziam uma combinação saborosa com o ovo; e era difícil não engolir uma garfada após a outra. Os barulhos que fazia enquanto comia não eram educados, mas com certeza eram sinceros.

— Está se sentindo melhor? — perguntou o feérico de mar enquanto recolhia a frigideira vazia do balcão.

— Deuses, sim. E obrigada. Hum, meu nome é Viv.

Aquele sorriso irônico de novo.

— Eu ouvi quando você chegou. Já fomos apresentados, na verdade, mas não fico surpreso por você não se lembrar. Não com toda a confusão.

Ela não se *lembrava* de nenhuma confusão, mas o tom divertido dele a deixou curiosa.

— Então, os Corvos pagaram minha estadia?

— Fiquei na expectativa de ver Rackam em pessoa — comentou o taverneiro. — Mas o sujeito que ele mandou para trazê-la era quase um cavalheiro. Pagou por quatro dias. Disse que você poderia se virar depois disso. Sou Brand.

Ele estendeu a mão, e ela a apertou. Ambos tinham um aperto firme.

— Vai voltar a descansar agora? — perguntou ele.

— De jeito nenhum. Eu acabaria maluca. Hum, onde eu estou, exatamente?

O sorriso irônico se transformou em um de pura diversão.

— Deixe-me ser o primeiro a lhe dar as boas-vindas a Murk, a joia da costa oeste! Uma parte muito *pequena* da costa oeste. E este aqui é o Poleiro, meu lugarzinho.

— Parece bem tranquilo por aqui. — Na verdade, ela quase disse *deprimente*.

— Temos nossos momentos de agitação quando os barcos chegam. Mas se está precisando descansar e se recuperar, na maioria dos dias ninguém vai fazer barulho e incomodá-la.

Viv assentiu e se ergueu no pé bom, ajustando a muleta de volta debaixo do braço.

— Bem, obrigada de novo. Acho que a gente vai se ver bastante, então.

Agora que estava com a barriga cheia de comida quentinha, Viv sentia-se melhor. A ideia de passear pela cidade, mesmo mancando, parecia muito mais atraente do que alguns minutos antes. Ela deu uma batidinha no balcão com o nó dos dedos.

— Acho que vou dar uma volta e conhecer a área.

— Nos vemos em dez minutos — disse Brand.

Viv deu uma risada, mas foi forçada.

2

Viv desceu o degrau da varanda com um salto, segurando um dos postes do corrimão para se equilibrar, e olhou para trás. Uma placa velha pendia sob o alpendre de telhas, exibindo um peixe esculpido sem muito esmero, com as palavras O Poleiro entalhadas logo acima em um tom mais escuro.

Uma leve brisa marinha fez seus cachos caírem no rosto enquanto Viv observava o que podia ver de Murk.

O oceano ocupava três quartos do horizonte, bloqueado por um alto penhasco de calcário ao norte. Dava para distinguir o contorno vago de algumas pequenas construções e cercas, mas não o suficiente para identificar seu propósito. Dunas se erguiam desde a costa em ondulações baixas, encimadas por tufos desgrenhados de vegetação.

A antiga muralha de pedra de uma fortaleza cercava a maior parte do lugar colina acima, com o vilarejo abrigado ali no meio. O Poleiro não ficava dentro desse perímetro de proteção, mas em uma elevação arenosa ao lado da estrada ao sul, com vista para além da fortificação.

Fora das muralhas e mais próximo ao Poleiro, longas fileiras de construções estreitas curvavam-se em arcos decrescentes em direção à praia. As fachadas de madeira, desgastadas pelo sol e pela maresia até ficarem de um tom cinza perolado, brilhavam prateadas sob a luz do fim da manhã. Calçadões de madeira ligavam as construções, e estradas antigas de pedras esparsas serpenteavam entre eles, cobertas de areia em alguns trechos.

Quatro longos atracadouros se estendiam até o mar, tomados por caixotes e cabos. Barcos de pesca balançavam contra as estacas como peixinhos atrás de pão, enquanto embarcações maiores estavam ancoradas nas águas mais além. Algumas figuras minúsculas se moviam nos cais, suas vozes distantes ecoando pela água.

A cidade inteira parecia semiadormecida. Viv duvidava que o lugar despertasse por completo.

Ela foi tomada por uma súbita e forte sensação de abandono. Tinha sido largada por Rackam naquele fim de mundo, e uma certeza intensa atingiu suas entranhas, dizendo-lhe que ele não pretendia voltar. Aquela era apenas uma desculpa conveniente para se livrar de uma jovem que lhe dera trabalho.

Cerrou os dentes e empurrou aquele sentimento de volta para as profundezas.

Quando Viv saiu mancando da sombra, sentiu a força total do sol. Ainda não era meio-dia, mas faltava pouco. Ela fechou os olhos e tentou apreciar o calor na pele por um momento. Inspirou fundo a maresia e soltou o ar devagar.

— Bem — disse para si mesma —, vamos acabar logo com isso.

Andar pelo calçamento de pedras com a muleta era complicado, mas Viv ficou grata pela existência dele, porque lidar com a areia pura teria sido muito pior. Seu avanço foi penoso, mas metódico, embora a axila já estivesse ficando dolorida por conta da muleta. Teria que envolvê-la em algo macio até se livrar de vez daquela porcaria.

O caminho tinha um declive, mas era gradual, o que foi uma bênção. Gaivotas assustadas levantaram voo das dunas que ladeavam a rua.

Para sua surpresa, a primeira pessoa que viu foi outro orc. Ele avançava a passos decididos em sua direção, puxando um carroção com os arreios sob os braços. O peito estava nu, a cabeça, desprotegida, e os ombros eram cobertos por velhas cicatrizes. O carroção transportava feixes de galhos e pilhas de lenha partida.

— Bom dia — cumprimentou ela, fazendo um gesto de sentido bem-humorado com a mão livre.

Ele assentiu ao passar, olhando de relance para o sabre, e Viv parou para observá-lo ir embora. O orc não olhou para trás, o que por algum motivo a incomodou.

As primeiras construções que ela viu eram estabelecimentos comerciais que ocupavam a descida até a praia, onde calçadões de madeira tornavam a areia mais fácil de atravessar.

Viv manobrou até o calçadão que interligava as lojas. Cada batida de sua muleta na madeira desgastada pelo sal soava como o ruído de um casco.

A maioria das fachadas era alta e estreita e parecia se inclinar para longe da brisa marinha. De perto, as tábuas das paredes e dos telhados estavam cheias de farpas.

As primeiras lojas estavam fechadas; permanentemente, pelo que sugeriam os vidros rachados e protegidos por lonas ou papéis presos por dentro. Depois, ela avistou algo como uma livraria. Pelas duas janelas estreitas da frente, viu pilhas caóticas de livros, mapas e bugigangas variadas. Quase dava para *enxergar* o cheiro de mofo. A porta já tinha sido vermelha um dia, mas agora mal passava de uma vaga lembrança da cor.

Uma pequena placa à esquerda dizia: Thistleburr Livreiros. Viv balançou a cabeça e seguiu mancando.

Uma oficina de veleiro. Depois, uma loja de quinquilharias abarrotada de conchas, bolachas-da-praia, boias de vidro, restos de navios e itens resgatados de naufrágios. Viv não conseguia imaginar por que alguém iria querer qualquer uma daquelas coisas.

Ela sentiu o cheiro de algo assando, mais forte que os odores pungentes de salmoura e algas marinhas. Não era surpresa que já estivesse com fome de novo. Mesmo sem o esforço adicional para se locomover e as exigências de um corpo em recuperação, Viv gastava energia rápido, e o café da manhã tardio já tinha sido quase completamente consumido pela fornalha que era seu estômago.

Ao fim daquela fileira de lojas, ela avistou o primeiro sinal de vida, a menos que o orc impassível carregando lenha contasse. E ele não contava.

O lugar era pelo menos duas vezes maior que as outras lojas, com uma chaminé dupla soltando fumaça e até pessoas entrando e saindo. Na janela, os dizeres Padaria Canto do Mar estavam recém-pintados em uma caligrafia caprichada. Não que precisasse de algo além do próprio nariz para identificar a loja.

Cestos de vime cheios de filões grandes, pãezinhos e biscoitos estavam expostos na vitrine. Um sino pendurado acima da porta tilintou quando um anão com a presunção de um marinheiro saiu enfiando o último pedaço da refeição na boca.

Viv espiou o interior por um minuto, amaldiçoando a si mesma outra vez por ter esquecido a carteira no quarto. Os biscoitos folhados enormes prometiam superar as altas expectativas que os aromas já haviam criado. Ela secou os lábios com a parte de trás da mão e deu as costas com relutância.

Seu pai sempre dizia que a fome podia ser curada com suor, de um jeito ou de outro. Determinada, ela começou a atravessar a estrada coberta de areia. A maioria das construções do outro lado parecia residencial, ou talvez alojamentos para veranistas. Mas ninguém parecia circular por ali.

Um corrimão para amarrar cavalos se estendia ao longo da estrada, e isso serviria para o que ela queria fazer.

Viv tinha passado vários dias deitada, e seu corpo fazia questão de lembrá-la disso. Não que fosse disputar corridas tão cedo, mas era impossível sobreviver manejando um sabre se suas armas naturais não estivessem bem fortalecidas.

Apoiando a muleta e o sabre ao lado, ela se pendurou com todo o cuidado pelas mãos sob a viga principal. Esticou as pernas na direção da rua, fazendo uma careta quando a dor percorreu a coxa direita.

Viv se abaixou até os braços ficarem quase totalmente esticados. Então dobrou os cotovelos, repetidamente, o calor se acumulando nas costas, no peito e nos braços. A dor na perna foi ficando esquecida.

Quando os bíceps começaram a tremer com o esforço, e o suor escorria pelas têmporas, Viv se deixou repousar no chão, dobrando a perna esquerda e respirando em um ritmo pesado e regular.

O orc com o carroção de lenha a observava, parado no meio do trajeto de volta, ladeira abaixo. Seu suprimento estava bem mais baixo agora. Diversas ferramentas gastas pendiam de ganchos presos nas laterais — um martelo, uma marreta, um machado, uma serra.

Viv estreitou os olhos para ele.

— Está olhando o quê?

Ele deu de ombros e, com uma voz grave, mas surpreendentemente suave, respondeu:

— Está de volta à ativa bem rápido.

— Eu também já conheci você quando cheguei?

O orc deu de ombros de novo.

— Não tem muita novidade por aqui. É difícil não notar quando alguma coisa empolgante acontece. E foi bem empolgante. — O vislumbre de um sorriso. — Você quase estrangulou Highlark.

— Highlark?

— O cirurgião.

— Ah — respondeu ela com uma careta.

Bem, não era o ideal.

— Pitts — disse ele, com um gesto indicando a si mesmo.

Então abaixou a cabeça, ajustou as correias do carroção e começou a puxá-lo, sem esperar que Viv dissesse o próprio nome. O que ela achou vagamente irritante.

— Viv! — gritou para as costas do orc.

Ele apenas assentiu sem olhar para trás.

— Oito infernos — disse Viv. — Que cidade maravilhosa. Dá para entender por que todo mundo quer se estabelecer aqui.

Ela se levantou com esforço. Pegando a muleta e o sabre, foi até o fim do calçadão de madeira, sumindo de vista em um vale entre duas dunas.

Dali Viv não conseguia ver o mar nem sentir o vento, e a quietude era tanta que ela jogou a muleta na areia e mancou até o topo da duna do lado da praia, gemendo de dor o tempo todo.

A brisa lá em cima era mais agradável, e ela se permitiu um minuto, até a respiração normalizar, antes de desembainhar o sabre. Viv tentou executar alguns ataques com a arma, mantendo o peso principalmente na perna saudável. Tivera esperanças de ao menos conseguir fazer algumas transições entre posições altas, baixas e fintas, concentrando-se na precisão e no exercício da parte superior do corpo, mas era perda de tempo. A perna à frente escorregou de repente e, quando ela se reequilibrou, o peso da lâmina a forçou a se apoiar no calcanhar da perna ferida. Com isso, Viv caiu rolando em uma nuvem de areia e palavrões.

Cinco minutos após a vergonhosa queda duna abaixo, ela voltou mancando pela calçada principal. Irritada, derrotada e penosamente consciente da areia grudada no suor sob a túnica, Viv começou a árdua subida pela colina em direção ao Poleiro. A ladeira suave foi um desafio maior do que deveria ter sido, e tudo o que a esperava no fim era uma estalagem vazia, um quarto vazio e um lance de escadas bem estreitas.

Ela deveria estar junto dos Corvos. Deveria estar abrindo caminho com o sabre até Varine.

Deveria estar em qualquer outro lugar que não ali.

Com a atenção fixa nas pedras cobertas de areia do calçamento e em onde apoiaria a muleta no passo seguinte, Viv se sobressaltou quando uma sombra surgiu em seu campo de visão.

Olhando para cima, ela se encontrou encarando os olhos ofídicos de uma tapenti. A mulher não era tão alta quanto Viv — poucas pessoas eram —, porém, estando adiante na colina, Viv precisou olhar para cima.

Ou talvez essa fosse simplesmente a sensação que ela passava.

A tapenti tinha um físico poderoso, os padrões delicados da pele esculpidos em ombros e pernas musculosos. O capuz de escamas se alargava ao redor das têmporas e do pescoço dela, de um tom salmão onde a luz o atravessava, e as tranças longas, parecidas com chocalhos de serpente, ondulavam com um som seco ao sabor da brisa.

O lampião de Guardiã dos Portões brilhava em sua cintura, preso do lado oposto a uma espada longa, e a mulher usava um distintivo em sua túnica azul.

Ela inclinou a cabeça de uma forma que Viv só podia interpretar como desdenhosa.

— Uma demonstração impressionante de destreza marcial. — Seus olhos se desviaram para um ponto atrás de Viv, o topo da duna onde tivera que desistir do treino.

A pele de Viv ficou quente, um rubor que podia ir da vergonha à fúria com a pressão de uma mera pena. Ela não era tola de deixar tal coisa acontecer, não com uma guarda local, mas também não precisava ser educada.

— Acho que não tem muito mais para se olhar por aqui, não é mesmo?

A tapenti abriu um sorriso forçado e estreitou os olhos.

— É uma cena que eu preferiria não ver na minha cidade. Gosto de tranquilidade, e garotinhas com espadas prometem acabar com o sossego. Sugiro que mantenha seu sabre embainhado, ou melhor ainda, lá no seu quarto. Não há motivo para você não ficar por lá também, na minha opinião.

Viv gaguejou:

— *Garotinha...?*

A Guardiã dos Portões a atropelou, a voz um sibilo implacável:

— Quando te trouxeram para cá, bastou uma olhada para saber que eu precisaria ficar de olho em você. *Highlark* sem dúvida não vai esquecer sua chegada tão cedo. Se causar o mínimo problema por aqui, não vou pensar duas vezes antes de jogá-la numa cela para se recuperar até seus... *amigos* chegarem para me livrar de você.

Viv apenas encarou a mulher em uma fúria sem palavras. Sua mão tremeu, movendo-se em direção ao sabre, mas ela controlou o impulso, embora percebesse os olhos da tapenti seguindo o movimento com um ar de diversão irônica.

— Tenha um bom dia. — A mulher inclinou a cabeça com escárnio em direção à hospedaria. — E cuidado na hora de subir a colina. Um tombo feio pode prolongar sua estadia, e ninguém quer uma coisa dessas, não é?

E então ela se foi, e Viv ficou parada na rua, olhando em direção ao Poleiro e desejando fervorosamente algo que pudesse esfaquear.

Se Rackam não voltasse logo, ela teria que partir atrás dele antes que fizesse algo de que *realmente* se arrependeria.

3

Ainda fervendo de raiva por causa da Guardiã dos Portões, Viv olhou para o Poleiro com uma renovada falta de entusiasmo. Incapaz de suportar a caminhada tediosa e solitária até o quarto tedioso e vazio e a perspectiva de passar o resto do dia de forma igualmente tediosa e inútil, ela decidiu seguir pela calçada até a loja mais próxima.

Quando apoiou a muleta na frente da Thistleburr Livreiros, um estalo sofrido soou. Viv praguejou quando a madeira podre cedeu sob seu peso e ela quase se estabacou pela segunda vez em menos de quinze minutos, mas conseguiu erguer a muleta antes que atravessasse a calçada.

Ela encarou a tábua parcialmente rachada.

— Merda.

Ainda cheia de adrenalina devido ao quase acidente, Viv empurrou a porta e cambaleou livraria adentro.

O lugar era parcamente iluminado e tinha quase o cheiro exato que ela imaginara — papel velho, mofo e decepção —, mas com os odores adicionais de cachorro molhado e... *galinheiro*. Ela torceu o nariz.

Livros ocupavam todos os espaços da loja estreita e comprida — espremidos em prateleiras envergadas, espalhados por cima das estantes, equilibrados em torres instáveis no chão. Alguns volumes pareciam novos, mas a maioria era antiga, com fios soltos escapando de encadernações de couro ou tecido.

Cartas náuticas e mapas estavam amontoados em uma pilha desorganizada sob as janelas frontais. Um lampião a óleo com o vidro rachado tremeluzia fracamente na parede.

O lado de dentro era feito das mesmas tábuas do exterior. Outrora pintadas de branco, agora estavam bastante amareladas e descascadas.

Indicando o caminho pelo aposento havia um tapete triste e surrado, sujo de areia e... penas?

Havia um balcão minúsculo e apertado nos fundos, com outra estante de livros atrás, que parecia correr o risco de desaparecer sob a avalanche de palavras antigas. Um corredor mal-ajambrado ligava a livraria a outro cômodo nos fundos, e Viv teve a impressão de ouvir um farfalhar vindo de lá. Havia um velho fogão de ferro baixo — *também* cheio de livros empilhados — à esquerda. Pelo visto, não tinha ninguém atendendo.

— Pelos Oito, que buraco — disse Viv, com uma careta.

Entrar ali tinha sido uma péssima ideia.

Quando se virou para ir embora, toda desajeitada, seu sabre encostou em três pilhas de livros, que se espalharam em uma cascata de páginas e poeira. Viv se encolheu, respirou fundo... e então mais duas pilhas perto das primeiras desabaram por cima do resto.

Um som estranho, uma mistura de grasnado com latido, ecoou dos fundos da loja. De repente, um trovejar de patas precedeu a chegada de um pequeno animal que veio correndo na direção de Viv soltando uma nuvem de penas e pelos. Suas garras ficaram presas no tapete surrado, embolando o tecido sob a barriga do bicho em um montinho empoeirado até ele conseguir disparar outra vez, soando, por incrível que parecesse, como um cachorro latindo debaixo d'água.

Viv não se sobressaltou quando a criatura parou diante dela, saltitando em quatro perninhas atarracadas, os pelos curtos e dourados eriçados ao longo das costas. Sua cabeça de coruja era desproporcionalmente grande, com olhos redondos e brilhosos e um pequeno bico preto. Cotos com penugens indicavam asas vestigiais. Orelhas triangulares e caninas caíam dobradas para trás sobre as penas da cabeça, expressando a fúria justificada de um cão de guarda.

Viv levou a mão ao cabo do sabre, mas, apesar dos guinchos agressivos da criatura, não sentia que corria grande perigo. Sua surpresa já estava se transformando em uma risada incrédula.

— Ai, *merda*! — gritou uma voz fina e aguda. — Paio, *não*!

Viv ergueu os olhos, surpresa com o palavrão. Um palavrão tão *sincero*. Mas ficou ainda mais surpresa ao ver a quem pertencia a voz.

Uma pequena ratoide, usando uma capa vermelha curta, veio às pressas para a parte iluminada da loja, apontando um dedo severo para o animal.

— Não tem problema — disse Viv, abafando a risada até que virasse um meio-sorriso.

O absurdo da situação havia apagado os vestígios de sua raiva depois do encontro com a Guardiã dos Portões.

— Mil desculpas! — exclamou a ratoide, abaixando-se para segurar a besta protetora e barulhenta. Então viu os livros espalhados e seus ombros desabaram. — Ah, pelo amor dos deuses.

— É, *eu* que peço desculpas. Foi mal — disse Viv, apontando para a própria perna e a muleta, embora nenhuma das duas fosse a culpada. Quase se sentiu constrangida por estar portando o sabre, o que era estranho.

— Paio! Pra trás! Anda, xô! — rosnou a ratoide.

Para surpresa de Viv, a criatura obedeceu, o rabo curto entre as patas enquanto se escondia atrás do balcão. Então, enfiou a cabeça pelo canto de novo, espiando-as, e lançou a Viv uma expressão desconfiada com seus olhos do tamanho de toranjas, mas continuou onde estava.

Viv começou o trabalhoso processo de se agachar para ajudar a recolher os livros caídos, mas a ratoide a deteve.

— Deixa. — Ela soltou um enorme suspiro. — Melhor não arriscar, não é?

Não demorou muito para criarem novas pilhas, ainda mais precárias, mas pelo menos os livros não estavam mais espalhados pelo chão. Enquanto isso, Viv discretamente endireitou o tapete com a muleta, o que provocou um rosnado ridículo de Paio.

— Pronto. Porra. Fiquei até com calor — reclamou a ratoide, abanando-se com uma pata. Ela agitou os bigodes e perguntou: — Posso ajudá-la com alguma coisa?

As palavras foram ditas em um tom educado, tão destoante da boca suja que provara ter, que Viv não conseguiu mais se controlar e finalmente deixou escapar uma risada.

— Ah, deuses, desculpa — disse, tentando se conter. — É que... todos os ratoides que já conheci eram tão delicados e tímidos, e eu pensei que...

Os olhos da ratoide se estreitaram.

— E *eu* pensei que os orcs só *comessem* livros, mas veja só você.

Foi aí que Viv perdeu completamente o controle e começou a gargalhar.

Depois de um segundo, a ratoide conseguiu dar algumas risadinhas também, limpando a testa e olhando ao redor como se não soubesse bem como havia acabado ali.

— Fern, aliás. — Ela estendeu a pata.

Viv a cumprimentou, a pata da ratoide desaparecendo em sua mão enorme. Tentou ser delicada, claro.

— Viv. E, mais uma vez, desculpe pela bagunça.

Fern fez um gesto desculpando-a. Ou quase.

— Se você comprar um livro, está tudo perdoado.

— Ah, é que... deixei a carteira lá no Poleiro... — Ela apontou para o cinto vazio. Uma desculpa conveniente, já que não pretendia comprar nada mesmo.

Fern soltou outro grande suspiro.

— Olhando para essa perna, não imagino que você vá sair correndo por aí com um romance roubado, então pode levar fiado e pagar amanhã. Fica bom assim?

Sem saída.

— Acho que sim. Mas... — Ela olhou ao redor. — Sendo sincera, não costumo ler muito nem faço ideia do que escolher.

Fern a olhou de cima a baixo, como se estivesse medindo seu peso em palavras. Bateu a garra no lábio inferior enquanto analisava o sabre de Viv e a... Vivice geral dela.

— *Dez elos da corrente* — disse, passando o dedo pela lombada dos livros. — É um clássico.

Viv fez uma expressão de dúvida e comentou:

— Parece... chato.

— É sobre a fuga de uma prisão — respondeu Fern por cima do ombro. — Tem duelos. Uma batalha noturna em um navio. Maldições. Um anão com um olho só e tendências homicidas.

— Ela olhou para trás, e seus olhos negros brilharam com convicção. — Vai por mim. Ah, aqui está!

Ela trouxe um volume fino encadernado em couro vermelho. Viv pegou o livro com relutância. O título estava gravado na capa em letras douradas descascadas, e o autor era R. Geneviss. Abrindo o volume, Viv encarou as letras miúdas com um olhar de dúvida.

— Tem imagens? — Então, culpada, lembrou-se da bagunça que havia feito e da madeira podre do lado de fora. — Não que isso importe muito, imagino.

Fern riu, um som suave e musical.

— *Algumas* xilogravuras. Mas nada das partes sangrentas.

Viv forçou um sorriso que esperava que parecesse apreciativo.

— Há, aham. Enfim, obrigada. Quanto fica? Pra amanhã...

— Não acabou de sair da gráfica, mas com essa encadernação de couro... trinta tostões. — Ela viu a expressão de Viv e suspirou. — Merda. Tá bom, pra você, vinte.

— Então, odeio ter que tocar no assunto, mas...

Viv contou sobre a tábua quebrada lá fora.

A ratoide cobriu os olhos com as patas e soltou uma sequência de palavrões surpreendentemente criativos, além de algumas outras palavras que Viv tinha *quase* certeza de que eram obscenas também, então, com visível esforço, se recompôs.

— Só fico feliz que você não tenha se machucado mais — disse Fern em tom cuidadoso, como se andasse em uma corda bamba depois de um copo de conhaque. — Até amanhã.

Quando Viv saiu, Paio deu um uivo triunfante diante de sua retirada.

⁓

Uma névoa se formou, vinda do mar, e a vegetação na praia sibilava com as longas rajadas de vento enquanto Viv cambaleava de volta para o Poleiro. O tempo estava mudando rápido. A ideia de acabar com os curativos úmidos e ter que forçar a muleta na areia molhada era extremamente desagradável, então ela apertou o passo. O atrito na axila estava ficando bem incômodo.

As primeiras gotas espalharam círculos escuros na areia no momento em que Viv subia os três degraus até o Poleiro e alcançava a segurança do telhado. Segundos depois, trovões roncaram feito batatas jogadas em uma superfície sólida e relâmpagos serpentearam pela neblina. Cortinas sinuosas de chuva cobriram as dunas, e o cheiro de areia quente molhada se sobrepôs a todos os outros aromas.

Quando Viv entrou, a estalagem estava bem mais cheia do que antes.

Humanos e feéricos de mar de braços musculosos e roupas endurecidas pelo sal se aglomeravam em torno das mesas ou do bar, e o burburinho de conversas amigáveis preenchia o ambiente. Brand se movia com toda a naturalidade atrás do balcão, ocupando-se de várias demandas ao mesmo tempo. Um rapazinho meio-elfo, de ombros magros, contornava as mesas, servindo canecas de cobre de bebida ou tigelas cheias de ensopado. Alguém estava acendendo a lareira, e gotas de chuva chiavam no fogo ainda incipiente.

Viv já estava faminta de novo. Uma mesa solitária nos fundos do salão estava livre, e ela concluiu que poderia se acomodar ali confortavelmente, então mancou até a cadeira que ficava debaixo do crânio de algum predador marinho cheio de dentes pendurado na parede. Suspirando de alívio ao transferir o peso da perna para o assento, Viv soltou o sabre do cinto e deixou-o debaixo da cadeira, acomodando a muleta encostada ao seu alcance.

Colocando o livro vermelho na mesa, ela o encarou enquanto esperava o rapazinho vir atendê-la. Perguntou-se onde estariam

Rackam e o resto do grupo — Lannis, Tuck, Sinna e Maléfico. Já deviam estar montando acampamento, sem dúvida, sorteando quem ficaria de guarda primeiro. Ou será que já haviam alcançado Varine? Será que todos estavam inteiros? Viv passara menos de dois meses com os Corvos e já tinha ficado para trás. Ela ajeitou os curativos e mordeu o lábio, perdida em pensamentos cada vez mais distantes.

— Aceita algo?

Uma voz trêmula a trouxe de volta à realidade. Era o garoto da taverna, com várias canecas vazias penduradas nos dedos.

— Duas dessas. — Apontou para as canecas. — E o que todo mundo está comendo, seja lá o que for. Três porções. — Ela chamou a atenção de Brand, erguendo as sobrancelhas, e o taverneiro acenou de volta. — Avise ao Brand que amanhã eu pago.

Viv deu um tapinha na perna machucada.

— Há, tá bom.

Enquanto o garoto se afastava, Viv posicionou o livro *Dez elos da corrente* à sua frente e soltou um suspiro pesado. Cogitar lê-lo parecia um sinal de rendição, uma admissão tácita de que agora era outro tipo de pessoa. Fraca. Mole. Pacata.

Alguém que ficava à toa e estudava, em vez de lutar e vencer.

Ela abriu a primeira página. O título do capítulo era "No QUAL EU DESMEMBRO UM HOMEM". Viv pensou no olhar confiante de Fern e soltou uma risada. Com interesse relutante, começou a ler.

> *Quando eu lhe disser que fui preso injustamente, talvez o leitor se sinta inclinado a demonstrar pena. Ao relatar alguns dos meus atos mais vis, porém, talvez eu abuse um pouco da sua compaixão. Só posso pedir que*

me ouça, caro leitor. Afinal, por ter cortado a cabeça de um homem e depois seus braços e suas pernas, e então enfiado tudo em três barris de salmoura para conservá--lo durante a viagem, posso parecer um monstro. Mas, ao fim da minha história, creio que poderá novamente me julgar digno da sua consideração.
    Além disso...
    Ele era um canalha.

Viv continuou lendo depois que a comida e as bebidas chegaram. Mastigou e bebeu sem prestar atenção, virando página após página, e ficou surpresa quando percebeu que as três tigelas e as duas canecas estavam vazias. Nem ergueu os olhos quando o garoto limpou a mesa.

    O Poleiro foi ficando escuro, sua mesa intocada pelo calor e pela luz da lareira do outro lado do salão, então pediu um lampião para continuar lendo. O rapazinho atendeu ao pedido e, apesar da cadeira desconfortável, da dor na perna e do vilarejo isolado em que fora abandonada, Viv se pegou absorta.

    Estava viajando.
    Estava em outro lugar.

4

Naquela noite, Viv fechou o basculante do quarto para se proteger do vento forte e da chuva torrencial, acendeu o lampião com um fósforo de enxofre e ajeitou o colchão para se sentar na cama e apoiar as costas na cabeceira. Não era muito confortável, mas o pulsar do sangue na perna ferida fazia esse desconforto parecer bem menor.

Viv leu até altas horas, até não conseguir mais manter os olhos abertos, o maxilar estalando com um enorme bocejo. Então, deitou-se com o livro no peito, os sons da tempestade atravessando as fronteiras do sono e colonizando seus sonhos. Espadas se enfrentavam no convés de uma fragata fustigada pela chuva sob o céu sombrio. O uivo do vento permeava seu sono, e Viv navegou por mares desconhecidos.

Quando Viv mancou até o salão do Poleiro na manhã seguinte, a tempestade havia se transformado em uma garoa chata. A chuva tamborilava baixinho nas telhas, e, pela porta aberta, dava para ver a água que escorria e formava poças na areia sob os caibros.

Ela havia envolvido o apoio da muleta com o que restara da túnica de lã que destruíra na floresta para fazer seu curativo. Estava consideravelmente mais confortável agora, mas levaria um ou dois dias para a axila esfolada perdoá-la.

Lembrando-se dos olhares que recebera, Viv deixara o sabre no quarto, embora não estivesse feliz com isso.

Alguns gatos pingados tomavam café da manhã, e Brand devia estar nos fundos quando ela desceu. Sentou-se em um dos bancos altos e aproximou o assento vizinho para apoiar o pé, então colocou o livro no balcão do bar e encontrou a página em que tinha parado, 196.

Madger havia acabado de se infiltrar na fortaleza na ilha do general Dammerlight com sua tripulação de pés-rapados, e, se Viv tivesse conseguido virar a noite anterior inteira lendo, teria feito isso. Os sonhos da véspera foram fragmentos vívidos de cenas passadas e futuros imaginados, algo que nunca vivenciara antes. Podia ser o ferimento mexendo com sua mente adormecida, mas ela acordara querendo mergulhar de novo em toda a luz e fúria daquela história.

— Visitou Thistleburr, é?

Ela se sobressaltou, já completamente imersa na história após poucas páginas. Brand passou com alguns pratos vazios.

— Ah. É. — Viv olhou em direção à porta, para a chuva. — Pelo menos assim tenho alguma coisa para fazer aqui dentro.

— Pelo visto, você deveria ter pegado dois. — Ele indicou o pequeno número de páginas restantes e deu um sorrisinho. — Bem, sempre tem louça para lavar se ficar entediada.

— Ah, por falar nisso. — Ela tirou algumas moedas de cobre da carteira. — Por ontem e pelo café de hoje, se for possível.

Brand assentiu e desapareceu na cozinha mais uma vez.

Quando ele voltou com um prato cheio de salsichas fritas, mingau de milho e ovos com pimenta, Viv marcou a página e fechou o livro. Enquanto Brand recolhia suas moedas do balcão, ela puxou o prato para mais perto e perguntou:

— Então, aquela tapenti, a Guardiã dos Portões...?

Brand riu.

— Conheceu Iridia, foi? Oito infernos, eu teria pagado para ver esse duelo de carrancas.

Viv o encarou, confusa.

— Sabe como é, às vezes você vê dois cachorros, um de cada lado da rua, e antes de eles notarem a presença um do outro, já sabe que vão mostrar os dentes. Eu diria o mesmo de vocês duas. Iridia é durona e quer que todo mundo saiba disso. Na cabeça dela, evita problemas. — Ele deu de ombros. — Não dá para dizer que não funciona. E pelo visto ela latiu mais alto, já que você está sentada aqui agora.

Viv franziu a testa e deixou o garfo de lado, sem começar a comer.

— É um elogio. Ela é a comandante dos Guardiões dos Portões daqui. Se você tivesse sido tola o suficiente para enfrentá-la, passaria uma noite bem mais desconfortável. Numa cela, suponho. Isso só significa que você tem algum bom senso. — Ele deu um tapinha no antebraço substancial de Viv. — Além disso, se fosse uma briga de cachorros, eu apostaria meu cobre no que ainda não foi esfaqueado na perna.

Brand deu uma risadinha e saiu, limpando as mãos no avental.

Viv tentou não se deixar afetar, sem muito sucesso, mas a comida quente ajudou. A comida quente e *excelente*. Se havia um lado bom na recuperação forçada, era comer algo diferente das rações secas e frias da estrada.

Pensar nisso a fez se lembrar de Rackam e do resto do grupo, avançando para o norte sem ela. As salsichas fritas eram muito boas, mas ela as teria trocado por um cobertor no chão, onde era o seu lugar.

～

Brand tinha razão. Ela *deveria* ter comprado dois livros. Viv foi até a mesa que havia reivindicado na noite anterior e se acomodou para terminar *Dez elos da corrente*. A vingança tão esperada de Madger, a traição devastadora de Legann Quatro Dedos, o comovente fim de Dammerlight, mesmo *depois* dos infernos pelos quais a fez passar. Era uma pena Viv não ter uma tigela de nozes para beliscar.

Quando enfim fechou o livro, passando os dedos pela capa vermelha, a garoa ainda não havia cessado.

— Bem, Fern, acho que não vou aparecer na livraria hoje. Vou ter que acertar minha dívida com você outro dia — comentou Viv.

Imaginou a ratoide irrompendo pela porta, o pelo todo encharcado, xingando-a com aquela vozinha doce e aguda. Isso trouxe um pequeno sorriso ao seu rosto.

Viv estava prestes a reler o primeiro capítulo, só para continuar com aquele gostinho, quando alguém de fato irrompeu pela porta.

A chuva escorreu da capa oleada quando o recém-chegado a agitou com o braço e pegou uma grande bolsa preta de couro. O elfo jogou o capuz para trás e sacudiu as últimas gotas de sua valise com exasperação. Um par de óculos pendia de um cordão em volta do pescoço dele, o que era estranho, já que elfos raramente tinham problemas de vista. Até Viv sabia disso.

Algo no rosto do elfo despertou uma memória.

Ele olhou ao redor do salão e, quando a viu, sua expressão não se iluminou, exatamente, mas... mudou para algo que ela não conseguiu identificar de imediato.

Foi aí que Viv notou os hematomas roxos em seu pescoço.

— Ah, merda — gemeu ela.

O elfo marchou em sua direção e largou a bolsa na mesa com um baque que fez a superfície balançar. Poderia ter cem anos ou quinhentos. Era sempre difícil ter certeza com elfos. Mantinha o cabelo prateado bem curto, e o rosto era liso e severo.

— ... Highlark? — perguntou Viv, com um sorriso contrito que parecia desajeitado e enorme no rosto, as presas grandes demais para a boca.

— Você não se lembrava da nossa consulta, lembrava? — disse ele. Havia algo estranhíssimo em ouvir uma voz tão bonita expressar tamanha irritação. — Não é de surpreender. Você mal estava lúcida.

— Eu sinto muito *mesmo*... por... por *isso* — balbuciou Viv, apontando o dedo tímido para o pescoço dele.

A boca do elfo se contraiu.

— Bem, não vamos fazer isso aqui, na frente de metade da população de Murk. Suba. — Ele apontou o polegar para as escadas. — Vamos logo com isso.

— Isso o quê...?

— Jovem, se quiser arriscar uma gangrena, já vou indo. Pegar chuva. De novo. Caso contrário, peço gentilmente que manque escada acima. Entendido?

Viv pegou a muleta.

E seu livro.

Os pedidos de desculpas não pararam enquanto os dois subiam as escadas, entravam no quarto e até no momento em que o elfo desamarrou as ataduras da perna dela. Quando começou a cutucar as áreas sensíveis próximas do ferimento, Viv quis atirá-lo na parede.

Ela estava sentada na cama com a perna estendida e o calcanhar apoiado na sacola outra vez. Os cortes compridos na coxa voltaram a sangrar quando o médico limpou os restos de bálsamo antigo da pele irritada. Viv mordeu o lábio inferior com força suficiente para tirar sangue, mas forçou-se a continuar olhando para o que ele estava fazendo.

— Você tem mancado para cima e para baixo, pelo visto — observou ele, e ajustou os óculos no nariz.

— Uhum — grunhiu ela. — Pra continuar ágil.

— Sim, vejo que está dando muito certo.

— Óculos? — sibilou ela, entre dentes. — Nunca conheci um elfo que precisasse de óculos.

— São lentes de aumento — respondeu Highlark. — Ajudam a detectar qualquer putrefação iminente. O que, felizmente, não parece ser o seu caso. Quanto mais você descansar, mais provável que essa situação feliz perdure.

— Aqui? Eu vou ficar maluca. Mal consigo me virar sem esbarrar em alguma coisa. Além disso, se passar semanas deitada, não vou estar em forma para lutar quando for a hora. E aí...

O elfo a olhou por cima dos óculos, e, embora sua expressão irritada não chegasse exatamente a demonstrar compaixão, indicava algo naquele sentido.

— Escute, criança, sei que você é jovem e tem a constituição de um touro de pradaria. Mas pode se dar ao luxo de perder um pouco disso — ele deu um tapinha em um dos enormes bíceps de Viv — para manter *isso*.

Bateu de leve na coxa dela.

— Então, digamos que eu siga seu conselho...

Highlark bufou.

— ...*quândo* vou poder me movimentar? — indagou ela.

Ele a estudou com os olhos violeta semicerrados.

— Não sei se ouso dar uma sugestão — disse ele —, porque será muito irritante se você não se comportar e eu tiver que serrar sua perna fora.

Viv engoliu em seco.

— Mas... — Ele vasculhou a bolsa. — Óleo de callis. Normalmente, eu não usaria. Já ouviu falar?

Ela balançou a cabeça, observando-o retirar a tampa de um pequeno recipiente de cerâmica contendo um creme amarelo. Cheirava a lodo de lago misturado com soda cáustica.

— Costumava ser utilizado em campos de batalha, onde os efeitos colaterais valiam a pena, dadas as circunstâncias extremas. A sensação que produz é... Bem. Já foi comparada a ferroadas de vespas.

Viv quase riu.

— Não parece tão ruim.

— Ferroadas de vespas contínuas em cada ponto de aplicação, por horas e horas e horas — explicou Highlark.

— Ah.

— No entanto, suas propriedades curativas são incomparáveis, especialmente quando se trata de fechar feridas com rapidez. Se aplicarmos hoje, talvez eu possa autorizar mobilidade *limitada* a partir de amanhã de manhã. Desde que os curativos não sejam removidos e você use a muleta.

— Eu *estou usando*.

— Então presumo que queira tentar?

Viv olhou em volta para o pequeno quarto, para sua perna e para a muleta. Ela assentiu.

— Quero.

Quando Highlark começou a aplicar o óleo de callis com uma pequena espátula de madeira, a sensação foi fria, e Viv pensou que ele tinha exagerado. Ou que orcs talvez fossem imunes aos efeitos da substância.

Então a queimação começou.

Depois, foi como uma explosão de agulhas em chamas.

Depois, ela teria preferido ser cortada pela espada novamente.

Viv concluiu que era bom ainda poder ver os hematomas no pescoço de Highlark enquanto ele refazia os curativos, porque isso a impedia de estrangulá-lo pela segunda vez.

—⁂—

Ela pulou o almoço e o jantar. Na verdade, nem levantou do colchão de palha naquele dia. Comida estava tão distante de seus pensamentos quanto Rackam e seus Corvos estavam daquele fim de mundo. A dor era incandescente e constante, e Viv ficou lá deitada, a respiração lenta e trêmula enquanto o suor empapava cada centímetro de seu corpo.

Sua tolerância à dor era algo de que se orgulhava, e nos primeiros trinta minutos Viv estava convencida de que seria capaz de dominar a sensação de que a pele de sua coxa estava sendo arrancada. Convencida de que a dor lancinante logo se transformaria em um latejar. Mas a sensação seguiu, excruciante e em nada diminuída pela passagem dos minutos ou pela respiração cuidadosa. Perversamente, a dor parecia ainda mais intensa.

Diante de tudo isso, Viv tentou se agarrar à história que acabara de ler. A narrativa escapulia, como uma corda coberta de lama escorregando pelos dedos. Ela conseguia capturá-la apenas de vez em quando, mas lampejos de Madger e Legann, de duelos em cima de telhados e fugas noturnas em cavalos negros enormes, mantinham seus olhos fixos em uma paisagem interior.

Depois que o sol se pôs, Viv sequer conseguiu cochilar. Não direito. Não bem. Houve apenas breves períodos em que seus pensamentos simplesmente pareciam correr por trás das pálpebras fechadas.

Antes do cor-de-rosa do raiar do dia, a tempestade perdeu força junto com a queimação em sua perna, e os músculos tensos desabaram em uma inconsciência trêmula.

Ela dormiu pesado. Dormiu bastante. E, quando acordou, queria devorar o mundo inteiro.

5

De muleta, Viv parou antes de descer os degraus na entrada do Poleiro. Após a tempestade, o céu brilhava azul e quente, e a grama da praia parecia ter passado de amarela a verde da noite para o dia. A areia estava coberta de furinhos, como se milhões de criaturas minúsculas tivessem atravessado a praia no escuro.

Sua perna não tinha passado por uma recuperação milagrosa, mas o ferimento parecia menos sensível, mais firme. Quando ela tocou as bandagens de leve, percebeu que precisava colocar mais pressão para provocar a mesma onda de dor nauseante. A lembrança febril da queimação provocada pelo óleo de callis, no entanto, não seria esquecida tão cedo.

Em um grande contraste com a solitária caminhada anterior pela encosta, dessa vez Viv avistou outras pessoas passeando pelo calçadão de madeira. Uma fragata de passageiros estava atracada no píer, a prancha de embarque abaixada. A baía devia ser bem profunda. Gaivotas voavam em círculos, os gritos ecoando nas ondas suaves. O movimento no porto aos poucos se espalhava pelas calçadas e adentrava os portões de Murk, mas um número considerável de pessoas seguia no sentido oposto, vindo na direção de Viv.

Ela passou pela Thistleburr Livreiros, que não parecia se beneficiar muito do aumento de movimento. Viv seguiu pela rua arenosa, desconfiada das tábuas caquéticas do calçadão. Talvez também não quisesse que Fern a visse pela janela por enquanto. Olhou de relance para a porta ao passar pela loja, mas tinha outro destino em mente.

Pelo visto, a padaria Canto do Mar tinha sugado todo o fluxo de clientes antes que chegasse à livraria. Havia uma fila porta afora, formada por estivadores, comerciantes e passageiros da fragata. Viv entrou na fila, recebendo alguns olhares desconfiados do gnomo à sua frente. *Graças aos Oito não trouxe o sabre hoje.* Tentou dar um sorriso, mas isso só lhe rendeu uma sobrancelha erguida.

Os cheiros eram ainda mais apetitosos na brisa fresca pós-tempestade. Quando Viv finalmente entrou na padaria, os aromas doces e salgados ficaram mais intensos.

Quente e úmida, a loja era totalmente aberta até os fundos. Gotículas haviam se formado nos vidros. Atrás do balcão, havia dois fornos de tijolos e dois enormes fogões de ferro fundido voltados para um corredor central, com longas bancadas de mármore nas laterais externas. No centro, duas estantes estavam cheias de uma impressionante variedade de pães.

Outra fileira de cestos ficava na entrada, organizados por tipo. Havia pães compridos com talhos na casca, broas salgadas, aqueles enormes biscoitos folhados que Viv tinha vislumbrado dois dias antes e bolinhos cobertos com enormes cristais de açúcar.

Quando chegou sua vez, a anã atrás do balcão a olhou de cima a baixo, depois abriu um sorriso de bochechas rosadas. As mangas estavam enroladas até os cotovelos, os braços exibindo os sinais de muito trabalho com a mão na massa. A pele brilhava com suor, e o cabelo loiro estava preso em uma trança grossa. Uma quantidade surpreendente de farinha cobria seu avental.

— Ora, mas você é um pão, hein? — disse ela, piscando. — Vai querer o que hoje?

Viv ficou chocada com a piscadela e encarou a anã com olhos arregalados por um segundo antes de se recompor.

— Ah, eu queria três daqueles biscoitos e... três daqueles mais escuros também?

— Bolinhos de gengibre com melaço. É pra já, meu bem. Você veio de navio?

— Não... não, eu, ah...

— Ah, espera! — A anã estalou os dedos e apontou para a perna de Viv. — *Highlark!* Pelos infernos, você é a que...

Ela segurou o próprio pescoço e pôs a língua para fora, então riu e deu um tapa estalado no balcão, o barulho reverberando no espaço aberto da padaria. O feérico de mar atrás de Viv chegou a se encolher.

Viv corou, embora achasse que não deveria mais se deixar afetar por esse tipo de coisa.

— Ah, não era bem o meu estado normal...

— Rá! Não esquenta a cabeça com isso, docinho. Aquele lá é azedo. Você deve até ter passado um pouco de açúcar nele.

Ela estalou os dedos de novo, desta vez para uma garota humana esguia com um coque. Obediente, a menina abriu um saco de papel e o encheu com os itens das prateleiras.

— Pra você, seis tostões — proclamou a anã, dobrando a boca do saco e entregando-o para Viv. — Vai ficar em Murk por muito tempo?

— Algumas semanas — respondeu Viv enquanto procurava as moedas na carteira. — Acho.

— Imagino que vou ver você de novo, então.

— Esses pãezinhos são tão bons assim, é?

Viv tentou dar um sorriso brincalhão. Para sua surpresa, pareceu ter funcionado.

— Tenho *certeza* de que você volta amanhã. Pelos infernos, depois de experimentar meus biscoitos, aposto que vai decidir ficar mais tempo! Meu nome é Maylee. Bem-vinda a Murk.

— Hum. Viv — respondeu ao pegar o saco.

— Tenta não comer tudo antes de chegar em casa, Viv — disse Maylee em uma voz doce, enquanto a fila se abria para permitir que Viv saísse da loja com sua muleta.

———

Quando Viv abriu a porta da livraria, o aroma dos pães e biscoitos quase conseguiu afastar o cheiro de mofo característico do lugar. Fern ergueu os olhos de seu banquinho atrás do balcão, onde estivera fazendo anotações em um livro-caixa.

Paio saiu correndo de trás das prateleiras com guinchos agudos e autoritários. Parou aos pés de Viv, todo atrapalhado, e ela tomou cuidado na hora de apoiar a muleta entre ele e as pilhas precárias que havia derrubado da última vez.

Os latidos foram morrendo quando ele viu o saco que Viv trazia, então começou a alternar olhares entre o saco e o rosto dela. Seus olhos se esbugalharam em extrema consternação, e uma linguinha rosada e curva surgiu do bico preto.

— "Pra amanhã", hein? — disse Fern, fechando o livro-caixa e apoiando o braço no balcão.

— Curativos não combinam com chuva — respondeu Viv. — Mas trouxe um pedido de desculpas.

— Hum. Espero que tenha trazido o bastante para três. Paio é muito suscetível a subornos.

— Era com isso que eu estava contando. Então... — Ela enfiou a mão no saco e pegou um biscoito, segurando-o entre dois dedos acima da criatura. O rabo de Paio começou a balançar tão rápido que virou um borrão, e ele soltou um longo pio suplicante. — O que ele é, exatamente?

— Um grifete. — Fern desceu do banquinho e se aproximou. — Se não quebrar em pedaços menores, ele vai tentar engolir inteiro, e aí a gente vai ter que arrancar dele. Ele é muito guloso.

Viv não conseguia se agachar, então entregou o biscoito para Fern, que partiu um pedacinho e jogou para Paio. O grifete abocanhou o pedaço antes que tocasse o chão.

— Tem mais — disse Viv.

Fern jogou outro pedaço para Paio e gesticulou para que Viv se aproximasse do balcão, onde ela esvaziou o saco, organizando os presentes.

— Da Maylee, é? Você queria mesmo se desculpar.

— É, ela parece... legal. Simpática.

— Parece, é? — A ratoide pegou um dos bolinhos de melaço e deu uma mordida surpreendentemente grande. — Puta merda — disse com a boca cheia. — Tinha esquecido como são bons.

Viv riu. Sua perna doía menos hoje, e seu humor estava melhor. Ela deixou vinte moedas no balcão ao lado dos bolinhos e pegou um biscoito.

— Estava querendo um desses desde o primeiro dia. — Ela inspirou fundo e deu uma mordida. Ainda estava quente, molhadinho e esfarelando-se, com um toque fresco de levedura.

— Pelos oito infernos, quanta manteiga. Você pode comer um desses todos os dias e não come?

Fern franziu a testa.

— Bem, *algumas* despesas são mais urgentes.

Viv olhou ao redor, desconfortável com o estado precário da loja, ainda mais considerando que havia acabado de acertar com Brand mais algumas semanas de hospedagem, e ainda tinha dinheiro de sobra. Trabalhar como mercenário podia ser letal, mas pagava bem.

Paio choramingou, e a ratoide olhou para ele antes de terminar seu bolinho com um suspiro satisfeito.

— Enfim, não importa. Alguma opinião sobre *Dez elos da corrente*? Como está indo?

— Já foi. O livro me ajudou a passar um dia difícil e mais um pouco. Nunca li assim... só por *ler*.

— Você já terminou? — As sobrancelhas de Fern se ergueram em surpresa. — Ora, veja só.

— Obrigada pela recomendação.

— Se quiser mesmo me agradecer, pode subsidiar a loja comprando outro.

Viv apoiou a muleta na parede e colocou o cotovelo no balcão, aliviando o peso sobre a perna.

— Os negócios estão tão mal assim?

— Vendo muitos mapas e cartas náuticas, mas... — Fern pegou um dos biscoitos e o examinou. — Hoje em dia, isso é só para tirar a água do barco. Ele vai afundar mais cedo ou mais tarde.

Fern deu uma mordida, fechou os olhos e murmurou outro palavrão de boca cheia.

Seguiu-se um silêncio constrangedor, durante o qual ambas mastigaram sua comida e olharam para qualquer lugar que não fosse uma para a outra. Infelizmente, a loja em si continuava não tendo muito para se ver. Por fim, Viv engoliu e disse:

— Bem, uma carta náutica não vai me salvar desse tédio enlouquecedor, e vou ter que ficar com essa muleta por um tempo, então... tem mais alguma sugestão?

A ratoide a estudou por um momento, e Viv achou que ela parecia cansada demais para alguém tão jovem. Fern afastou quaisquer que fossem seus pensamentos e, então, abriu um sorriso.

— Primeiro, me fale sobre *Dez elos*. Quero saber o que achou.

Viv franziu a testa. Tinha adorado, de verdade, mas... não sabia bem como colocar isso em palavras.

— Bem... Eu *gostei* — tentou dizer, fracassando.

Fern bufou.

— Sim, muito esclarecedor.

— As lutas com espadas foram ótimas. Nada realistas, mas bem divertidas, sabe.

— Se você diz, vou ter que acreditar. E os personagens?

— Ah, bem... Madger era... Ela era... complicada.

— Aham. Complicada como? O que chamou sua atenção? — Fern acariciou os bigodes, parecendo sinceramente interessada.

Viv pensou um pouco.

— Ela era dura. E acho que a gente acaba gostando dela por isso. Pelo menos, eu gostei. Mas às vezes é... dura *demais*. E... Legann meio que dá uma equilibrada nela, acho? Como se os dois fossem metade da mesma pessoa. Mas, quando os dois batiam de frente, aí...

Algo se iluminou na expressão de Fern.

— Legann *sempre* foi o meu favorito, apesar do fim que teve. Quando Madger perdeu Legann...

— Ela perdeu tudo — completou Viv. — Apesar da traição dele.

— Mas será que traiu mesmo ela? De verdade? Ou será que estava tentando impedir que ela traísse a si mesma? E a pergunta mais importante é... será que ele conseguiu?

Viv franziu a testa.

— Hum.

— Bem, enquanto você pensa nisso, acho que tenho uma coisa aqui que pode lhe interessar.

Enquanto Fern contornava a prateleira para mexer em uma pilha de livros, Viv olhou para o grifete, que a observava com olhos semicerrados.

— Ainda inimigos? — sussurrou Viv.

Paio emitiu um som rouco na garganta, que ela achou que talvez fosse um rosnado. As penas da crista dele se eriçaram.

— Azar o seu, então. Este aqui é meu — disse ela, colocando o último pedaço do bolinho de melaço na boca.

O rosnado de Paio ficou mais alto.

— Aqui está — disse Fern, colocando um volume verde no balcão. Era mais grosso que o anterior e se chamava *Lâmina da alma*. — De Russa Tensiger. Um pouco mais moderno, mas acho que você pode gostar.

— Bem, tem uma lâmina no título, então já é um bom começo.

Viv achou o sorriso de Fern enigmático, mas a ratoide assentiu.

— Quanto fica?

— Na verdade, pensei que a gente podia fazer um pequeno acordo. Pode levar. Se gostar, mais vinte tostões. Se não gostar, não precisa pagar.

— Olha, não sou qualificada para dar conselhos de negócios nem nada, mas talvez seja por isso que você só vende mapas marítimos.

— Mas você tem que ler o livro. *Inteiro*. Se não terminar, também tem que pagar.

Viv franziu a testa.

— Estou com um pressentimento de que esse livro não tem tantas espadas quanto eu esperava.

— É uma espada *importante*. Então, aceita o acordo?

Fern estendeu a pata. Viv pensou um pouco, mas deu de ombros.

— Aceito.

Os olhos de Fern brilharam em uma expressão divertida.

— Estou muito curiosa para saber o que você vai achar.

6

Viv quase apoiou a perna boa na tábua quebrada do calçadão, detendo-se no último segundo.

— Oito infernos — reclamou, exasperada. — Machucar as duas pernas seria mesmo a cereja do bolo.

Enquanto avançava com cuidado pela rua, avistou o orc cheio de cicatrizes com sua carroça, as ferramentas batendo nas laterais ripadas. As pessoas subindo a colina em direção ao Poleiro desviavam dele como trutas contornando um peixe-agulha.

— Ei! — gritou Viv, depois finalmente se lembrou do nome dele. — Pitts!

Ele diminuiu o passo até parar, observando-a mancar em sua direção.

De perto, Pitts, com sua cabeça raspada, era mais jovem do que Viv esperara. Ele observou com interesse o livro que ela carregava.

— Escuta, onde eu poderia encontrar algumas tábuas por aqui? Imaginei que você pudesse saber.

Ele franziu a testa, depois apontou por cima do ombro dela.

— A serraria fica do outro lado da muralha, no riacho.

Por algum motivo, Viv esperava que ele fosse completar a informação com uma pergunta, mas Pitts apenas abaixou a mão e ficou esperando.

— Há, bom... Como posso dizer... Você passa por lá às vezes? Se eu quisesse, sei lá, contratar você para comprar umas tábuas pra mim, e também alugar suas ferramentas rapidinho, você teria interesse?

— Acho que depende.

— Depende do quê?

Ele deu de ombros, ainda segurando os arreios, fazendo a carroça acompanhar seu movimento.

— Do que você pretende fazer.

Ela apontou com o livro para a livraria.

— A madeira na frente da loja está podre. Quase torci o pé em uma tábua. Pensei em trocar.

A testa de Pitts se franziu em uma expressão desconfiada, enquanto ele olhava para a perna machucada dela.

— Por quê?

Viv franziu a testa em resposta.

— Porque é perigoso?

Ele balançou a cabeça.

— Quer dizer, por que você? Alguém te pediu? Sabe o que está fazendo?

— Acho que *não* para as duas perguntas, mas não pode ser muito difícil trocar uma tábua... Tenho certeza de que consigo martelar um prego com força suficiente para dar conta do serviço. Sei lá, acho que Fern já tem preocupação suficiente, então achei que... — respondeu, deixando as palavras morrerem.

Pitts pensou por um segundo, então assentiu devagar.

— Amanhã ao meio-dia.

— Ao meio-dia... o quê?
— Me encontra aqui.
— Ah. Há... e fica quanto?
— Vamos ver.
E partiu com a carroça.
Viv arregalou os olhos ao vê-lo ir embora, confusa.
— Bem... obrigada! — gritou, mas Pitts não olhou para trás. — Nos vemos ao meio-dia — disse para si mesma, balançando a cabeça.

Viv entrou no Poleiro já na expectativa de um almoço tranquilo à mesa que estava começando a considerar *sua*. Mal podia esperar para começar *Lâmina da alma* e descobrir se Fern estava brincando com ela ou não. No entanto, encontrou o salão absolutamente lotado.

Ao que parecia, a estalagem de Brand era velha conhecida dos passageiros e da tripulação da fragata ancorada, porque *todos eles* pareciam ter ido para lá. O lugar estava mais barulhento do que Viv jamais vira, com várias conversas animadas e uma ou outra gargalhada alta. Até sua mesa tinha sido tomada — embora ainda houvesse duas cadeiras vagas lá.

Em qualquer outra ocasião antes daquela semana, a atmosfera teria sido bem-vinda. Cerveja, boa comida e uma conversa teriam sido a noite perfeita. Mas com um livro em mãos e um interesse inesperado em lê-lo, Viv estava frustrada. Até poderia subir para o quarto, mas...

Atravessar a multidão com uma muleta lhe rendeu alguns encontrões, e Viv murmurava desculpas que se perdiam na confusão. Mas seu tamanho foi útil enquanto ela se aproximava de sua mesa preferida.

Sua cadeira favorita — a que ficava de frente para o resto do salão — estava ocupada por uma gnoma com uma cara que Viv já vira várias vezes.

Ela devia ser pelo menos alguns anos mais nova que Viv. Um par de óculos de proteção prendia o cabelo ruivo e arrepiado para trás, e um conjunto de facas desembainhadas reluzia na bandoleira. Menor do que uma criança humana, a cabeça da gnoma mal ultrapassava o tampo da mesa. Usando luvas sem dedos, suas mãos brincavam com a caneca de cobre à sua frente, e ela não parecia estar comendo.

— Oi — disse Viv com um sorriso forçado. — Será que eu conseguiria convencer você a trocar de lugar e me deixar sentar nessa cadeira? Fica mais fácil para manter a perna fora do caminho — completou com uma batidinha de leve na coxa.

A gnoma a olhou de cima a baixo. Viv reconheceu a expressão de recém-contratada querendo se provar. Infelizmente.

— Depois que eu for embora, você pode ficar com ela — disse a gnoma com uma indiferença exagerada e correu o dedo pela borda da caneca bem devagar.

Os olhos de Viv se estreitaram, e ela respirou fundo pelo nariz. Então, com grande autocontrole, pousou o livro na mesa e puxou a cadeira vazia, arrastando-a pelo chão com um rangido. Não interrompeu o contato visual com a gnoma enquanto se acomodava na cadeira e girava a perna rígida para o lado.

Um sorriso começou a surgir nos lábios da gnoma, e Viv teve que fazer um esforço para relaxar as mãos e apoiá-las na mesa.

Tentando deixar a irritação de lado, ela decidiu começar *Lâmina da alma* enquanto esperava o garoto que trabalhava na taverna se aproximar. Provavelmente levaria um tempo, visto que o lugar estava lotado. Além disso, parecia uma ótima maneira de ignorar alguém sentado bem na sua frente.

CAPÍTULO UM

A arma que os uniu foi a mesma que os separou. Ou talvez tenha sido o contrário. Como a lâmina em questão, a história tinha dois gumes.

Era uma espada simples, nada muito elaborado. Ainda assim, era obra de um mestre ferreiro, perfeita para o que se propunha, com um brilho azulado que lembrava a névoa do entardecer sobre o rio.

Tamora a empunhava com o mesmo espírito em que a arma fora forjada. Nunca de maneira chamativa ou ostentosa. Ela a sacava, utilizava e embainhava como parte de um trabalho correto e bem-feito.

Estava de pé na tábua traseira da carruagem, sacolejando noite adentro, e suas feições largas eram marcadas pelas sombras lançadas pela luz do lampião. Tamora mantinha os olhos fixos no caminho atrás deles, sempre atenta.

Mirrim Stanhood observava pela pequena janela da porta da carruagem as árvores escuras passando como listras num piscar de olhos. Tinha as próprias armas, mas não eram em nada semelhantes às de Tamora: dos cachos meticulosamente esculpidos de seu cabelo às palavras cortantes que acertavam em cheio o coração dos desavisados.

Ultimamente, muitas dessas palavras cortantes eram dirigidas a Tamora, que gostaria de retribuir de uma maneira bem mais física. Era por pura necessidade que as duas ocupavam a mesma carruagem.

Mas quando Tamora viu o brilho rubro e sentiu o cheiro da fumaça, ainda...

— Tá lendo o quê?

Quando Viv ergueu o olhar, encontrou a gnoma batendo de leve nos lábios, os olhos semicerrados e irônicos.

— Você não quer saber — retrucou Viv, seca.

— Deve ser interessante. Quer dizer, se *você* tá lendo.

— E isso quer dizer o quê?

A gnoma deu de ombros.

— Ah, nada de mais. Pela sua cara — ela indicou Viv com um gesto, como se a resposta fosse óbvia — ... pensei que fosse do tipo que tá mais interessada em porrada. Deve ser bem bom, pra prender a *sua* atenção. Ou, sei lá, bem curto.

Viv apenas a encarou. Em geral, dava certo.

A gnoma pareceu não se importar.

— E aí, qual é o nome?

— Vá se danar.

— Tá, agora sim parece um livro que você leria.

— Quer fazer seu pedido? — perguntou, sem fôlego, o rapazinho que trabalhava na taverna, espremendo-se pela multidão com algumas canecas sujas penduradas nos dedos.

Viv relaxou a carranca e apontou para as mãos dele.

— O mesmo que da última vez. Duas canecas e três tigelas do que quer que seja o almoço hoje.

— Para as duas?

O garoto gesticulou entre elas com os canecos.

— Se for na conta dela, eu aceito comer — disse a gnoma.

— Não — respondeu Viv com firmeza.

Quando o rapaz desapareceu na multidão, Viv suspirou e ergueu o livro para que a garota pudesse ler o título.

— Pronto.

— *Lâmina da alma*, hein? Bem, esse é um título melhor.

Viv bufou e balançou a cabeça, voltando sua atenção para as páginas da maneira mais óbvia possível.

— Como foi que você se machucou?

Viv olhou feio para ela.

— Em uma batalha.

— Ah, aí sim, *essa* é uma história que eu quero ouvir.

— Não tenho o menor interesse em contar.

— Ah, que isso. Tenho uma proposta: você me conta, e eu troco de lugar com você. Nós duas conseguimos o que queremos. Fechado?

— Todo mundo quer fazer um trato comigo hoje — resmungou Viv. — Tudo bem. Mas primeiro a gente troca de lugar.

Uma pausa.

— Tá bem. Mas se você estiver mentindo...

— Vai fazer o quê, me esfaquear com uma dessas? — zombou Viv.

A garota puxou uma das facas da bandoleira, jogou-a no ar e a pegou de lâmina para baixo na ponta do dedo. Então deu de ombros enquanto a equilibrava.

— Que impressionante.

Viv se levantou apoiada na muleta, o que levou alguns segundos. Fiel à sua palavra, a gnoma trocou de lugar, e Viv se acomodou com sincera satisfação em sua cadeira de sempre.

— Obrigada por esquentar meu lugar.

— Aham, agora conta logo.

O garoto voltou com a comida e as bebidas de Viv, e ela esperou até que ele se retirasse. Depois tomou um longo gole de cerveja.

— Tá bom, tá bom. Eu trabalho com os Corvos de Rackam. Temos um contrato com três cidades do Território Norte para caçar uma mulher terrível com um exército grande demais para o gosto de qualquer um. Estávamos atravessando uma floresta aqui perto, e um dos soldados dela teve um golpe de sorte e me acertou na coxa. — Ela tomou outro gole e pousou a caneca com força. — Só isso.

Os olhos da gnoma se arregalaram.

— *Rackam?* Você trabalha com Rackam?

Viv deu de ombros, tentando aparentar indiferença. Provavelmente não foi muito bem-sucedida.

— Aham.

— E cadê eles? — questionou a gnoma.

— Voltam em algumas semanas. Eu estou só... me recuperando até eles chegarem. Certo, cumpri minha parte do trato. Agora vou ler, tá bem?

A garota se recostou na cadeira e cruzou os braços com um olhar curioso. Viv estava prestes a voltar à história, mas suspirou e questionou:

— O quê?

— Me apresenta pra ele.

— *O quê?* — repetiu Viv, incrédula.

— Você ouviu. Achei que ia precisar pegar um coche até Thune pra encontrar alguém que me contratasse, mas isso é perfeito! Olha, eu sou *muito* boa. O que você precisou fazer pra entrar?

— Fui indicada — disse Viv. — Por alguém que me conhecia. E *gostava* de mim — enfatizou.

— Tá vendo? É assim que funciona! Sempre um que indica. Mas você me conhece, então pode me indicar, e pronto! — Ela bateu o punho na palma da outra mão. — Tô dentro!

— Eu nem sei seu *nome*.

— Gallina.

A gnoma estendeu a mão por cima da mesa. Nem chegou à metade do tampo. Viv a ignorou.

— Como eu poderia indicar você? Não sei nada a seu respeito.

— Precisa de uma demonstração?

— Preciso ler meu *livro*.

Gallina fez uma careta.

— Sabe, gente como a gente precisa se ajudar.

— Gente como a gente? Mas que porra você quer dizer com isso? — Viv massageou a própria testa, exasperada.

— Novatos. Todo mundo tem que começar de algum lugar. Qual é o *seu* nome?

— Viv. — Ela se perguntou se acabaria se arrependendo por dizer aquilo. — E, agora que nós duas nos conhecemos, vou ler meu livro e almoçar. Se quiser ser apresentada a Rackam, pode esperar até ele aparecer por aqui e se apresentar para ele sozinha. O que *eu* poderia dizer? "Conheci essa garota num bar, e ela ficou enchendo o meu saco? Por favor, senhor, achei que ela poderia encher o saco do resto dos Corvos também?"

A expressão de Gallina era de azedar leite. Ela desceu da cadeira.

— Ah, vá se foder você também — disse, desaparecendo na multidão.

— Bons deuses — murmurou Viv, se perguntando se, no fim das contas, não tinha acabado enfiando os pés pelas mãos.

7

Viv tinha a suspeita de que ia acabar pagando mais vinte tostões para Fern, e não era porque estava gostando do livro.

Ela foi mais cedo para o calçadão, avançando devagar em direção ao seu compromisso do meio-dia. A perna estava surpreendentemente estável, e a cada poucos passos Viv apoiava de leve o peso no calcanhar direito, só para testar sua tolerância. Ainda assim, manteve um ritmo contido, pensando nos capítulos de *Lâmina da alma* que tinha lido.

A lâmina do título da obra não estava sendo usada com a frequência que ela esperara. Quase nunca, na verdade, o que deveria ter imaginado pelo sorriso de Fern. Na verdade, o primeiro terço do livro parecia girar em torno das desventuras políticas de Mirrim com um bando de arcanistas ambiciosos, da forma que Tamora, a guarda-costas, intimidava os tais arcanistas e das discussões cada vez mais acaloradas entre as duas. Havia muitos diálogos rebuscados, que Viv tinha certeza de que eram, na maior parte, puro sarcasmo. Tamora era uma feérica de pedra alguns séculos mais velha do que Mirrim, que era humana. As duas se odiavam. *Mais ou menos.* Estava ficando cada vez mais difícil ter certeza. Viv torcia para que partissem logo para a porrada ou para a cama, só para resolverem logo a situação. Se isso não mudasse em breve, não sabia se conseguiria terminar o livro.

Viv imaginara que teria que ficar esperando por Pitts, mas ele já estava na frente da loja de Fern. Sua carroça estava estacionada em um canto, e ele se sentara no calçadão, as mãos pendendo entre os joelhos. Havia quatro tábuas ao seu lado, além de uma serra, um martelo e algumas outras ferramentas.

Ele se levantou quando viu Viv se aproximar.

— Oi, obrigada — disse ela, encostando a muleta no corrimão e se equilibrando no poste.

— Isso deve resolver. Tenho umas coisas pra fazer, então volto daqui a algumas horas para buscar minhas ferramentas. — Ele se inclinou em sua direção e acrescentou, sério: — Não deixe nada largado por aí, viu?

— Claro que não.

Ele olhou de Viv para os materiais e de volta para ela.

— Trouxe a mais. Só por precaução.

— Tenho certeza de que vou dar conta.

Pitts deu de ombros.

— No pior dos casos, vai ter mais um buraco.

Então pegou as correias e seguiu seu caminho.

— São só uma ou duas tábuas, caramba — resmungou Viv.

Ela pensou em colocar a cabeça para dentro da livraria e cumprimentar Fern, mas decidiu que era melhor começar logo.

Pitts também havia deixado uma caixa de madeira com pregos de ferro compridos, um pé de cabra de aço e um lápis de carvão.

Viv se abaixou até estar sentada no calçadão e pegou a primeira tábua da pilha, colocando-a ao lado da tábua podre. Era comprida demais.

— Não é *tão* complicado assim — murmurou Viv, marcando a tábua com o lápis.

Com a serra na mão, ela se posicionou, meio desajeitada, a perna enfaixada esticada e o tronco torcido, tentando encontrar o ângulo certo. Apoiando a madeira com uma das mãos, começou a serrar. Infelizmente, a tábua escorregava a cada movimento, e os dentes da serra travavam o tempo todo. Praguejando baixinho, ela forçou a lâmina para a frente e para trás, rasgando a tábua até não conseguir mais serrar o final. Então quebrou o pedaço menor com as mãos, o que deixou uma ponta irregular e cheia de farpas.

Olhando para o corte torto e as farpas na ponta, Viv suspirou e encarou as tábuas restantes, que de repente pareciam que não seriam suficientes.

— Ai, merda.

Duas tábuas depois, Viv conseguiu executar um corte reto e sem farpas, que demandou uma posição muito desconfortável e desajeitada de suas pernas para manter a madeira e a serra estáveis. A essa altura, já tinha descoberto como serrar de maneira uniforme. Decidiu que o resultado não estava *tão* vergonhoso assim.

Arrancar a tábua velha foi fácil, pelo menos. Bastou um pouco de força com o pé de cabra e ela saiu.

Martelar os pregos também foi simples. Até demais. Seus golpes eram rápidos e precisos, sem jamais acertar o polegar, e Viv sorriu. Nessa linguagem, os músculos de seu braço eram fluentes.

Na última martelada, porém, ela martelou com força demais, e uma rachadura se formou do prego quase até o centro da tábua. Viv soltou um palavrão tão alto que a porta atrás dela se escancarou.

— Pelos descrentes, mas que porra é essa? — gritou Fern. Paio latiu atrás dela, ansioso.

Viv ergueu o olhar, com uma expressão culpada.

— Ah, eu estava... dando um jeitinho aqui?

Fern a encarou, boquiaberta, vendo o pó de serragem espalhado, as tábuas largadas na rua e a nova tábua recém-estragada.

— Eu... Por quê...?

A ratoide estava sem palavras.

— Aquela tábua podre que comentei. Lembra? A que quase cedeu quando pisei. Bem... ela cedeu mesmo com a muleta, e... — Viv olhou para o martelo, depois voltou o rosto para ela, encolhendo-se. — Já estou terminando?

Fern fechou a boca, agarrou o fecho da capa como se quisesse esmagá-lo, bateu a porta na cara de Paio e saiu em direção à praia sem dizer mais nada.

Após medir e serrar a última tábua com todo o cuidado, Viv manteve a força sob controle ao pregá-la no lugar, prendendo a respiração ao dar as últimas marteladas nos pregos.

Quando se ergueu, olhou seu trabalho com satisfação. A madeira nova destoava do restante, mas, ao ar livre, logo ficaria envelhecida e combinaria com as outras. Mais um ano e ninguém notaria. Pegando a muleta, Viv mancou até a tábua e apoiou todo o seu peso. Nem um rangido.

Quando terminou de varrer a serragem, organizar as ferramentas e arrumar os restos de madeira na rua, Pitts já estava voltando.

Ele examinou os destroços das primeiras tentativas de Viv e o produto final, deixando-a na expectativa de uma risada ou expressão de decepção, mas Pitts simplesmente começou a guardar a madeira e as ferramentas na carroça.

— Quanto te devo? — perguntou ela.

— Quanto *eu* te devo? — disse uma voz aguda atrás dela.

Fern havia se aproximado sem fazer barulho, com uma baguete comprida debaixo do braço, a capa vermelha esvoaçando ao vento.

— As tábuas eram só restos — disse Pitts, sem se virar.

Viv não acreditou.

Pelo visto, Fern também não.

— Pode ir entrando, Pitts. Você não vai embora sem almoçar. — Ela olhou feio para Viv, que achou uma grande injustiça. — E você também não.

Paio só tinha olhos para o pão fresco enquanto Fern os conduzia livraria adentro. Viv a seguiu, meio sem jeito, mas não tanto quanto Pitts, que abaixou a cabeça e entrou com todo o cuidado, como se as prateleiras corressem o risco de desabar sobre ele em uma avalanche de papel.

Com passos rápidos, Fern se aproximou do balcão, empurrou uma pilha de livros para longe e pousou o pão que havia comprado. Depois foi para os fundos da loja e voltou com uma faca comprida e um embrulho em musselina, que abriu revelando uma linguiça e uma grossa fatia de um queijo amarelo que cheirava a creme, sal e grama fresca.

Sem dizer nada, cortou fatias de pão e empilhou fatias de queijo e linguiça, entregando-as aos dois orcs sem olhar para eles direito. Então cortou uma porção para si mesma e jogou uma casca de queijo para o grifete, que a devorou e balançou o rabo, pedindo mais.

Finalmente, Fern fez contato visual com eles.

— Por que estão parados aí? Comam logo!

Ela deu uma mordida em sua refeição e mastigou desafiadoramente.

— Há, você...? — começou Viv.

— *Coma.*

— Certo, tudo bem.

Viv arrancou um pedaço com os dentes. O pão era, como ela esperava, incrível; levemente pungente e macio, com uma crosta grossa que se desmanchava na boca.

Pitts devorou a comida com um olhar levemente apreensivo. Fern pigarreou.

— Obrigada, vocês dois — falou com cuidado, depois encarou Pitts. — Posso ajudar você a encontrar algum livro de seu interesse?

Viv não achava que ele parecia muito interessado, mas Pitts pareceu identificar o caminho mais fácil. Ele estendeu a mão, hesitante, e pegou o menor livro que viu, segurando-o entre o polegar e o indicador. Parecia ainda menor em sua mão.

— Este?

— *Espinhos e plumas.* Um excelente livro de poesia. É seu — disse Fern com um aceno de cabeça majestoso.

— É... melhor eu ir — disse Pitts.

Então fez uma reverência hesitante e saiu de costas porta afora. Viv o observou partir com um sorriso.

— Acho que nunca vi alguém com tanto medo de um almoço grátis.

Fern estava encarando a porta fechada. Olhou para seu pão, jogou tudo no chão para Paio e explodiu em prantos.

—⁓—

— Merda — disse Fern aos soluços. — O que eu estou *fazendo*? Preciso de caridade para consertar uma *tábua quebrada*.

Viv nunca se sentira tão pouco à altura de um desafio. Ela conduziu a ratoide até seu banco. A garota cruzou os braços em cima do balcão e escondeu o rosto neles.

— Vamos lá, não pode ser tão ruim assim... Pode? — murmurou Viv.

O suspiro de Fern foi choroso.

— Não consigo continuar. Não por muito mais tempo. Talvez um mês, com sorte.

— A loja já existe há algum tempo, certo? Tenho certeza de que pode durar mais *alguns* meses do que isso.

A ratoide ergueu a cabeça para encarar Viv com um olhar desamparado.

— Cinquenta anos. Esta loja existe há cinquenta anos. Meu pai que abriu. Eu cresci aqui. Costumava dormir naquela prateleira ali quando era pequena. — Ela apontou para o canto distante. — Ele deixou para mim quando morreu, e agora *eu* vou levar tudo à falência. Deuses, o que ele diria se pudesse me ver?

Viv deu um tapinha desajeitado em seu ombro.

— Não entendo muito de negócios, mas... o que mudou?

— *Nada* mudou. Está tudo igual. Bem, não é verdade. Está tudo mais gasto. Meio caindo aos pedaços. E acho que *eu* sou a principal diferença.

— Há. Talvez... talvez seja esse o problema, então?

Os olhos de Fern se estreitaram.

— Você não é muito boa em consolar os outros, não é?

— Ah, não, não quis dizer *você*. Eu quis dizer... fazer as coisas do mesmo jeito. — Viv estremeceu, culpada. — Desculpe, esta realmente não é a minha área.

A ratoide deu uma risadinha.

— Não seja tão dura consigo mesma. Você é a cliente mais interessante que tive em um mês.

— Nossa, a situação está ruim *mesmo*.

A risada fraca de Fern se transformou em um soluço. Quando se recuperou, disse:

— Sabe, não é que eu nunca tenha parado para pensar nisso, em mudar. Mas a sensação é que nunca tenho tempo ou dinheiro para tapar os buracos. Só o suficiente para continuar jogando água para fora do barco.

Viv coçou a nuca.

— Bem, um buraco a menos por hoje. Mas fui eu que fiz aquele, então acho que não conta como progresso.

Fern deu de ombros, apoiando o queixo nos braços cruzados.

— Se você *pudesse* mudar alguma coisa, o que seria? — perguntou Viv.

A ratoide ficou quieta por um longo tempo. Viv imaginou que não teria uma resposta. Até que:

— *Tanta coisa*. O estoque. Aquelas bostas daqueles mapas náuticos. Edições mais novas. Uma demão de tinta nas paredes. Transportar magicamente a loja para uma cidade cheia de bibliófilos. — Ela olhou para Viv. — O que *você* mudaria? Você tem uma primeira impressão recente.

Viv tentou não ofendê-la muito ao responder:

— Há, o cheiro? E provavelmente o tapete também.

— O *cheiro*?

— Sim, tem um cheiro meio... amarelo. E não um amarelo bom. — Ela olhou para o grifete. — Meio como se alguém tivesse mergulhado esse carinha aqui em um balde.

Paio protestou, indignado, e bicou a bota de Viv.

Fern riu de novo, então ficou em silêncio. Depois de um tempo, disse baixinho:

— Obrigada pela ajuda hoje. Obrigada por me ouvir reclamar.

— Você é a única coisa me mantendo sã por aqui — respondeu Viv. — Foi por interesse próprio também.

A ratoide se animou, e sua expressão ficou mais tranquila.

— Como está indo com *Lâmina da alma*?

— Bem, eu... — Viv começou a enrolar, mas pensou melhor. — Acabei de começar. Aviso quando terminar.

— Não tem espadas suficientes para você?

— Ainda estou formando minha opinião, está bem?

Fern se afastou do balcão com os braços e mexeu os bigodes. Cortou mais algumas fatias de pão e passou uma para Viv.

Enquanto Viv mastigava, a ratoide observou a loja.

— O tapete? Sério? Estou tão preocupada com os problemas maiores que nem reparo nas pequenas coisas. Acho que precisa mesmo ser batido.

Viv engoliu e balançou a cabeça.

— Não. Precisa ser queimado.

8

— Pelos Oito, o que você está fazendo aqui? — Highlark parecia sentir algo entre surpresa e irritação. — Faltam dois dias para a minha visita ao seu quarto.

Ele olhou de um lado para o outro da rua, como se alguém tivesse transportado Viv magicamente até sua porta.

Ela deu de ombros, bem apoiada na muleta.

— Estava com vontade de sair e ver o resto de Murk. Como já estava aqui, pensei em matar dois coelhos com uma cajadada só. Não foi difícil encontrar o lugar.

O consultório de Highlark ficava perto do centro da cidade, dentro das muralhas, e todo mundo sabia. O prédio era alto, estreito e bem cuidado, com floreiras tanto nas janelas superiores quanto nas inferiores, o que Viv achou meio engraçado. Uma placa de ferro em forma de bastão de curandeiro e uma lua crescente estavam fixadas acima do batente da porta.

Ele estreitou os olhos.

— O que você quer? Está cuidando do ferimento todos os dias como ensinei, certo?

— Aham, claro. Mas... Bem, talvez você pudesse dar uma olhada. Aquele óleo de callis pareceu funcionar bem. Será que a gente poderia usar de novo?

— *De novo?*

Highlark ficou chocado.

— É. Não ajudaria a me livrar da muleta mais rápido?

— Não funciona assim — disse ele, num tom exasperado.

Agora que ele não estava usando uma capa de chuva, Viv percebeu que o elfo tinha um porte elegante, com sua camisa branca engomada e as calças caras impecáveis. Por algum motivo, ela ficara na expectativa de que ele fosse atender a porta com um avental ensanguentado. Também ficou feliz de ver que os hematomas no pescoço dele estavam quase sumindo.

— Duvido muito que eu possa oferecer qualquer outro conselho até sua recuperação estar mais adiantada. E, mesmo que pudesse, está claro que você não escutaria. Entre, se faz questão.

Highlark abriu a porta por completo e a conduziu para dentro com um ar resignado. Ao entrar no consultório, Viv ficou surpresa ao perceber que mais parecia uma livraria do que a própria livraria do povoado. Uma das paredes era ocupada por estantes que iam do chão ao teto, com uma elegante escada de rodinhas. As lombadas dos livros pareciam em excelente estado, reluzindo como se tivessem sido enceradas.

— Uau — comentou ela.

Uma escrivaninha pequena ficava posicionada diante das estantes, coberta por anotações, pastas, uma agenda e um lampião apagado. Ela devia ter interrompido seu trabalho. Não parecia muito uma sala de cirurgia, na opinião de Viv.

Highlark passou por uma escada que levava ao andar superior e entrou por uma porta branca nos fundos. Um cheiro adstringente invadiu o nariz de Viv enquanto ela o seguia até um ambiente completamente diferente. Lampiões modernos com interruptores iluminavam bem o local, seu leve chiado preenchendo o ar. Duas mesas longas e acolchoadas ficavam no centro, e as paredes eram cobertas por gráficos, anotações e ilustrações. Bancadas compridas ocupavam as paredes, com fileiras e mais fileiras de gavetas na parte de baixo. Garrafas, caixas, panos perfeitamente dobrados e frascos de líquidos azuis estavam prontos para serem usados. Ela viu até esqueletos de madeira — pequenos, mas incrivelmente detalhados — de várias raças, suspensos em fios presos por barras de metal.

— Suba — disse Highlark, indicando a mesa mais distante.

— Você vai me poupar da viagem, pelo menos. E, se conseguiu vir até aqui uma vez, pode vir de novo, se necessário.

Viv se acomodou na mesa — nem precisou pular — com uma careta, tirando *Lâmina da alma* do bolso traseiro e deixando o livro de lado. Highlark ergueu a perna ferida dela e apoiou o calcanhar na mesa oposta.

Sem dizer mais nada, ele desfez habilmente suas bandagens. Quando a pele ficou exposta, ele soltou um muxoxo involuntário de consternação.

— O quê? — perguntou Viv.

Highlark não respondeu, colocando os óculos para examinar o ferimento mais de perto. Ele pressionou a pele, e, embora ainda estivesse *muito* sensível, Viv não ficou tonta, como havia acontecido na última consulta.

— Está evoluindo bem — disse ele, e levantou-se deixando os óculos pendurados no peito.

Realmente parecia muito melhor. A perna ainda estava bastante inchada, mas não expelia qualquer secreção, e a vermelhidão generalizada havia diminuído para uma área menor em um tom rosado.

Highlark olhou de relance para o livro, e sua expressão mudou para uma surpresa diferente.

— Uma leitura leve?
— É, acho que Fern me transformou em seu projeto pessoal.
— Fern?
— Sabe, da livraria. Você já deve ter ido lá, certo?
Ela gesticulou na direção da biblioteca de Highlark.
— Ah! Não, não a conheço.
— Hum. Onde conseguiu todos esses livros, então?
Highlark estreitou os olhos para ela.
— São, em sua maioria, volumes de interesse específico. Textos de referência. Ficaria surpreso se ela vendesse esse tipo de livro. É um lugarzinho bem desmazelado, não é?
Ele abriu uma gaveta, de onde tirou um pote de pomada e um rolo de gaze.
Enquanto o curandeiro aplicava a pomada e refazia o curativo, Viv perguntou:
— Isso faz diferença? No fim das contas, são só palavras, certo?
Apesar de Highlark estar colocando o dedo em *sua* ferida, Viv sentiu uma pontada de indignação por Fern.
O elfo a encarou com curiosidade, como se ela de repente tivesse sido substituída por outra pessoa.
— Por que tanto interesse?
— Sei lá. Acho que gostei mais de lá do que esperava, e imaginei que pessoas que já *têm* livros frequentassem… lugares com livros.
— Ela recomendou *esse* livro para você?
— Isso mesmo. Embora eu ache que ela esteja tentando me provocar também.
— A autora, Russa Tensiger, é uma elfa. E bastante talentosa. — Highlark pegou a obra e a examinou, pensativo. — E *você* está lendo?

— Estou na metade. Então você lê coisas que não são... como foi que chamou mesmo? Textos de referência?

— De vez em quando.

Ele devolveu o livro, então fez Viv dar uma volta pela sala, observando como ela se movimentava com a muleta e pedindo que apoiasse mais peso no calcanhar. Em seguida, pediu que ficasse de pé sem apoio, alternando o peso entre a perna sadia e a ferida.

Ainda doía feito os infernos, mas talvez não tanto quanto antes.

Por fim, ele a observou, pensativo, batendo os óculos contra o queixo por um tempo que pareceu interminável. Então, trocou a muleta por um bastão de caminhada que pegou em um armário alto no canto.

— Seus colegas já pagaram por seu tratamento. Quero vê-la de novo em uma semana, certo?

— Aham.

— E, quando voltar, gostaria de ouvir sua opinião sobre o que leu.

Seus lábios apenas sugeriam um sorriso enquanto ele fechava a porta, deixando-a sozinha na rua.

Viv se regozijou com a liberdade de movimento que o bastão de caminhada lhe proporcionava. Infelizmente, o calcanhar e os dedos descalços, embora calejados e resistentes, já estavam começando a sofrer com o calçamento de pedras da cidade agora que Viv estava caminhando de um jeito mais normal.

Depois de pedir informação a alguns moradores, ela encontrou um sapateiro e o convenceu a lhe vender uma única sandália grande, embora fosse necessário alongar a tira para acomodar o pé inchado. O resultado representou uma enorme melhoria, e Viv ficou imediatamente grata.

O centro de Murk era bem mais movimentado do que a parte à beira-mar, repleto de construções e de pessoas. Até mesmo as aves marinhas pareciam se amontoar nos telhados, e Viv sentiu saudades do ar livre e das dunas claras do lado de fora das muralhas.

Uma rua comercial atravessava o coração da cidade, cheia de barracas de mercadores, redeiros, mais uma ou duas estalagens, diversas lojas de ofícios diferentes e um estábulo perto do portão. Havia até um terreno aberto ocupado por uma confusão de móveis, roupas e miudezas em mesas improvisadas. Dois jovens gnomos que aparentavam ser irmãos pareciam estar tentando liquidar um espólio.

Na metade do caminho de volta à praia, Viv se deparou com uma cena familiar: um quadro de recompensas ocupado por pedidos diversos. Nenhum dos poucos anúncios era grande coisa, mas serviam como um lembrete claro de que, em sua condição atual, Viv não dava conta nem mesmo deles. Caças a feras ou brigas não estavam em seu futuro imediato. Sua boca se contraiu, e ela amaldiçoou a perna em voz baixa.

Ao se aproximar do portão da fortaleza, ansiosa pelo silêncio da praia, parou de repente. Sentiu um arrepio na nuca, e a madeira do bastão rangeu enquanto sua mão apertava o cabo com mais força.

Bastou um instante para que ela o avistasse entre os transeuntes. Ele quase se fundia com as sombras de um pequeno pátio ao lado da loja de velas.

Seu manto era cinza como névoa e desgastado pelas viagens, e a pele das mãos expostas era pálida, quase branca. Um alforje abarrotado pendia de um dos ombros, e seu capuz estava levantado, de modo que apenas o nariz fino estava visível. Este pareceu se torcer na direção dela, e Viv percebeu uma tensão em sua postura, certo estado de alerta.

A promessa de perigo na postura dele fez Viv examiná-lo em busca de uma arma que não estava lá. Ela quase soltou o bastão, a mão se movendo por instinto em direção ao sabre que costumava estar preso à cintura.

Então, um grupo de três marinheiros passou na frente de Viv. Quando se afastaram, ele havia sumido.

Ela procurou por ele na multidão, mas não estava em condições de persegui-lo de qualquer forma. Então desistiu e seguiu em frente, mas a imagem não saiu de sua cabeça, atiçando seus instintos de sobrevivência de uma maneira que ela havia aprendido a não ignorar.

Ao atravessar o portão principal, Viv olhou para o lado e viu Iridia, a Guardiã dos Portões, conversando com um grupo de outros guardiões usando o mesmo uniforme azul. Parecia haver um número excessivo deles em Murk, mas Viv imaginou que mantinham uma guarnição caso houvesse problemas vindos do oeste de novo, embora isso fosse improvável. Ou talvez tivessem recebido notícias sobre o progresso de Varine pela costa e estivessem tomando precauções. Histórias sobre seu rastro de destruição já deviam ter chegado ali.

Como se pudesse sentir sua presença, a líder da guarda interrompeu a conversa e fixou os olhos dourados em Viv. A tapenti a olhou de cima a baixo, e Viv sentiu o peso desafiador do gesto. Retribuiu a encarada, mas apenas uma delas precisava de um bastão para se locomover, e Viv teve a sensação de ver esse fato refletido no olhar da outra. Ela sentiu como se estivesse fugindo de um campo de batalha ao sair do alcance da visão de Iridia.

Parou a alguns metros fora das muralhas, alheia ao tráfego ao seu redor, e respirou fundo o ar salgado.

Pela primeira vez em vários dias, Viv se arrependeu de ter deixado o sabre no quarto.

~~~

Quando passou pela padaria encosta acima, ainda tentando se livrar da ansiedade, um sino tilintou e alguém chamou seu nome.

— Viv!

Maylee saiu da Padaria Canto do Mar, trazendo consigo o aroma de pão de fermentação natural. Não havia fila porta afora, então o horário de pico já devia ter passado.

— Assim você vai me fazer pensar que errei a mão — acusou a anã, sacudindo a farinha do avental enquanto descia os degraus carregando um saco de papel dobrado.

— Hã?

— Bem, você não voltou desde o outro dia, meu bem. — Ela jogou a grossa trança para trás, as bochechas ainda rosadas pelo calor ou pelo trabalho árduo, ou as duas coisas. — Assim você ofende a padeira.

— Ah! Ah, não, os pãezinhos? Estavam ótimos. Incríveis! Mas estou surpresa por você ainda se lembrar do meu nome.

Maylee revirou os olhos, como se isso fosse ridículo.

— Pelo visto você arranjou um novo meio de transporte?

Viv bateu o bastão no chão.

— Melhorando de vida.

A mulher ofereceu o saco.

— Você está lá no Poleiro, não é? Tome um lanchinho para a subida de volta. Sobrou uma coisa ou outra.

Viv aceitou a oferta, erguendo as sobrancelhas para a anã, depois espiou o que havia dentro do saco. Quatro ou cinco muffins, cobertos de nozes e açúcar.

— Parece que os Oito lhe deram uma segunda chance.

Maylee deu uma piscadela para Viv e voltou para a padaria sem dizer mais nada. O sino tilintou atrás dela.

— Ah, obrigada! — gritou Viv, tarde demais, para a porta fechada.

Ela pegou um dos muffins e deu uma mordida, confusa. Um gemido involuntário escapou de seus lábios. O muffin não durou muito.

— Segunda chance? — murmurou ela enquanto mastigava o último pedaço.

Então, lambeu os dedos e continuou a caminhar, balançando a cabeça.

9

— Então, até metade do livro, eu não suportava nenhuma das duas — comentou Viv, a voz levemente alterada. — Tinha certeza de que não chegaria até o fim e acabaria devendo vinte moedas pra você.

Ela deu um golpe e tanto no tapete de Fern com seu bastão. Uma nuvem de poeira e penas explodiu no ar. Segurando sua ponta do tapete com firmeza, ela o sacudiu para cima, e ainda mais sujeira subiu.

Fern tossiu e balançou a mão na frente do rosto, prendendo com os pés a outra ponta do tapete, pendurado sobre o corrimão do calçadão.

— Mas?

— Mas aí, sei lá. Tenho quase certeza de que foi quando elas ficaram presas na Casa de Códigos Carmim com Pruitt e os outros. Tudo mudou. Eram só as duas, juntas, contra um bando de mentirosos. Elas nem mudaram o jeito de falar uma com a outra, ainda eram puro sarcasmo e farpas. E dormindo juntas também, com a espada entre elas...

Acenou para Fern, e elas viraram o tapete para Viv dar outra pancada feroz. Incrivelmente, ainda havia mais sujeira de Paio. O grifete em questão piou, cochilando ao sol na frente da porta.

— A perspectiva mudou tudo — completou Fern. — Como um daqueles desenhos que se transformam em outra coisa quando você vira de cabeça para baixo.

— Acho que vi algo do tipo uma vez na placa de uma taverna. O Coelho & A Gaivota. Primeiro parecia um pássaro, mas virava um coelho se você inclinasse a cabeça.

— Exatamente. Mas você terminou?

— Terminei.

Viv puxou o tapete, limpou a superfície com a mão e examinou os dedos. Não estavam tão sujos assim.

— E? — perguntou Fern, impaciente.

Viv sorriu e continuou em silêncio por mais um momento, fingindo inspecionar o tapete. Dobrou-o em quartos até recolhê-lo por inteiro, movendo-se devagar, com a maior parte do peso apoiada no pé esquerdo. Deixou então o tapete em frente à porta, sentindo a impaciência da ratoide queimando suas costas.

Ela retirou quatro moedas de cinco tostões da carteira e as entregou a Fern.

— Acho que *eu* não ia querer me importar tanto com outra pessoa quanto aquelas duas. Parece meio perigoso.

Fern não pegou as moedas, cruzando os braços.

— Mas você *gostou*? Apesar da falta de lutas de espada?

Viv pensou por um momento, mexendo as moedas com o polegar.

— Bem, teve muitas lutas, suponho. Só não muito sangue. E talvez eu tenha *mais* do que gostado? Estou com dificuldade de explicar por quê.

Ela pigarreou, constrangida. Ao mesmo tempo, algo no olhar atento e quase faminto de Fern deu vontade de satisfazê-la.

— É como se... elas eram tão terríveis juntas, em alguns sentidos, mas... ainda assim se defendiam? Tenho quase certeza de que se amavam até. Quer dizer, se você considerar o capítulo trinta e cinco, *com certeza* se amavam. — Ela revirou os olhos. — Mas, para além disso, de um jeito que importava mais.

A ratoide observava seu rosto com um sorrisinho. A expressão fez Viv se lembrar do pai, de como ele ficou quando ela conseguiu erguer uma lâmina pela primeira vez. Um calorzinho brotou em seu peito ao ver a expressão mais uma vez, agora com pelos e bigodes.

Meio sem jeito, ela completou:

— E acho que isso me faz pensar que, se estou disposta a chamar *aquilo* de amor, então... um tipo melhor pode não ser tão impossível assim. — Ela corou e desviou o olhar. — Amor. Pelos deuses. Vamos lá, estou me sentindo uma idiota. Pegue logo essas moedas, droga.

Fern obedeceu com um olhar de superioridade.

⁓

Como já estavam com a mão na massa, elas varreram a loja, o que exigiu que movessem as pilhas de livros acumulados nos cantos. Viv trocou o bastão de caminhada pela vassoura de Fern. Paio pareceu se opor, bicando e rosnando para o objeto, batendo as pequenas asas vestigiais, mas Viv o cutucou delicadamente com as cerdas para que saísse do caminho. Bem, quase delicadamente.

Fern soltou a capa vermelha e a jogou em cima do balcão.

— Caramba. Com você aqui dentro também, parece que estamos dentro de uma fornalha!

Viv deu de ombros.

— Orcs são bem quentes. É sempre melhor dormir na tenda de um orc no inverno. Isso é um fato.

A ratoide bufou e ergueu uma pilha de livros com capas de couro rachado para tirá-los do caminho.

As nuvens de poeira foram imensas, e, em determinado momento, as duas precisaram fazer uma pausa enquanto Viv agitava a capa de Fern em direção à porta aberta para limpar o ar. Paio disparou pelo assoalho, assustado, e escondeu-se atrás de uma estante.

Quando terminaram, Viv largou o tapete na entrada, se apoiou no batente da porta e usou os dedos do pé bom para levantar um canto e desdobrá-lo. Fern segurou a outra ponta e esticou o tapete.

Viv olhou para as torres de livros ainda desorganizadas, abarrotando a área em volta do balcão, nos fundos. A frente da loja estava muito menos claustrofóbica agora que não havia mais pilhas no caminho.

— Todos esses livros são importantes?

Ela os indicou com um aceno de cabeça. Fern ficou afrontada.

— *Claro* que são importantes! São meus livros!

— Quer dizer, você acha que alguém vai *comprá-los* se estiverem empilhados pelos cantos?

A ratoide bufou, exasperada, enquanto ficava de pé, batendo o pó das roupas.

— É só o cliente me dizer o que quer e eu encontro para ele. É assim que uma livraria funciona. Os livros têm que ser guardados em *algum lugar*.

— Bem, se podem ficar em qualquer lugar, então... por que não lá atrás? Se você sabe onde cada livro está?

Fern estreitou os olhos para ela.

Viv acrescentou rapidamente:

— É só que... quando estão todos espalhados, fico meio... com medo de encostar em qualquer coisa. Ou olhar. Ou me mexer.

Houve uma longa pausa enquanto a ratoide mordia o lábio inferior.

— E — arriscou Viv — você talvez possa enfiar todas as cartas náuticas lá atrás também.

— As malditas cartas náuticas — disse Fern com notável ferocidade.

— Então por que não esconder nos fundos? E ver como se sente? — Viu a expressão da ratoide e ergueu as mãos. — Olha, quem sou eu para falar, mas... parece um buraco que você pode tapar de graça.

— Merda! — murmurou Fern.

— Ah, me desculpa, eu não deveria...

— Não, não é isso. — A ratoide suspirou e evitou fazer contato visual com Viv. — É que é mais fácil fazer isso com você por aqui. E eu acabo me sentindo uma idiota por isso. Será que fiquei só sentada no meu rabo esse tempo todo? Sem fazer nada porque estava *fingindo* que não podia? Sou tão patética que não conseguia reunir energia para fazer isso sem... sem uma *babá*?

Viv ficou em silêncio. Às vezes, isso bastava.

— Não estou culpando você — disse Fern. — Estou *grata*. Só fico... com raiva. De mim mesma. E não entendo por que não reparei em nada disso antes. Talvez isso signifique que eu nunca quis que a loja desse certo.

— Ou talvez você só precisasse ter alguém junto, ao seu lado.

A ratoide piscou, confusa.

— Para mudar de perspectiva — continuou Viv.

— Para ver as coisas de outro ângulo — disse Fern.

— Então. Vamos descobrir se é um coelho ou uma gaivota?

Com os "livros do chão" — como Viv insistia em chamá-los — guardados no quartinho dos fundos, onde Fern fazia reparos nas encadernações, elas pararam juntas na frente da loja e observaram o resultado de seus esforços.

— O lugar agora parece ter o dobro do tamanho — disse Viv. — E como *eu* tenho o dobro do *seu* tamanho, tenho que dizer, é uma ótima sensação.

— Devo admitir, está muito mais... arejado.

Paio imediatamente se acomodou no tapete, na parte banhada pela luz do sol entrando pela porta aberta. Ele afofou as penas do pescoço e fechou os olhos enormes com evidente satisfação.

Ainda estava longe das fileiras de livros oleados e brilhosos da biblioteca de Highlark, mas estava um pouco menos desmazelado. Não chegava a ser organizado. Nem exatamente convidativo. Prateleiras abarrotadas ainda lotavam o aposento, e as duas do meio ainda ameaçavam uma avalanche, mas era impressionante o efeito de liberar algum espaço no chão. Até a tinta descascada e o lampião com vidro rachado pareciam menos tristonhos.

— O cheiro não está mais tão amarelo, também — disse Viv, falando sozinha.

— O quê?

— Nada.

O rangido do calçadão lá fora antecedeu a entrada de um gnomo de pernas arqueadas, com roupas encrustadas de sal. Suas mãos tinham o aspecto áspero e calejado de alguém que passava os dias no convés de um navio.

Fern suspirou, então forçou um sorriso.

— Boa tarde, senhor! Procurando uma carta náutica?

Duas longas rugas abaixo dos lábios dele se aprofundaram quando ele fez um bico de surpresa.

— Não. Não tô conseguindo dormir. Queria arrumar alguma coisa pra ocupar a cabeça. O que você sugere?

— O que acha de lutas de espada e fugas da prisão? — perguntou Viv antes que Fern pudesse dizer uma palavra.

O gnomo a olhou de cima a baixo com atenção.

— Você tem uma sugestão?

— Tenho, sim — respondeu Viv.

O homenzinho encarquilhado saiu alguns minutos depois com um exemplar de *Dez elos na corrente* debaixo do braço.

Depois de sua partida, Fern se virou para Viv e alisou os bigodes.

— E aí, eu ganho uma comissão? — Viv apoiou o peso no bastão com um olhar desafiador.

— Tenho outra proposta para você — começou Fern, tímida pela primeira vez.

— Outra aposta?

— Não exatamente — respondeu, hesitando um pouco mais.

— Bem, eu não mordo. Diga. Quero saber o que é.

— O que acha de passar mais tempo aqui? Durante o dia? — Então, nervosa, Fern acrescentou: — E, em troca... eu... arranjo livros para você.

Viv considerou a proposta.

Fern foi rápida em completar:

— Seria como a sua biblioteca. Você pode ler o que quiser e devolver quando terminar. Quantos livros quiser por vez! Livros podem ser caros, claro, e assim você poderia...

— Você sugeriria os livros para mim?

Fern parou e pensou.

— Eu... Sim, claro. Seria um prazer.

Viv deu uma batidinha na porta com seu bastão e fez uma careta, olhando para ver se não havia danificado a madeira. Paio lhe lançou um olhar sonolento e irritado.

— Certo. Combinado, então.

A ratoide pareceu aliviada, mas também um pouco culpada.

Algo dentro de Viv se revirou ao ver aquela expressão. Havia algum tipo de sofrimento por trás dela. E talvez houvesse nisso uma distração enquanto os Corvos seguiam adiante com a vida que ela deveria estar tendo. Uma batalha para lutar, pelo menos.

— Mas tenho uma contraproposta.

— Ah, é?

— Não quero ficar aqui sentada lendo seus livros. E se você tentasse fazer mais do que apenas tirar água do barco? E se eu ajudasse?

— Então você quer entrar na batalha que é o ramo da venda de livros? — O sorriso de Fern foi quase cético, mas não completamente. — Suponho que você pudesse intimidar meus clientes a comprar.

— Acho que você está subestimando como uma orc pode ser charmosa quando não está irritada. Além disso, a completa ignorância nunca me impediu de tentar. Mas tenho outra condição.

— E qual é?

— Precisamos arrumar um lugar para eu sentar por aqui. Não tem a menor chance de eu passar o dia todo de pé, nem aqui nem nos oito infernos.

10

Um lugar para passar a maior parte do dia que não fosse o Poleiro estava parecendo uma ideia cada vez melhor.

Quando Viv desceu para o salão da taverna no fim da manhã, uma figura familiar estava em sua cadeira favorita, reclinada com os calcanhares em cima da mesa. Era uma posição muito desconfortável, considerando a altura de Gallina, e pela cara de Brand, ele não gostou muito de ver as botas da gnoma ali em cima.

Os olhos de Gallina seguiram Viv, embora o queixo estivesse erguido em falsa indiferença. Ela se tornara uma frequentadora assídua desde a explosão alguns dias antes. Viv imaginou que a gnoma devia arrumar algo melhor para fazer com o seu dia.

Balançando a cabeça, a ignorou e foi até o balcão do bar.

— Bom dia, Brand.

— Viv — disse ele. — Café da manhã, o de sempre?

Ela se acomodou em um banco com um suspiro aliviado, apoiando o bastão no balcão.

— Vou ter que perguntar, você está sempre limpando a mesma caneca, ou todas acabam recebendo a sua atenção mais cedo ou mais tarde?

As sobrancelhas grisalhas do feérico de mar se ergueram. As tatuagens nos antebraços dele se moviam como ondas enquanto ele esfregava o pano.

— Não achei que você fosse reparar. É um velho truque de taverneiro. Se você lavar uma, todo mundo acha que o resto está limpo também. — Ele sorriu. — Hoje tem pão de aveia e ovos. Mel fresco também.

Viv massageou a coxa direita. Tinha pegado pesado demais na faxina e na bateção de tapete do dia anterior, e a perna estava mais rígida e sensível. Ou talvez fosse por estar usando sua calça reserva e não destruída naquele dia. O inchaço havia diminuído o suficiente para que a peça coubesse, mas ainda estava desconfortavelmente apertada.

E, enquanto estava tomando nota das sensações incômodas, ficava difícil ignorar o peso desconfortável do olhar de Gallina em sua nuca.

Quando Brand voltou com um prato de ovos moles, pães de aveia grelhados e uma generosa porção de mel cru, Viv se inclinou para mais perto. Erguendo o polegar junto do peito, de um jeito que não fosse visível de trás, sussurrou:

— Ela passa o dia todo aqui?

Brand grunhiu.

— Tinha um gato velho aqui na área. Ele só aparecia quando eu tinha sobras que não serviam para o ensopado. Assim que eu saía para jogá-las fora, lá estava ele, como se estivesse espiando pela janela. Aquela ali é igual. — Ele pigarreou e baixou a voz. — Só que, agora, *você* é a sobra.

Viv revirou os olhos e pegou o garfo.

— Mas o gato não colocava as botas em cima da *mesa* — comentou Brand em voz alta.

— O quê? — perguntou a gnoma bruscamente.

Viv engoliu um pedaço de ovo e se virou para ela.

— Não sei o que você quer. Não estou com Rackam escondido no bolso, então não adianta ficar aí esperando ele cair das minhas calças.

A gnoma lhe lançou um olhar cortante, depois tirou uma adaga da bandoleira e começou a aparar as unhas com uma expressão de desagrado.

Viv não deveria ficar incomodada, mas, depois de comer e pagar, ela saiu dali o mais rápido que pôde sem parecer que estava com pressa.

⁓

Uma neblina suave caíra sobre as dunas, obscurecendo a praia e subindo até as muralhas de Murk. As sombras espectrais de um navio ancorado eram visíveis através da camada perolada. Mais acima, o céu estava limpo, de um azul pálido.

Livrar-se de Gallina foi um alívio, embora Viv tivesse olhado por cima do ombro para ter certeza de que a gnoma não a seguia, por mais ridícula que se sentisse ao fazer isso.

Ela esperava encontrar Pitts em sua ronda matinal, pois tivera uma ideia no dia anterior e queria saber logo se seria possível executá-la.

A névoa trouxe à caminhada até o calçadão uma quietude peculiar e abafada, na qual sons próximos pareciam distantes, como se o mundo tivesse sido esticado em todas as direções e apenas névoa preenchesse os espaços livres.

Viv não viu ninguém até chegar à padaria, que estava, como sempre, bem movimentada. A essa altura, ela estava convencida de que, mesmo se inimigos do outro lado do oceano sitiassem as muralhas da fortaleza, ainda haveria uma fila na porta da Canto do Mar. Provavelmente com alguns dos soldados inimigos na fila também.

Na vez de Viv, Maylee plantou as mãos no balcão e inclinou-se para a frente com um sorriso acolhedor.

— Foram os muffins, né? Foram eles que conquistaram você — comentou com uma piscadela.

Ela parecia fazer isso com frequência.

— Bom, eu comi todos antes de chegar lá em cima, então, talvez sim?

— Quanto tempo você vai ficar na cidade, meu bem?

Viv deu de ombros e respondeu:

— Mais algumas semanas, acho. Tem um… há, grupo que vai passar por aqui na volta. Até lá, devo estar em condições de viajar com eles de novo.

Ela deu um tapinha na perna com mais entusiasmo do que deveria e se arrependeu imediatamente.

Um estivador atrás de Viv inclinou-se para ver qual era o motivo da demora, abrindo a boca como se fosse dizer algo.

Só que Maylee tinha uma carranca surpreendentemente eficaz. Viv ficou aliviada por não ser direcionada a ela.

— Então você é uma guerreira de aluguel, é? Quer dizer, dá para imaginar só de olhar. E você gosta?

Viv estava cada vez mais consciente da fila aumentando atrás dela e mudou de posição, sem jeito.

— Ah, bem. É o que sempre quis fazer, sabe? Sair por aí e tocar o terror. Corrigir injustiças, esse tipo de coisa. — Ela deu de ombros. — Embora haja bem mais caças a espinodorsos do que eu esperava. *Bem mais.*

— Hum. Sei — falou Maylee, sonhadora. Então seus olhos se estreitaram para o homem atrás de Viv, e ela apontou para ele. — Rolf, seus pães não vão fugir. Sossega o facho!

Quando Viv saiu da padaria com um saco de pãezinhos de melaço, tentou fazer uma expressão contrita para o pessoal impaciente da fila.

Ela seguiu em direção à cidade propriamente dita, com o nevoeiro ficando mais denso à medida que avançava. O vaivém das ondas provocava um eco estranho na névoa, e os rangidos fantasmagóricos dos navios tinham um quê surreal. Se não esbarrasse em Pitts, pelo menos poderia ver se o que queria ainda estava disponível.

Mas Viv o encontrou. Primeiro avistou sua carroça, parada onde a areia formava pequenos montes contra a muralha da fortaleza manchada de sal. Pitts estava sentado em uma duna, em meio a longos tufos de grama, os ombros cheios de cicatrizes inclinados para a frente.

Estava lendo o livrinho que Fern lhe dera.

Viv chegou bem perto antes que Pitts percebesse, erguendo os olhos para ela com a mesma expressão tranquila de quando se conheceram.

— Então você está gostando? — perguntou ela.

Pitts olhou para o livrinho laranja, depois de volta para ela, franzindo os lábios.

— Acho que sim. — Ele olhou para a névoa, como se pudesse enxergar através dela. — É um bom dia para ler, inclusive. Às vezes, leio uma página só e fico pensando nela. Como se ficasse virando uma pedra na minha cabeça, olhando de todos os ângulos.

Viv o encarou, surpresa. Era mais do que já tinha ouvido Pitts falar até então, e de uma forma que ela não esperava.

— Ei, eu queria pedir uma coisa. Mas já lhe pedi favores demais, então você tem que me deixar pagar desta vez. — Ela estendeu o saco. — Primeiro, esses são pra você, de qualquer maneira. Eu só queria agradecer de novo. Sei que aquelas tábuas não eram restos.

Pitts aceitou a oferta, olhou o conteúdo e sentiu o cheiro, parecendo aprovar. Pegou um dos pãezinhos, deu uma mordida surpreendentemente delicada e mastigou de olhos fechados, marcando a página do livro com um dedo enorme.

Depois de engolir, ele assentiu, esperando.

Viv apontou para a carroça dele, que estava quase vazia, e explicou o que queria. Pitts pensou um pouco, assentiu de novo, então levantou-se, limpando a areia das calças, e guardou o livro no bolso com todo o cuidado.

Mas ele comeu outro pãozinho antes de irem embora.

~~~

Os irmãos gnomos pechincharam, como Viv sabia que fariam, mas talvez a manhã úmida tenha funcionado a favor dela, porque os dois não pareceram tão obstinados. Na sua última visita à feira, ela tinha reparado em algumas poltronas no meio das mobílias à venda. Nada muito chique, mas as almofadas eram de veludo verde com botões e, o mais importante, eram grandes e resistentes o suficiente para que Viv pudesse se sentar nelas sem risco de desabar.

Uma prata e dois tostões depois, seguiu atrás da carroça de Pitts com as poltronas na traseira. Também havia comprado uma mesinha do conjunto.

Ao saírem das muralhas da fortaleza, ela olhou para o pátio ao lado da loja de velas. O homem de cinza com a bolsa cheia não estava à vista. Viv balançou a cabeça e soltou uma risada irritada consigo mesma. Não havia esquecido aquela sensação de perigo ao avistá-lo, mas ele não valia tanta vigilância.

Uma Guardiã dos Portões observava quem ia e vinha, mas não era Iridia. Viv supôs que nem mesmo a tapenti poderia implicar com uma carroça cheia de móveis.

Quando chegaram a Thistleburr, Pitts ajudou-a a descarregar as compras na calçada. Então foi embora, levando a carroça com uma só mão. Na outra, ele segurava um pãozinho, mastigando placidamente enquanto seguia seu caminho.

— Nem ferrando. Não tem espaço, não para as duas — disse Fern, franzindo a testa, em dúvida diante dos móveis em frente à porta. Ela apertou o manto vermelho ao redor do corpo para se proteger do frio e da umidade.

— Não dá pra saber sem tentar. Mas *pelo menos* uma tem que caber. É uma das minhas condições, afinal — disse Viv, com um largo sorriso.

Paio, nada útil, soltou grasnidos irritados enquanto Viv arrastava a primeira poltrona para dentro com passos desajeitados, apoiando o peso na perna boa.

Fern ficou ajustando e reajustando a poltrona enquanto Viv trazia as outras duas peças para dentro. Ficaram surpreendentemente bem junto à janela voltada para o leste, e a luz do lampião os envolvia em um brilho cálido e aconchegante.

Viv se acomodou em uma das poltronas com um suspiro grato. O estofado estava um pouco úmido, mas, quando esticou a perna e se recostou, percebeu que era surpreendentemente confortável. Ela entrelaçou as mãos sobre a barriga.

— Que beleza.

Fern subiu na outra poltrona, jogando o manto e a cauda para trás ao se sentar. Tamborilou as garras nos braços da poltrona.

— Mas quanto custaram?

Viv fechou os olhos.

— Não importa. Digamos que são minhas. Vamos fingir que vou levá-las comigo quando for embora. Além disso, seus clientes podem querer se sentar e ler alguma coisa, não?

— Tenho que admitir, é... *agradável* — reconheceu Fern. Ela se recostou e inclinou a cabeça para Viv. — Sabe, é estranho, mas nunca perguntei muito sobre você. É uma baita falta de educação da minha parte, não acha? Contei mais coisas da minha vida para você do que para qualquer outra pessoa em anos. Acho que não tenho tido muito tempo para... amizades nos últimos anos. Estou sem prática.

Viv abriu um olho na direção dela.

— Você está no túnel. Eu sei como é.

— No túnel?

— Você só está tentando chegar ao fim do túnel, e, enquanto está lá dentro, não há nada dos lados. Só o caminho à frente. O túnel, entende? Talvez, quando conseguir sair, você até possa olhar ao redor, mas até lá... — completou Viv e se afundou mais na poltrona.

— Hum. — Fern ficou em silêncio por um bom tempo. — Certo, vamos fingir que eu não estou numa porra de um túnel agora. O que *você* está fazendo aqui? Nem sei o que aconteceu com a sua perna!

Então Viv lhe contou sobre Rackam e Varine, a Pálida, dando o mínimo de detalhes possível sobre a parte em que foi atingida na coxa.

— Cacete, uma *necromante*?! — exclamou Fern. — Por aqui?

— Ah, ela está a muitos quilômetros ao norte. Já deve estar no sopé das montanhas nevadas agora. Não precisa se preocupar com isso. Os Corvos vão pegá-la mais cedo ou mais tarde.

— Então você só vai ficar na área até sua perna sarar?

— Em resumo, sim. Bem, até Rackam aparecer, na verdade, o que deve levar semanas, no ritmo em que estavam avançando. Talvez eu não esteja completamente recuperada até lá, mas posso me juntar de novo ao grupo mesmo se não conseguir competir em uma corrida.

Viv tentava ao máximo acreditar nisso.

— E você *gosta*? Está ansiosa para voltar? — arriscou Fern.

— Por que não estaria?

— Até agora, parece que seu trabalho se resume a dormir ao relento e ser esfaqueada.

Viv riu, mas depois pensou um pouco e disse:

— Ser parte dos Corvos é viver no limite. Um segundo no calor da batalha vale por um dia inteiro em qualquer outro lugar. Quando você fica de fora — ela deu de ombros —, todo o resto parece uma perda de tempo.

Quando Fern começou a responder, Paio entrou, fazendo questão de olhar feio e arrepiar as penas para Viv, que pegou um pedaço do pãozinho que havia guardado e o ergueu. Paio observou a oferta com desconfiança, então desviou o olhar de maneira dramática e foi deitar aos pés da ratoide. Viv suspirou e jogou o pedaço para Fern.

— Uma hora ele se acostuma com você — disse a ratoide com um dar de ombros meio envergonhado.

Ela deixou o pedaço de pão cair, e o grifete estendeu o pescoço para abocanhá-lo no ar. Viv tentou não se sentir rejeitada, mas sem muito sucesso.

Fern deslizou os dedos ao longo das costas de Paio, que piava feliz, aconchegando-se mais perto da dona. A ratoide olhava para a névoa do lado de fora da janela, e então os únicos sons passaram a ser os barulhinhos do grifete e o chiar suave do lampião.

Depois de um tempo, Viv perguntou:

— Então, o próximo livro. Alguma ideia?

Fern voltou de algum lugar distante. Ela parecia... *calma*.

— Na verdade, tenho — respondeu, descendo da poltrona com cuidado para não pisar no adormecido Paio.

Ela pegou algo de trás do balcão e mostrou um volume robusto para Viv. O título do livro era *Mar da paixão*. "Zelia Peregrina" estava impresso em letras serifadas escuras abaixo de uma gravura de madeira bastante ousada de duas feéricas de mar agarrando-se desesperadamente, com uma onda quebrando em uma posição *muito* estratégia.

Viv murmurou, sem parecer convencida:

— Hum...

— Sabe, pensando melhor agora, eu já tinha perguntado sobre você. Porque é exatamente o que *isto* é — disse Fern, rindo, surpresa. — Mal posso esperar para saber a resposta.

11

Meio atrapalhada, Raleigh fez um pequeno truque. A luz acendeu-se e ramificou-se pelo líquen que revestia o teto da caverna onde descansavam.

Sob o brilho azulado, elas pareciam ainda mais geladas do que realmente estavam. As bochechas de Leena tinham um toque de cor, mas ela tremia sem controle, a pele nua dos ombros pálida e delicada. Ela se encolheu sob a luz recém-criada.

A pedra mágica de Raleigh se aqueceu em seu quadril após a magia, e ela a segurou, absorvendo o pouco calor disponível.

— Quem dera houvesse madeira por aqui — disse ela.

Tentou abrir espaço para a mulher menor se sentar e tirou uma capa encharcada da bolsa de viagem para estendê-la sobre a pedra e oferecer algum conforto. Era um milagre não ter perdido seus suprimentos durante o nado frenético; um milagre que as duas não tivessem acabado esmagadas nas rochas.

— Vamos dar um jeito — murmurou Leena, conseguindo esboçar um sorriso fraco.

Mesmo desgrenhado e grudado no rosto, o cabelo dela não tinha perdido o brilho. O sorriso também não. Ela se sentou na capa e, após um breve momento, encostou-se em Raleigh.

Por um tempo, Raleigh ficou imóvel, sentindo o cheiro do cabelo dela, o cheiro de sal e do tecido molhado. Talvez não tivesse conseguido conjurar uma fogueira, mas um calor cresceu entre elas, e conforme a energia desesperada da fuga se dissipava, foi substituída por algo bem diferente.

— Raleigh — sussurrou Leena, movendo-se para mais perto, quase nada.

Nos últimos dias, porém, Raleigh havia descoberto novos significados mesmo nos gestos mais simples, um subtexto complexo que a aterrorizava e a arrebatava.

— Sim? — perguntou, e os movimentos de Leena ecoaram na caverna marinha enquanto ela se virava devagar. Ergueu a mão, hesitante.

Os dedos de Leena tocaram sua clavícula e deslizaram por baixo do tecido molhado para traçar seu contorno, uma intimidade que Raleigh mal conseguia suportar.

Os dedos pararam, assim, e então... a boca de Raleigh encontrou a dela. A princípio, ela fechou os olhos, mas, ao abri-los, encontrou Leena encarando-a com um olhar faminto e sôfrego.

As mãos se moveram para baixo, os corpos se aproximaram, indiferentes às pedras sob a capa, todos os seus sentidos concentrados no que podiam tocar e provar. Desceram mais, e...

Viv ergueu os olhos de repente e viu Fern observando-a do balcão.

Passar o dia inteiro à toa na loja teria sido fácil não fosse por aquela leitura em particular. Não que Viv não estivesse gostando do livro, porque estava. Infelizmente, certos trechos, certas páginas e certos *capítulos* inteiros a deixavam toda corada. Além disso, ela flagrava Fern observando seu avanço, e a ratoide parecia saber *exatamente* quando esses momentos estavam prestes a ocorrer. Isso deixava Viv desconfortável, como se alguém estivesse bisbilhotando enquanto ela estava no banho.

— Acho que vou ler este livro no meu quarto — declarou Viv, marcando o número da página e deixando *Mar da paixão* na mesinha lateral.

— Hum. Precisa de um pouco de privacidade?

Fern abriu um sorriso malicioso, que foi novidade para Viv.

— Não. Mas você fica me olhando como se esperasse que eu fosse roubar alguma coisa.

A ratoide deu de ombros.

— Só estou... avaliando seu interesse.

Viv ergueu-se com a ajuda do bastão.

— No quê? Nas partes... *molhadas*?

Fern explodiu em uma gargalhada, assustando Paio, que estivera cochilando.

— O que você está aprontando? Não parece que estou ajudando em nada — disse Viv, mancando em sua direção.

A ratoide estava folheando um catálogo de gráficas e fazendo marcações em seu livro de inventário.

— Bem, só ter você por aqui já tem me...

Naquele momento, uma feérica de mar bem alta abriu a porta e entrou cautelosamente.

Viv foi mais rápida que Fern.

— Cartas náuticas? — perguntou com um sorriso largo.

A cliente pareceu surpresa e franziu as sobrancelhas em confusão.

— Em que posso ajudá-la? — perguntou Fern, enxotando Viv.

~

Quando a mulher partiu com três livros nas mãos — ao que parecia, tinha uma longa viagem pela frente —, Viv ficou olhando para a porta, tamborilando os dedos no batente.

— O quê? — perguntou Fern. — Parece que você está prestes a sugerir enfiar mais móveis aqui dentro.

— Só quero descobrir como posso ajudar mais. Estou me sentindo... inquieta. Pelo menos, quando não estou lendo — Viv completou antes que Fern tivesse tempo de dizer alguma coisa. — E, sim, está decidido. Aquele capítulo é um capítulo para ler no quarto.

— Sabe, tive mais clientes nos últimos dois dias do que na semana anterior, sem contar você — disse Fern.

— Sério? Ainda parece bem parado.

A ratoide franziu o nariz.

— Pois é, bem-vinda à vida de uma livreira nesta cidade esquecida pelos deuses. Talvez estejam vendo você na janela e pensando que o lugar não está prestes a fechar? Ou *desabar*?

Viv passou o dedo pelos restos de tinta vermelha na porta de entrada.

— Talvez uma demão de tinta desfaça a má impressão.

— É que se desgasta tão rápido com a maresia... Parece desperdício de dinheiro pintar de novo quando tem tantas outras coisas por aqui que valem o investimento.

— Tipo o quê?

— Tipo livros novos. — Fern bateu com o dedo no catálogo.

— A maior parte do meu estoque é de livros antigos. Não dá pra errar com os clássicos, mas… — Ela deu de ombros. — O que está sendo publicado em Azimuth ultimamente é muito mais moderno. Meio ousado. Além disso, tem várias séries sendo lançadas, e quando você compra o primeiro volume, precisa dos seguintes. Com certeza seria bom para a loja ter mais clientes fiéis.

Ela fechou o catálogo com um estalo.

— Mas custa um rim de cada deus. E ainda tem o problema da falta de espaço.

Viv observou as prateleiras abarrotadas.

— Uma pena você não poder abrir mais espaço…

— Hã?

— Só estava pensando em voz alta. Não é nada. Olha, preciso me alongar. Minha perna está ficando dura, e eu não tenho me mantido em forma como deveria. Vou dar uma volta e ver se consigo fazer algum exercício sem cair de bunda no chão. Tudo bem?

Fern acenou com a mão.

— Volto logo.

Viv se despediu e voltou para o Poleiro.

Prender o sabre na cintura foi como calçar um par de velhas botas confortáveis. Fazia quantos dias que não o usava? Viv havia perdido a conta.

Em vez de descer até as dunas e correr o risco de topar com Iridia, Viv foi para os fundos do Poleiro. Não havia nenhum gato de rua à espera de sobras. Por sorte, Gallina também não parecia estar presente.

A área atrás da estalagem era razoavelmente plana, com caixotes e barris empilhados contra a parede e uma pequena fogueira acesa. Areia e pedras formavam uma colina atrás, com tufos de grama. O lugar ficava perfeitamente protegido de olhares curiosos.

Viv deixou o bastão encostado nos caixotes e deu um passo cuidadoso até o centro da área plana. Era bem mais apropriada do que as dunas para treinar os exercícios, e o fato de não ter pensado em olhar ali antes a irritou.

Desembainhando o sabre, ela adotou uma posição de defesa com todo o cuidado. Até apoiou um pouco mais do peso na perna direita e, embora doesse — bastante —, não era o tipo de dor que antecedia uma ruptura ou um colapso.

Com movimentos lentos e deliberados, ela praticou posturas altas e baixas, depois fez alongamentos. A parte superior do corpo parecia rígida no início, mas a fluidez voltou mais rápido do que ela esperava. A dor na perna, no entanto, continuou a aumentar, e ela só conseguiu aguentar uns quinze minutos até precisar interromper os exercícios.

O suor cobria suas costas e axilas, e um latejar nas têmporas lhe disse que estava certa de ter parado.

Secando a testa com o braço, ela embainhou o sabre e voltou para dentro, em busca de uma bacia d'água com Brand.

Com o cabelo lavado e torcido, os cachos úmidos soltos ao longo das costas, e o resto do corpo limpo com a ajuda da bacia e de um pano, Viv voltou para Thistleburr. O sol da tarde estava quente e inclemente enquanto mergulhava no mar, ansioso para se apagar.

Depois do esforço anterior, ela mancava mais, apoiando-se mais no bastão do que o normal.

Quando entrou na loja, passou os dedos pelos cabelos molhados, afastando-os do rosto ao falar:

— Bem, não foi o *pior* treino que eu já...

Ela parou de repente.

O homem de cinza estava lá.

Dentro da loja.

Ele não carregava a bolsa de viagem, mas era ele, ela poderia jurar por todos os Oito. O nariz como uma lâmina pálida, a capa esfarrapada descorada. O capuz estava jogado para trás, mostrando as entradas na testa e os cabelos brancos presos em um rabo de cavalo. Algo em seus olhos — pálidos e lacrimosos — provocaram calafrios em Viv, e o cabelo molhado em seus ombros parecia gelo. Dava para ver uma veia azul pulsando na bochecha dele ao encará-la.

Sua expressão era curiosa. Depois de um olhar demorado, ele afastou a mão da prateleira e a enfiou dentro da capa.

— Ah! Não ouvi você entrar — disse Fern, vindo apressada pelo corredor, abotoando a capa. — Eu estava lá atrás e…

Paio explodiu loja adentro. Seus latidos agudos tinham um tom áspero enquanto ele corria em direção ao homem de cinza, que se virou, surpreso.

O grifete saltou, e quase mais rápido do que Viv pôde ver, o estranho deu um tapa na cabeça da criatura, derrubando-a no chão.

Paio caiu todo desajeitado, penas e pelos voando, e seu latido estrangulado se transformou em um piado assustado. Viv partiu para cima do homem, levantando o bastão.

— Mas que porra foi essa?! — gritou Fern, avançando até ele.

— Mil perdões, senhora — disse o homem, baixando a cabeça. — Foi uma reação impensada. Eu levei um susto. — Sua voz era muito calma e mais seca do que a areia do deserto. Ele fez um gesto para o grifete, que se levantava com esforço. — Parece que não foi grave. Mais uma vez, minhas desculpas.

— Eu não quero nem… — começou Fern, enquanto corria para ver como estava Paio.

O homem já estava virando para a porta. Ele olhou de relance para Viv mais uma vez, notou como ela segurava o bastão e sorriu. Seu sorriso era todo errado.

Cada instinto dela se inflamou, como um fogo sob a pele.

Ela quase *rosnou* para ele, um impulso instintivo que não se lembrava de já ter sentido fora de batalha. Só queria acertar o homem no queixo com o bastão e derrubá-lo. Mas ela se conteve e, quando conseguiu conter o impulso, o homem de cinza já tinha passado por ela e saía para o calçadão, como se o tempo tivesse acelerado para ele.

— Pelos oito malditos infernos, quem era esse cara? — disparou Fern.

Viv meteu a cabeça porta afora e viu que ele já estava afastado e bem adiante na rua.

— Não sei — rosnou. — Mas pode acreditar que vou descobrir.

12

Talvez fosse o treino com o sabre mais cedo. Talvez fosse uma necessidade reprimida de se movimentar, de *agir*, após tantos dias de ócio. Talvez fosse o tapa casual no grifete ou o jeito como ele deixava cada instinto seu em alerta. Talvez fosse tudo isso somado e ainda mais.

Viv saiu para o calçadão, segurando o bastão com força. Arrependia-se amargamente de ter deixado o sabre no quarto, mas ela por si só já era uma arma. Ou costumava ser.

Pelo que tinha visto, o homem não carregava armas, mas Viv sabia bem que isso não queria dizer muito. Tudo nele gritava que era uma ameaça, desde o primeiro momento em que o vira, e a hesitação não era nada familiar para Viv em situações assim.

Partiu atrás dele, despindo-se do ócio e da fragilidade física como um casaco que não lhe servia. Viv se sentiu confortável na própria pele pela primeira vez desde que chegara a Murk, quase explodindo de energia. Os ecos fracos do latejar em sua coxa foram ficando mais distantes a cada passo.

Parte de sua mente a lembrou da investida imprudente que a levara a Murk para começo de conversa, mas a cautela estava ainda mais distante do que a dor.

O homem de cinza estava várias lojas à frente, mas as passadas dela eram muito mais largas, mesmo com o bastão. Em poucos momentos, a distância entre eles se reduziu a quase nada.

A respiração de Viv saía forte pelo nariz, e seus lábios se contraíam contra as presas. Pela primeira vez em muito tempo, sentia-se cheia de poder e de propósito, do jeito que conhecia tão bem.

O homem de cinza sentiu sua presença antes que ela o alcançasse e parou com toda a naturalidade. Suas mãos estavam escondidas sob a capa.

— Ei — disse ela, deixando a ponta do bastão baixar enquanto se assomava sobre ele.

Lentamente, o homem se virou, o nariz pálido e pontudo girando como uma faca.

— Senhora — disse ele, com uma polidez inexpressiva.

— Não venha com *senhora* pra cima de mim, porra — rosnou Viv.

— Fiz algo que a perturbou? — perguntou ele, uma expressão divertida nos olhos pálidos.

— O que você estava fazendo lá dentro?

A voz dela saiu sombria e firme.

— Minha cara, creio que está deixando sua natureza primitiva dominá-la.

Ele retirou as mãos de dentro do manto — o que deixou Viv tensa —, mas estavam vazias, e ele as abriu em um gesto conciliatório.

— Só estava dando uma olhada — continuou. — Isso não é crime. O animal me pegou desprevenido. Foi uma reação instintiva, e ele não ficou ferido. Agora, com a sua licença, eu...

— Algo em você não cheira bem. Algo...

Havia mesmo um *cheiro*. Algo familiar. Não conseguia identificar direito, mas...

Quando ela disse essas palavras, algo nos olhos dele mudou. O brilho ficou opaco, como se uma névoa os encobrisse. Suas mãos desapareceram sob a capa, e Viv soube, com certeza absoluta, que, quando surgissem de novo, não estariam vazias.

Ela cobriu a distância entre eles em duas passadas, deixando o bastão de lado. Só atrapalharia. Firmando o pé esquerdo, estendeu a mão para ele. O sorriso falso do homem de cinza se desfez em um rosnado, e o brilho gélido de uma lâmina já estava parcialmente exposto.

Viv bateu o antebraço contra o dele e trouxe a outra mão em um movimento circular por trás, torcendo-o com força até a adaga sair voando. Pelo canto do olho, viu o manto dele se inflar com o movimento do outro braço, sem dúvida empunhando mais uma faca. Ela estendeu a mão para interceptá-la, prendendo o manto dele ao redor de seu punho para atrapalhá-lo. Mas o pé esquerdo dele se moveu, puxando o calcanhar da perna lesionada de Viv.

Antes do ferimento, seria como tentar mover uma montanha, mas o joelho dela cedeu, e Viv cambaleou na direção dele. Abandonou, então, todas as tentativas de desviar os golpes e agarrou o homem de cinza pela cintura com os braços enquanto caíam, esmagando-o contra si para impedi-lo de usar suas armas.

Os dois caíram no chão, em uma explosão de areia e um emaranhado da capa, e a coxa de Viv voltou a arder intensamente. Ainda assim, ela o girou e ficou por cima, sentando em seu peito e prendendo os braços dele contra o chão, ignorando a dor que latejava em sua perna. Viv rosnou, e aquele *cheiro* a atacou outra vez — frio, errado e tão familiar. Não *exatamente* o mesmo, mas um primo de algo mortal, se ao menos tivesse um momento para identificar.

O homem de cinza arreganhou os dentes em um esforço selvagem, e ela sentiu sua mão girar, os dedos se contorcendo. Com o manto caído para o lado, Viv percebeu uma pedra mágica presa ao cinto dele, e seus olhos se arregalaram ao vê-la brilhar com calor. Um impacto repentino a atingiu, como se tivesse caído em um lago de braços e pernas abertos. Viv foi lançada para trás, atravessando a rua e colidindo contra a beirada do calçadão.

Agora estava arrependida de ter abandonado o bastão.

Aquele era o momento em que hesitar significava o fim. Sentiu a ferida na perna se repuxar e abrir, e então veio um calor úmido enquanto avançava até ele de quatro. Antes que ele tivesse tempo de se recuperar, Viv se lançou contra a pedra mágica escondida pelo manto do homem. Seus dedos envolveram o cinto e puxaram, e ambos se engalfinharam outra vez. A bolsa escapou do ombro dele e foi parar na areia. Quando o homem atingiu o chão, ela ouviu o ar sendo expulso de seus pulmões, mas as mãos dele ainda se moviam, e Viv não estava conseguindo arrancar o cinto.

— Pare de se mexer ou juro pelos deuses que vou enfiar isso na sua maldita garganta — disse uma voz aguda e firme que Viv reconheceu.

Viv não sabia se o aviso era para ela ou para o homem de cinza, mas os dois ficaram imóveis.

Uma das mãos de Gallina agarrara o capuz do homem enquanto a outra pressionava um punhal contra o pescoço dele.

— Tire o cinto dele — disse a gnoma, tranquila como se estivesse jogando conversa fora. — Não podemos deixar esse aí usar magia de novo, não é?

Se alguém tivesse dito a Viv naquela manhã que ficaria feliz em ver Gallina, ela teria questionado a sanidade da pessoa.

Os olhos do homem permaneceram fixos em Viv, arregalados e ardendo de ódio. Ela grunhiu, deslocando o peso para aliviar a perna que agora sangrava e molhava a calça, e conseguiu encontrar a fivela do fino cinto onde a pedra mágica estava presa. Seus dedos grossos tiveram dificuldade de abri-la, mas ela finalmente conseguiu, a pedra prateada em forma de gota cintilando com partículas semelhantes a mica.

Viv começou a se dar conta do entorno, como se emergisse de uma névoa pesada. Figuras se reuniam na calçada. Fern devia estar entre elas.

Então, outra voz falou, nada bem-vinda:

— Parados, *todos vocês*, ou não vai ser só um de vocês sangrando nas minhas ruas — disse a tapenti.

Iridia, a Guardiã dos Portões, os rondava, o capuz escamado se abrindo das têmporas até a garganta. Ela segurava a espada longa com naturalidade, a ponta para baixo, mas Viv reconheceu a habilidade naquele aperto.

A mulher avaliou os três, mas seu olhar atravessou Viv como uma lança. Mais quatro Guardiões dos Portões apareceram atrás dela, com lampiões brilhando nos cintos e as mãos pousadas nas armas ainda embainhadas.

— Eu disse que gosto de tranquilidade.

⁓

A terceira visita de Viv ao interior das muralhas da fortaleza de Murk foi a menos auspiciosa de todas.

Havia apenas duas celas no antigo prédio de pedra ocupado pelos Guardiões. Viv e Gallina acabaram em uma, e o homem de cinza na outra. Deixaram Viv pegar seu bastão de volta para a longa e especialmente dolorosa caminhada até lá, durante a qual sua calça ficou encharcada de sangue. Assim que chegaram,

Iridia tirou o bastão de suas mãos e o guardou na mesa da guarda, junto com as adagas de Gallina e as armas, a bolsa e a pedra mágica do estranho.

O teto era tão baixo que Viv não conseguia ficar completamente ereta, mas pelo menos havia dois catres. Ela se sentou agradecida em um deles, a perna estendida e apoiada no outro, enquanto as batidas de seu coração pulsavam no ferimento em ondas de dor intensas.

Gallina permaneceu de pé, segurando as grades e murmurando algo para si mesma.

Na cela oposta, o homem de cinza estava sentado com as mãos entrelaçadas entre os joelhos. Haviam tirado seu manto, e por baixo ele usava uma longa túnica cinza e calças desbotadas e rasgadas. Olhava para o chão com uma expressão serena.

A tapenti estava no corredor estreito entre as celas, observando os prisioneiros com olhos semicerrados, que reluziam com um brilho dourado naquele ambiente sombrio.

— Vou mandar alguém avisar a Highlark que você está aqui — disse ela a Viv. — Tente não inundar a cela com seu sangue até ele chegar. — Iridia soltou um muxoxo de desgosto do fundo da garganta. — Não quero conversar com nenhum de vocês agora. Vão esperar até amanhã.

— Vamos receber algo para comer? — perguntou Gallina. — Gnomos têm um metabolismo acelerado.

Os olhos de Iridia se estreitaram ainda mais.

— Não.

Então saiu depressa pelo corredor, e um jovem anão de barba bem aparada se acomodou na mesa da guarda, começando a entalhar algo com um canivete.

Gallina soltou um suspiro.

— Olha... Mas que merda.

Viv fez uma careta ao examinar a perna. Achava que o sangramento estava parando, mas se perguntou o quanto pior poderia ficar a situação se ela realmente sujasse a cela de sangue. Ao levantar o olhar, percebeu que a gnoma a observava com expectativa.

Ela suspirou.

— Ah. Bem, *obrigada*.

O rosto da garota se iluminou com um largo sorriso.

— Eu disse que gente como a gente precisa se ajudar.

Viv não pôde deixar de dar uma risada cansada.

— Ainda está tentando aquela indicação, hein?

— Foi você quem tocou no assunto, só estou dizendo. Além disso, se vou passar fome esta noite só por você ter deixado esse cara te pegar desprevenida, acho que eu mereço.

— *Desprevenida?* — perguntou Viv, incrédula.

— Por que mais você precisaria da minha ajuda? Olha o seu tamanho! — Gallina olhou por cima do ombro para a cela oposta. — Ei, você pegou ela desprevenida, não foi?

O homem de cinza nem sequer piscou.

— Sujeito esquisito — disse Gallina.

Viv olhou para o homem. Ele não havia se mexido *um centímetro* desde que se sentara. Imaginou que, se jogasse uma pedrinha na testa dele, ela quicaria como se o homem fosse esculpido em mármore.

Não conseguia sentir o cheiro dele, não daquela distância, mas ainda se lembrava. Algo parecido com sangue sob a neve: frio, seco e metálico. A floresta a leste de Murk fedia a algo muito parecido. Ela tivera tempo suficiente para reparar no cheiro enquanto sangrava encostada a uma árvore.

— Quem diabos é você? — perguntou Viv. Tinha que pelo menos tentar uma vez.

Nenhuma resposta.

Gallina pulou na outra cama e se deitou, cruzando as mãos atrás da cabeça.

— Já que você está sem um livro para ler, acho que a gente pode se conhecer melhor. Muitas horas até o pôr do sol. O grupo de Rackam, para começar... Quer me contar sobre eles?

— Na verdade, não — respondeu Viv.

Gallina *tinha* salvado a sua pele. Era a segunda vez em dez dias que Viv agia sem pensar. O que será que Rackam diria sobre suas chances agora?

Ela se perguntou se Highlark apareceria logo ou se deveria rasgar a perna da calça e inspecionar o ferimento ela mesma.

Viv suspirou, resignada.

— Mas acho te devo mesmo uma. Você já parece saber muito sobre Rackam, então não sei por que está tão interessada nele.

— Saber *sobre* alguém é bem diferente de *conhecer* a pessoa.

Ela pretendia atender ao pedido de má vontade, mas, ao pensar no velho guerreiro, Viv não pôde deixar de se animar. Estava ansiosa com a distância cada vez maior entre ela e os Corvos, mas, para sua certa surpresa, descobriu que sentia falta dele também.

— Bem — começou ela —, ele é um guerreiro brilhante, claro, mas ao mesmo tempo lembra um dos meus tios. O homem falava sem parar quando eu tinha cinco anos, me ensinou a cortar lenha com um só golpe, mas, se você perguntasse o que fez ontem? Ele responderia com uma palavra ou menos, se possível.

— Focado no trabalho, hein? Dá pra entender.

— É. Mas um *tio* focado no trabalho. Se as coisas ficam difíceis entre vocês, ainda são família.

— Tio durão. Entendi. E quem mais? Vamos lá, como é dividir uma tenda com os Corvos?

Viv abafou uma risada.

— O único de quem você tem que fugir na hora de dormir é Tuck.

— Ah, é?

— As rações de viagem não caem bem para ele. Melhor deixar por isso mesmo.

13

—Que coisa mais absurda — resmungou Highlark ao terminar de desfazer as ataduras na coxa de Viv, expondo sua ferida agora feia.

— Oito infernos — disse Gallina, inclinando-se de sua cama para examinar o ferimento com interesse. — Você está *andando* com isso?

— Não deveria, não sem o bastão — retrucou Highlark, abrindo a valise preta e vasculhando o interior. — Então é claro que ela decidiria arrumar brigas na rua. Ora, não sei por que me esforço. Pensei que você estivesse passando seu tempo livre *lendo* — comentou ele em um tom incisivo.

O cirurgião não parecia ser o público certo para ouvir suas suspeitas crescentes, então Viv se limitou a dar de ombros, envergonhada. Highlark soltou um muxoxo, e ela fez o seu melhor para manter uma expressão neutra enquanto ele limpava o ferimento com uma substância bem adstringente. Estava muito consciente de Gallina estudando seu rosto para ver como Viv reagiria. Fosse o que fosse aquele líquido, não chegava aos pés do óleo de callis, então sua expressão permaneceu estoica. Ou quase.

O elfo usou os óculos para inspecionar os cortes compridos, apertando de leve as laterais com os dedos. Pela dor lancinante, foi como se ele tivesse enfiado os dedos na ferida. Viv puxou o ar por entre os dentes e notou um leve sorriso de diversão sombria em Highlark.

— Abriu, óbvio. Embora eu esteja surpreso com a rapidez com que os tecidos mais profundos sararam.

— Vai demorar muito? — perguntou Iridia do lado de fora da cela, com uma cara de extrema impaciência.

Highlark suspirou.

— Não. Não vou me dar ao trabalho de dar conselhos, já que imagino que ninguém vá ouvir. Vou só limpar e enfaixar o ferimento e fingir que meu conhecimento é valorizado.

Quando terminou de refazer o curativo, o elfo se levantou e ergueu a bolsa, que fez um ruído de vidro tilintando.

— Quer alguma coisa para a dor?

Viv balançou a cabeça.

— Não. E obrigada mais uma vez. Eu realmente sinto muito por você ter tido que vir até aqui.

O cirurgião lançou um olhar para o homem de cinza, ainda sentado com as mãos cruzadas à frente do corpo. Seus lábios se estreitaram enquanto estudava o homem. Viv teve a impressão de que ele farejou o ar.

— *Aquele* ali está mal? Se ele for desmaiar em uma poça do próprio sangue mais tarde, prefiro já cuidar disso enquanto ainda estou aqui.

A tapenti balançou a cabeça e abriu a porta da cela.

— Nada digno de nota.

Highlark olhou pela última vez para Viv e depois para o homem, uma expressão indecifrável no rosto, e então partiu. Iridia trancou a cela atrás dele e saiu sem dizer mais nada.

Como de costume, Viv não cabia no catre, então ficou sentada com as costas apoiadas na parede, cada vez mais desconfortável com a perna que latejava sob as ataduras novas. O homem de cinza permaneceu completamente imóvel, mas sua mera presença parecia causar arrepios em Viv, e ela sentia uma vontade irracional de sacudir-se para afastá-lo. Só conseguia pensar no que aconteceria depois que Iridia os soltasse, depois que o homem recuperasse sua pedra mágica e sumisse de vista. Era um pensamento que deixava Viv com vontade de rosnar. Não se podia deixar uma ameaça livre por aí quando se estava em desvantagem. Não se quisesse continuar viva.

Não havia nada a fazer no momento além de remoer esses pensamentos.

Depois que Gallina soltou o terceiro ou quarto suspiro teatral, Viv revirou os olhos. As mãos da gnoma estavam enfiadas sob a cabeça enquanto ela fitava o teto, batendo uma bota na outra.

— Por que você ainda está aqui, afinal? — perguntou Viv depois de um tempo. — Não pode estar realmente esperando Rackam voltar para a cidade. Eu mal aguento esperar aqui, e não tenho outra opção.

Gallina não a encarou.

— E daí se eu estou? Infernos, você devia estar feliz por isso agora.

— Você deve ter alguma coisa melhor pra fazer. Tem que ter algum outro plano, não? O que fazia antes de desembarcar aqui?

Gallina franziu a testa.

— Você faz ideia de como é difícil conseguir que um grupo dê uma chance para alguém como eu?

— Bem...

— Claro que não. Provavelmente as pessoas já te veem chegando a quilômetros de distância e assinam seu contrato na hora. Você já é um motivo ambulante. Ninguém duvida que seja capaz de partir um crânio, não é? Basta olhar pra sua cara!

— Ei, eu ainda tenho que fazer a minha parte e me esforçar muito. Passei uma hora mancando enquanto treinava com o sabre hoje, tentando não cair de bunda no chão, porque se não...

A gnoma soltou um barulho de desprezo.

— Me poupe. O que você pensou quando me viu pela primeira vez? *De verdade*?

Viv abriu a boca, mas descobriu que não sabia o que dizer.

— Foi o que imaginei.

Gallina passou os dedos pela frente da camisa, onde a bandoleira de facas costumava ficar. As duas caíram em um silêncio desconfortável, ampliado pela presença do homem de cinza.

Para Viv, nem dava para saber se ele estava respirando.

— Você tem visita.

A voz rouca de Iridia despertou Viv de um cochilo inquieto. Uma onda nauseante de adrenalina percorreu seu corpo, resultado do sono de má qualidade. A luz fraca ainda entrava pelas janelas estreitas no fundo da cela, mas os lampiões no corredor já estavam acesos.

A tapenti parecia irritada. Viv se perguntou se aquela era só sua expressão padrão. As escamas finas no rosto da mulher não pareciam propensas a sorrisos acolhedores.

Uma ratoide surgiu no corredor, uma das patas segurando o fecho da capa vermelha e a outra carregando um saco de papel com aroma familiar.

— Fern?

Viv ficou chocada por a Guardiã dos Portões ter permitido a entrada da ratoide. Iridia havia deixado claro que só admitira Highlark a contragosto, provavelmente mais pela bagunça que teria que limpar caso contrário. Viv não pôde deixar de lançar um olhar confuso para Iridia, mas sua expressão continuou ilegível.

Fern observou a tapenti com um olhar preocupado e se aproximou da cela, enfiando o saco por entre as barras.

— Queria ter certeza de que você estava bem. E eu talvez tenha insinuado que ela não precisaria te alimentar se me deixasse trazer algo.

Viv se levantou do catre, apoiando a mão na parede para se equilibrar, e foi pulando em um pé só até as barras.

— Highlark veio cuidar de mim. Estou bem.

— Maylee mandou pra você — disse Fern. — E talvez você queira isto aqui também.

Ela tirou *Mar da paixão* de debaixo do braço.

— Não me lembro de ter permitido *isso* — disse Iridia, movendo-se como se fosse intervir.

— É só uma porcaria de um livro — retrucou Fern, com tom surpreendentemente brusco.

Os lábios da tapenti se afinaram, mas, após um momento, ela recuou. Pegando o saco e o livro, Viv franziu a testa.

— Maylee?

— Isso. Ela parecia bastante preocupada. Viu tudo.

— Tem o suficiente aí para duas? — intrometeu-se Gallina.

Viv gesticulou para que ela se calasse.

— Como está Paio?

— Fingindo que expulsou um intruso. Todo cheio de si. Ele está bem. — Fern olhou de relance para Iridia e depois para o homem de cinza, que não dera qualquer sinal de que notara sua entrada. — Não graças àquele desgraçado.

— Vou levar isso em consideração — disse Iridia, assomando-se atrás de Fern. — Como pode ver, ela vai sobreviver à noite.

— É com *aquele ali* que você precisa se preocupar — retrucou Fern, apontando para o homem silencioso.

— Ele está esfriando a cabeça, não está? Se há algo mais a ser dito, não vamos dizer aqui.

Fern lançou um último olhar atento para Viv e se permitiu ser escoltada para fora.

Viv voltou ao catre com o livro e examinou o conteúdo do saco. Enormes biscoitos e aqueles pãezinhos doces, ainda quentinhos e cheirando a melaço, gengibre e manteiga.

Houve um momento de silêncio.

— Então, já comentei sobre o meu metabolismo? — perguntou Gallina.

⁓

Os biscoitos e pães não duraram muito. Viv dividiu o conteúdo igualmente entre as duas.

Gallina lambeu as últimas migalhas dos dedos.

— Pelos oito infernos, como você conseguiu que essas delícias fossem entregues?

— Não faço ideia — respondeu Viv.

— Deixa eu ver esse livro aí.

Viv hesitou, mas acabou entregando o volume. Os olhos da gnoma se arregalaram ao examinar a capa.

— Uau. Essa onda foi uma sorte e tanto, hein?

— Me dá isso aqui.

— Calma! — Ela afastou o livro da mão de Viv, que tentava pegá-lo de volta. — Então, você estava lendo? É bom?

— Por quê? Está pretendendo comprar um exemplar pra você?

Gallina abriu um largo sorriso para ela.

— Não, fico inquieta quando leio. Mas *você* poderia ler *para mim*. O que mais temos para fazer?

Viv pensou no capítulo em que havia parado.

— Há, acho que eu não seria muito boa nisso.

— Tenho uma proposta pra você.

— Outra *proposta* — resmungou Viv.

— Você lê um pouco pra mim, e eu nunca mais toco no assunto. Nunca mais.

Ela lançou um olhar curioso para Gallina.

— No assunto? Que assunto?

— Que eu salvei a sua pele de um sujeito branquelo e magricela.

O tal magricela nem piscou ao ser mencionado. Àquela altura, Viv quase se esquecera de que ele estava ali. Quase.

Depois de pesar os prós e contras, e uma rápida revisão mental dos trechos em que as coisas ficavam realmente picantes, Viv ofereceu:

— Um capítulo.

— Três.

— Dois.

— Feito.

Gallina jogou o livro de volta, e Viv o pegou no ar.

— Mas já aviso que não sou boa narradora — disse.

— Mas você tem que se esforçar. Eu vou saber se você nem tentar.

Viv agitou o livro no ar.

— O acordo já foi feito. Não dá pra acrescentar cláusulas agora.

Gallina bufou para ela, e Viv não pôde deixar de sorrir. Ela se recostou na parede e acomodou a perna machucada como pôde. Pigarreando, começou a ler, meio hesitante no início.

— "Raleigh passara a maior parte da vida no mar, até ter altura suficiente para alcançar o leme. Mesmo assim, era tão esquálida que..."
— Esquálida?

Viv soltou um som exasperado.

— Quer dizer magra. Vai me deixar ler ou não?
— Você vai imitar as vozes?
— Não.
— Hum. Não foi um acordo muito bom.
— Quer que eu leia ou não?

Gallina resmungou, mas fez um gesto para que continuasse. Viv se ajeitou de novo.

— "... era tão esquálida que sua mãe temia que ela fosse lançada ao oceano durante uma tempestade feroz. Era bela, como a primeira visão da terra firme após uma longa jornada pelo mar. Nunca seria uma marinheira de verdade, porém; todos sabiam disso. Foi só quando Tesh embarcou com seus livros de magia que a maré virou para Raleigh. Os mares nunca mais foram calmos para ela, mas a levaram a lugares muito interessantes."

A gnoma já estava roncando baixinho antes que Viv terminasse a quarta página. Com um olhar irritado para o homem na outra cela, Viv voltou para o ponto onde havia parado mais cedo naquela tarde e começou a ler em silêncio.

Fora um dia exaustivo, porém, e ela estava esgotada. Não demorou muito para o sono vencê-la também, o livro caindo aberto em seu colo.

14

—**P**elos infernos, cadê ele?
— Hã? — murmurou Gallina, sonolenta.
Viv agarrou a beirada do catre da gnoma e sacudiu. Isso a despertou rápido.
— Ele sumiu.
— Qu... quem?
— Quem você acha?
Gallina correu até as barras, olhando para o corredor.
— Também não tem ninguém na mesa!
Ainda estava escuro lá fora, um tom de anil pré-alvorada visível pelas janelas. A porta da cela oposta ainda estava fechada, mas Viv não conseguia acreditar que teria continuado dormindo durante a soltura do homem. Por mais exausta que estivesse, a dor na coxa não a deixara pegar em um sono muito profundo.
— Ei! — gritou Gallina em direção à mesa do guarda. — Quem soltou ele?
Não houve resposta.
Viv se levantou e mancou até se juntar a Gallina na porta da cela. A gnoma olhou para ela de olhos arregalados.

— Será que ele matou o guarda?

— Sem a gente ouvir? — Viv balançou a cabeça, sombria. — Sei lá. E não estou sentindo cheiro de sangue também.

— Será que eles só... deixaram ele ir embora...? — Gallina franziu o rosto e gritou pelas barras novamente. — Ei!

A voz de Viv era consideravelmente mais alta.

— Alguém aí? Guardião!

Elas gritaram até ficarem roucas, então Viv ergueu a mão para interromper Gallina, inclinando a cabeça para escutar.

Um gemido arfante ouviu-se fora de vista, seguido pelos sons arrastados de alguém que se levantava com dificuldade.

O anão que ficara de guarda no turno da noite cambaleou um pouco adiante, apoiando-se na parede para se equilibrar. Ele entrou no corredor, olhando de uma cela para a outra e arregalando os olhos ao ver que uma estava vazia.

— Merda — disse ele, sem fôlego. — Para onde ele foi?

— É melhor você chamar a Iridia — disse Viv em um tom inexpressivo.

∽

— Quem era ele? — perguntou Iridia, a voz perigosamente neutra.

— Suponho que você deveria ter perguntado isso ontem — respondeu Viv, cada palavra carregada de desprezo.

Gallina lançou um olhar de advertência.

— Ele não estava cooperando — retrucou a tapenti, embora sua relutância em se explicar fosse clara. — Uma noite passando fome em uma cela em geral resolve isso. Na minha experiência, paciência e tempo resolvem a maioria dos problemas.

— Menos *este* — disse Viv, batendo a mão na porta da cela e fazendo-a balançar. Seu corpo inteiro estava fervendo, e sentia uma vontade feroz de testar sua força contra as barras.

O anão da guarda noturna estava sentado no chão, a respiração devagar e uniforme, parecendo enjoado e pálido. Iridia já tinha lhe dirigido algumas palavras ríspidas, e Viv não sabia se seu estado atual se devia a isso ou ao que quer que o tivesse apagado na noite anterior. Ele não tinha visto nada de diferente e mal se lembrava do que acontecera antes de perder a consciência. Queixava-se de dor de cabeça, mas a tapenti não parecia interessada em suas desculpas.

Iridia observou as barras e depois Viv. Não demonstrava preocupação.

— Vamos começar do início, está bem? Se me ajudarem a entender o que aconteceu, talvez eu veja sua permanência na minha cidade com menos reprovação, dado o problema que claramente trouxeram para cá.

Viv mal conseguiu conter os xingamentos frustrados que estavam na ponta da língua enquanto andava de um lado para o outro dentro de sua cela. Olhou feio para Iridia e, reunindo toda a sua força de vontade, relaxou as mãos e engoliu as palavras.

Ela suspirou e se recostou no catre. Esticando a perna, tentou encontrar algo para fazer com as mãos que não pressionasse o ferimento nem danificasse mais nada.

— Eu estava na Thistleburr... — começou.

— A *livraria*? — interrompeu a Guardiã dos Portões, incrédula.

— Sim. A livraria.

Iridia piscou devagar, então fez um gesto para que continuasse.

— Enfim, ele estava fazendo alguma coisa por lá, e aí Paio...

— Quem?

— É um grifete. O grifete de Fern. Enfim, ele veio correndo dos fundos, totalmente pirado, e pulou no sujeito. Que simplesmente... jogou ele no chão com um tapa. — Viv imitou o gesto. — Então, assim, isso já não é bom. Quem bate em um bichinho daqueles? Eu colocaria o sujeito pra fora só por isso, mas...

Quando Viv não continuou, Iridia a incentivou:

— Mas?

Viv suspirou.

— Não sei como dizer isso de um jeito que faça você se importar ou dar ouvidos. Olha, eu senti o cheiro dele, e era como... — Ela retribuiu o olhar feroz da tapenti. — Você sabe quem é Varine, a Pálida? Já ouviu falar dela?

Iridia contraiu os lábios, o olhar ficando mais pensativo.

— A necromante?

— É quem estávamos caçando, antes de eu acabar aqui.

— Porra, sério? — perguntou Gallina, de olhos arregalados. — Rackam está caçando *Varine*? Varine, a *Dama Branca*?

A Guardiã dos Portões sibilou diante da interrupção da gnoma e voltou sua atenção para Viv.

— Aonde você quer chegar com isso?

— Você já viu um inumano de perto?

A tapenti balançou a cabeça, negando.

— Pois eu já. Muitas vezes, a essa altura. Eles têm cheiro de morte. Isso seria de se imaginar, certo? Mas têm também um cheiro tipo... sangue congelado. Que nem quando seu nariz fica seco no inverno, e você sente um gosto metálico quando respira. Se chega bem perto deles, é exatamente esse o cheiro.

Viv gesticulou na direção da cela vazia.

— Esse era o cheiro *dele*.

— Ele não era um inumano. Com certeza o coração dele batia.

— É, eu sei. Mas conheço esse cheiro, e sabia que havia algo de *errado* nele. Senti com o meu corpo inteiro. E se ele tiver alguma ligação com Varine...? Bem, eu ia descobrir, de um jeito ou de outro.

— Para isso a cidade tem Guardiões.

Viv bufou.

— Não vi nenhum por perto, ou teria chamado. — Ela deu um tapinha na perna. — E eu não ia correr até as muralhas da fortaleza para chamar alguém, não é?

— Isso não a impediu de comprar essa briga.

Viv ergueu as mãos.

— E se eu estivesse com a minha espada, talvez as coisas tivessem acabado de um jeito diferente. O que você quer de mim? Ele fugiu da *sua* cela, nocauteou *seu* guarda e parece que não teve a menor dificuldade para fazer isso. Ele é uma ameaça. Se não para nós, para alguém. Deixar uma cobra na sua tenda é pedir para ser picada.

— Péssima comparação — sibilou Gallina, quando a expressão de Iridia ficou mais sombria.

— *Como* ele escapou? — perguntou a tapenti, com uma clareza que traía uma raiva contida a muito custo.

— Como é que eu vou saber? Nós estávamos dormindo! — Viv não conseguiu deixar de erguer a voz. — Nenhuma de nós viu absolutamente nada, mas agora ele está por aí, e nós estamos aqui dentro, e imagino que ele tenha levado as coisas dele, não?

— Levou — resmungou o anão, massageando a nuca. — Aquela bolsa, a pedra mágica, as adagas...

— Ele não pegou as *minhas*, pegou? — perguntou Gallina, preocupada.

O anão balançou a cabeça, e ela suspirou aliviada.

— Vocês duas ainda estão vivas. Luca também — observou Iridia em um tom amargurado. — Se nosso visitante anônimo conseguiu escapar, poderia ter matado vocês enquanto dormiam. Quem quer que fosse, parece que não queria vingança.

— Talvez a gente não seja tão fácil de matar quanto você acha, e talvez ele tenha percebido isso também — disse Gallina, claramente se sentindo excluída da conversa. — E somos duas! Ainda presas, aliás. Se ele sumiu, por que ainda estamos aqui?

— Não preciso pensar em uma nova razão — disse Iridia. — A primeira já foi mais do que suficiente.

Mas Viv percebeu que algo estava mudando dentro dela.

— Você queria que a gente ajudasse a entender o que houve — disse Viv, no tom mais razoável que conseguiu. Com a perna latejando, foi mais difícil do que deveria. — Agora sabe o que nós sabemos. E aí? Qual é o veredito?

— Eu conto quando decidir — respondeu a Guardiã dos Portões, dando meia-volta e sumindo de vista.

Iridia as deixou esperando por mais uma hora, mas Viv achou que era só para mostrar quem mandava. Foi Luca quem as soltou, ainda pálido e cambaleante. Ele devolveu seus pertences e murmurou um aviso para que não arrumassem confusão, mas Viv achou que ele parecia aliviado por se livrar delas. Gallina acariciou carinhosamente os cabos de suas adagas enquanto deixavam a cadeia e saíam para a manhã. O cheiro de fogueiras úmidas, mingau fervendo e bacon pairava no ar. O estômago da gnoma protestou bem alto.

As duas ficaram em silêncio enquanto deixavam as muralhas de Murk, mas se mantiveram atentas. Como já era de se imaginar, não havia sinal do fugitivo da noite anterior. Viv teria ficado surpresa se vissem algo, mas isso não a impediu de procurar.

Os Guardiões também pareciam estar procurando. Iridia claramente não ia deixar o desaparecimento do homem passar em branco, e elas viram homens e mulheres com lampiões presos aos cintos em quase todas as esquinas. Todos tinham uma expressão alerta e desconfiada, as armas a postos com bastante frequência. Viv tinha imaginado que a fortaleza bem guarnecida era uma precaução contra uma improvável invasão pelo mar. Agora, aqueles Guardiões dos Portões entediados finalmente tinham algo de urgente para ocupá-los.

Vários até patrulhavam o caminho de areia que levava ao imenso portão de pedra de Murk, embora Viv não conseguisse imaginar o que esperavam encontrar ali.

Duas escunas ondulavam no cais sob a névoa matinal, e as ondas rugiam com força. O sol brilhava sobre o mar, prometendo um calor intenso mais tarde.

Viv cogitou que o homem de cinza estivesse em um daqueles barcos, mas, por algum motivo, duvidava que fosse o caso.

Com a ajuda do bastão, mancou encosta acima em direção ao Poleiro. Gallina acompanhou seu ritmo, e Viv decidiu que isso não a incomodava tanto assim.

— Será que ele vai matar a gente no meio da noite?

— Não é onde eu pretendo morrer — respondeu Viv com um grunhido.

No entanto, ele ter desaparecido bem debaixo do seu nariz a incomodava mais do que queria admitir. Com certeza dormiria com o sabre à mão.

— É aí que você fica o tempo todo? — perguntou Gallina enquanto passavam pela livraria Thistleburr.

Viv bufou.

— Vai me perseguir ali também? — Ela viu a expressão sombria de Gallina. — Estou brincando. É, acho que gosto de lá. Ainda mais agora que tem uma poltrona. Uma poltrona *confortável*.

— Confortável, hein?

— Mas não dá pra colocar as botas na mesa.

Gallina abafou uma risada.

— Bem, eu tenho meus afazeres.

— Aham.

Elas ficaram caladas por mais um tempo.

— Você acabou não ouvindo aqueles capítulos, no fim das contas — comentou Viv, pensativa.

— Hum. É. E nós fizemos um acordo.

— Pois é.

— Bem, se algum dia eu estiver precisando pegar no sono, vou pedir para ouvir o resto. Talvez naquela poltrona confortável.

Viv não se dignou a responder. Mas ainda estava sorrindo enquanto subiam os degraus do Poleiro e se dirigiam agradecidas às suas camas.

15

Naquela noite, Viv realmente deixou o sabre no chão ao lado da cama, o cabo a poucos centímetros dos dedos. Para sua infelicidade, tinha uma boa imaginação, e pensou ter sentido o cheiro do homem de cinza uma ou duas vezes. Era fácil demais imaginá-lo parado do outro lado da porta, usando algum truque mágico na tranca, uma adaga prateada nas mãos pálidas e magras.

O dia estava quente, quase um forno, e o vento havia morrido. Viv ficou deitada no colchão de palha, suada e exausta, a perna pegando fogo, passando o polegar pela bainha de couro curva de sua lâmina.

Não aguentava mais estar ferida, furiosa por ter atrasado a sua recuperação fazendo algo tão estúpido quanto entrar em uma briga na rua. Viv estava decidida a seguir as recomendações de Highlark, ou pelo menos tentar.

Enquanto ralhava mentalmente consigo mesma, o cansaço a pegou de surpresa. Quando caiu no sono, dormiu profundamente.

Viv só acordou tarde no dia seguinte.

— Gostei de ver — comentou Viv, descendo a encosta com todo o cuidado. Uma brisa fresca vinda do mar aliviou um pouco do calor de sua pele, e seu sabre estava de volta ao quadril.

Fern segurava um pincel de cerdas largas em uma das patas, o pelo todo respingado de tinta carmesim. Metade da porta — a metade inferior — estava recém-pintada, e um balde com alça de corda descansava em cima de uma lona velha ao lado.

— Ah — respondeu ela, enxugando a testa e sujando-a de vermelho. — Que bom. Assim você me salva de ter que me equilibrar em algo para alcançar o resto. Deuses, odeio ser baixinha.

Ela fez uma expressão surpresa ao ver a lâmina embainhada de Viv, mas não comentou.

— Não posso prometer que não vou estragar tudo — disse Viv, fazendo uma careta de dor ao subir no calçadão.

A ratoide soltou o ar entre os dentes como se o ferimento fosse dela.

— Estou surpresa que Iridia já tenha soltado você. Como está a perna?

— Vai sarar se eu parar de fazer besteira.

Ela se apoiou no corrimão, soltou um grande suspiro e deixou a dor se dissipar como a maré baixando. Quando ergueu os olhos, viu Paio a encarando com olhos arregalados atrás das janelas.

Fern olhou ao redor de repente.

— E... se *você* foi solta, o que aconteceu com *ele*?

Viv franziu a testa.

— Bem, é uma longa história. Que tal eu contar enquanto pinto?

Ela tirou o cinto e apoiou o sabre na parede, ao alcance da mão. Pegando o pincel, tomou o máximo de cuidado possível com a pintura, dando pinceladas longas e firmes. Sua perna ilesa era firme o suficiente para apoiar a maior parte de seu peso enquanto trabalhava, e Fern ficou segurando o balde para Viv não precisar se inclinar para molhar o pincel.

Viv relatou tudo o que tinha acontecido durante a noite e a manhã atrás das grades. Quando chegou à parte sobre o homem de cinza ter desaparecido, Fern soltou um guincho e quase derrubou o balde.

Durante a explicação de Viv sobre a necromante e suas suspeitas em relação aos dois, Fern não conseguiu mais se manter em silêncio:

— Então ele desapareceu de uma cela trancada e está por aí com suas facas e... porra, *magia*? — explodiu a ratoide, gaguejando.

Viv também não gostava nada daquilo, mas ficou surpresa com a indignação da ratoide.

— É mais ou menos por aí.

— Então ele pode aparecer *a qualquer momento*?

Viv apontou para o sabre com o pincel.

— Acho que Iridia não vai mais me perturbar por carregar isso por aí agora, e se ela encrencar, não sei se me importo.

Fern a encarou, não muito convencida.

— É isso que eu faço — disse Viv, dando de ombros. — Minha profissão é botar medo nos outros. Bom, agora tenho duas utilidades ocupando sua loja durante o dia, não é?

— Foi... estranho ver você em ação. Não é porque você bota *medo* nos outros que eu gosto de você.

Viv franziu a testa.

— Bom, só quando preciso.

Fern a encarou de volta.

— Não foi isso que quis dizer. Vi os olhos dele quando... quando ele bateu no Paio. — Ela engoliu em seco. — Estavam tão *mortos*. Me deu calafrios.

— Tem algo de errado com ele, sem dúvida. Muito.

— Só estou dizendo que não duvido de você. Não duvido de que fez o que era preciso. No começo, fiquei chateada, porque, sendo sincera, não estou acostumada com brigas de rua. Não são muito comuns em Murk! — Ela soltou uma risada fraca. — Graças a Iridia, imagino. Agora, acho que estou chateada por outro motivo. E não com você.

Ficaram em silêncio por um momento enquanto Viv pintava o topo da porta o melhor que podia. Não sabia se sua técnica com o pincel poderia ser chamada de profissional, mas a porta com certeza estava ficando vermelha.

— Ontem à noite, Paio me acordou. Piando e latindo, como antes. Você acha que...?

Viv terminou a última pincelada e colocou o pincel no balde com todo o cuidado. Olhou para Fern, séria.

— Não quero que você se preocupe. Se ele vier atrás de alguém, vai ser de mim, e não vai fazer isso aqui. O que ele poderia querer em uma livraria? O que teria a temer vindo de você?

— Não sei se isso ajuda a me acalmar.

— Como eu disse, é o meu trabalho — respondeu Viv com um sorrisinho. — Agora, é melhor limpar seu pelo. Parece que você acabou de assassinar várias galinhas.

~

— Ai, merda — disse Gallina, sacudindo a mão aberta. — Tinta fresca?

Viv ficou tão surpresa de ver a gnoma na livraria que quase se esqueceu de ficar irritada.

— Você não viu a placa avisando?

A gnoma manteve a porta aberta com as costas — pelo lado não pintado — e olhou para a janela e depois para cima, onde finalmente avistou o aviso.

— Alto demais pra mim.

Viv se afastou do balcão, onde estivera encostada conversando com Fern.

— Se estiver com marcas de dedos...

— Não precisa ficar nervosinha. Deve estar tudo bem.

— Se está nas suas mãos, não está na porta — resmungou Viv.

— E por que você se importa? Não é sua... Oh, oi. — Gallina agitou os dedos para Fern. — Prazer.

A ratoide apoiou o queixo na pata e suspirou.

— Não tem problema. Eu deveria agradecer por você ter ajudado Viv. Algumas marcas na tinta são um preço pequeno a pagar.

O rosto de Gallina se iluminou com um sorriso, e Viv achou até que ela estufou o peito, embora fosse difícil dizer debaixo de tantas facas.

— Viu só, foi o que... Espera aí, *ajudado*?

— Você salvou a minha pele. Melhor assim? — perguntou Viv. — Vou dar uma olhada na porta.

Ela foi mancando até a entrada e inspecionou atentamente a porta enquanto a gnoma passeava pela loja, observando tudo com um olhar crítico.

— Meu nome é Fern — disse a ratoide. — E você deve ser Gallina?

A gnoma ergueu a sobrancelha para Viv.

— Sim, eu falei de você — esclareceu com toda a paciência. — Você é *muito* querida.

Gallina se acomodou em uma das poltronas. A poltrona *dela*, Viv notou. Aquele parecia estar se tornando um hábito de Gallina.

— Ei, você tem razão, é bem confortável.

Paio veio trotando, imediatamente pulou na poltrona e se acomodou junto à perna da gnoma.

— Ah, quem é esse rapazinho? — Gallina acariciou as penas entre os olhos do grifete, que se aconchegou ainda mais.

Viv ficou mais enciumada com isso do que jamais admitiria.

— Esse pequeno cavalheiro é Paio — disse Fern.

Gallina fez uma careta.

— O que ele fez para merecer esse nome?

A ratoide riu.

— O nome dele de verdade é Pallus. Meu pai o batizou em homenagem ao Grande Grifo em *O quarto desejo*, tipo uma piada literária, mas eu era pequena e não conseguia pronunciar o nome direito, então...

— Você merece coisa melhor — sussurrou bem alto a gnoma, dirigindo-se a Paio.

Fern lançou um olhar curioso para Viv, que deu de ombros e perguntou:

— Em que nós podemos ajudar?

Estranhamente, aquele "nós" soou muito natural.

— Acho que você me deve um ou dois capítulos — disse Gallina.

— Está querendo dormir a essa hora? Bem, não estou com o livro aqui.

— Que desculpinha. Aliás, você está trabalhando aqui, é?

Viv deu de ombros.

— Eu dou uma mãozinha.

— De graça?

A gnoma estava chocada.

— Ah, não, ela tem acesso total à loja. Pode ler o que quiser — respondeu Fern, achando graça.

Gallina fez uma careta.

— Tá, então *basicamente* de graça. O que você fica fazendo aqui o dia todo?

— Bem, quando um cliente, como você, por exemplo, aparece, nós vendemos livros para ele — explicou Fern.

Gallina estudou a ratoide como se tentasse decidir se o tom dela era condescendente ou não. Fern tinha feito um excelente trabalho em não dar pistas.

A ratoide continuou:

— Estávamos conversando sobre um livro para uma pessoa em especial. Um presente. Essa é a arte de ser livreira: escolher exatamente o livro certo para a pessoa que vai recebê-lo.

— Quem?

Viv pigarreou.

— Ah, uma amiga.

— Você tem amigos aqui? — perguntou Gallina, incrédula.

— Ah, espera, sou eu?

Ao ouvir isso, Viv não conseguiu conter uma gargalhada.

~

— O que é isso? — perguntou Maylee quando Viv lhe entregou um embrulho de papel pardo amarrado com barbante. Felizmente, Fern tinha dado o nó; do contrário, seria só um emaranhado.

— Há, eu só… queria agradecer.

Era a primeira vez que Viv via a Canto do Mar sem fila. As prateleiras e os cestos estavam quase vazios, e o calor e a umidade não estavam mais tão intensos. Os fornos estavam desligados, e a jovem magra de coque lavava panelas vigorosamente em uma pia funda nos fundos. O lugar parecia suspirar de alívio após um dia muito ocupado.

O sorriso da anã foi enorme, mas também mais suave do que Viv se lembrava, como se a surpresa sincera tivesse sido adicionada à receita enquanto ele se formava.

— Ahhh — soltou ela baixinho, derretendo-se ao passar o dedo pelo barbante. Suas unhas estavam sujas de farinha. — Posso abrir?

— Claro! Sim, claro.

Viv ficou ali parada, meio sem jeito, querendo ao mesmo tempo ir embora logo, mas também desejando ver a expressão de Maylee quando ela visse o que era. Fern e Viv tinham conversado bastante sobre a escolha, e embora Viv temesse que fosse óbvia demais, no fim das contas acabou confiando mais na livreira do que em si mesma.

A anã partiu o barbante com um puxão firme e abriu cuidadosamente o papel, revelando um grande volume encadernado em madeira e costuras robustas. As sobrancelhas dela se franziram. Não havia título na capa, mas, quando Maylee abriu o livro e seus olhos percorreram as primeiras páginas, o sorriso retornou, desta vez completo.

— Ora, isso… Ah, Oito… — Ela olhou para Viv, os olhos arregalados. — É o que eu estou pensando?

— Eu me sinto meio estranha te dando um livro só de receitas, porque, bem… — Viv gesticulou para o entorno. — Você não precisa! Mas…

— *Só* de receitas? É um livro de receitas da *confeitaria gnômica*. — Maylee riu. — Pelos infernos, eu nem preciso fazer nada. Ler já é um prazer. Algumas dessas… Meus deuses! Os passos! E olhe só essas xilogravuras! Eu *amei*, meu bem.

— Fico feliz — disse Viv, embora ao mesmo tempo sentisse uma pontada de vergonha por não ter chegado sozinha à ideia daquele livro em especial. — E obrigada por ter pensado em mim. Há, quando eu estava na prisão. Não precisava, mas foi… foi gentileza sua.

Ela corou. Dar presentes exigia muito mais tato do que seria de se esperar.

— Pensado em você? — Maylee se apoiou no balcão. — Meu bem, não parei de pensar desde que você chegou aqui.

— Ah. Há.

Os pensamentos de Viv foram obliterados tão completamente que mais parecia que sua cabeça tinha sido atingida por um porrete.

A anã observou a expressão de Viv, a própria um misto de diversão e algo mais.

— Cuide bem dessa perna, Viv — disse Maylee, dando uma piscadinha.

Ela deu um tapinha carinhoso no livro e voltou à limpeza.

Viv saiu da loja, confusa, mas não de forma desagradável.

16

Viv ficou em estado de alerta elevado nos primeiros dias após sua estada na prisão, mas com o tempo isso acabou diminuindo até sua vigilância usual.

Nada do homem de cinza aparecendo furtivamente. Mesmo assim, ela manteve seu sabre ao alcance, e Iridia que fosse pros infernos.

Enquanto estava na livraria, ela o deixava escondido atrás do balcão — Fern comentou que não era a cena mais convidativa de se ver pela janela.

E, por incrível que parecesse, agora realmente havia clientes. Viv e Fern não sabiam se era por causa da pintura nova da porta, do interior um pouco menos caótico ou alguma outra percepção nebulosa de movimento na loja. O lugar não chegava a ficar abarrotado, mas o fluxo de clientes era constante ao longo do dia — às vezes curiosos que saíam de mãos vazias, mas também gente que acabava comprando alguma coisa. De vez em quando, até duas pessoas ao mesmo tempo. Alguns clientes lançavam olhares curiosos para Viv, mas, quando isso acontecia, ela pegava o próprio livro e os olhares logo se desviavam.

Gallina aparecia de vez em quando, em geral com a desculpa de visitar Paio. Mas, com frequência, acabava passando um tempo em uma das poltronas.

O ócio fazia bem à perna de Viv, que recuperou parte da melhora perdida após a imprudente escaramuça no meio da rua. Até Highlark parecia, mesmo que a contragosto, satisfeito com sua recuperação. Mas a calmaria em nada aliviava a inquietação dela sobre o possível paradeiro dos Corvos e os muitos cenários imaginados em que eles se desencontravam — ou simplesmente não retornavam. Rackam não era do tipo que deixava de cumprir uma promessa, mas Viv não era uma veterana no grupo. Não conseguia silenciar a vozinha insistente lhe dizendo que ele adoraria se livrar de uma orc imprudente que se metia em encrencas das quais não conseguia sair sozinha.

Palavras eram a melhor distração que ela poderia querer.

— Bom — disse ela ao entrar na loja. — Terminei o livro.

A neblina se acumulava na encosta em frente à livraria e entrou atrás de Viv como fumaça fria.

Paio a observou com olhos semicerrados e se escondeu atrás de algumas prateleiras.

— Ah, é? Demorou, hein? Muitos capítulos só eram apropriados para você ler no quarto? — caçoou Fern de trás do balcão.

— Hum — respondeu Viv.

— Sabe, ela é daqui.

— Quem?

— Zelia Peregrina, a autora. Ela mora por aqui.

— Em *Murk*? — perguntou Viv, incrédula.

Desabotoou o cinto e escondeu o sabre no lugar de costume, depois deixou *Mar da paixão* no balcão.

— Isso aí. Sabe, tem gente que *gosta* daqui — respondeu Fern, puxando o livro em sua direção e passando uma pata pela capa. — Ela tem uma propriedade da família mais ao norte. Já a vi uma ou duas vezes, mas não acho que venha para cá com muita frequência. Deve mandar algum criado. Ela é muito... muito *majestosa*.

Por algum motivo, o conceito de uma escritora ser uma pessoa real com quem se poderia esbarrar na rua era difícil de imaginar.

— E ela só... escreve livros?

Fern lhe lançou um olhar engraçado.

— Alguém tem que escrever. E ela não só "escreve livros". Ela escreve *muitos* livros.

— É? Quantos? — perguntou Viv, com o máximo de indiferença que conseguiu fingir.

Os lábios de Fern se curvaram em um sorriso felino, um grande feito dadas as circunstâncias.

— Sabe, para uma livreira, é *muito* satisfatório ver que você fisgou o cliente.

Viv revirou os olhos.

— Vou dar uma olhada no que tenho em estoque. Estou tentando terminar esse pedido e...

A porta se abriu com um rangido, e era difícil saber quem ficou mais surpreso quando Pitts surgiu pela névoa, algumas gotas de umidade na cabeça raspada.

Ele parou logo na entrada, meio sem jeito, e ergueu o livrinho laranja de poesia entre dois dedos.

— Tava pensando — disse devagar, encarando um ponto muito acima da cabeça de Fern —, você tem outro assim?

⸻

— Oi, meu bem!

Após a aparição inesperada de Pitts na livraria, Viv achou que as surpresas do dia tinham acabado — até Maylee se sentar na cadeira em frente à sua no Poleiro.

— Oi...

Viv pousou a caneca devagar.

Maylee usava roupas comuns, e pela primeira vez sua pele não estava reluzindo de suor por causa do calor, embora as bochechas não tivessem perdido o tom rosado. Sua trança caía como uma corda de linho sobre o ombro, e, à luz dos lampiões, seus olhos brilhavam. Levou um segundo para Viv reconhecer a sensação, mas, sendo uma guerreira acostumada a caçar, o arrepio de se ver sendo caçada era novidade.

— Brand! — gritou Maylee. — Quero o bife! E hoje tem aquelas batatinhas vermelhas? Você sabe quais.

Brand ergueu o braço tatuado.

— E algo pra beber! — acrescentou ela.

Viv deslizou o prato para o lado e cruzou os braços em cima da mesa. Parecia educado esperar.

— Acho que nunca vi você por aqui antes. — Ela abaixou a voz e acrescentou: — E isso é meio vergonhoso de dizer, mas é meio estranho te ver fora da padaria. Parece... Sei lá, parece que lá é o seu lugar.

Viv ficara chocada ao pensar em Zelia Peregrina circulando por Murk, mas ver Maylee fora da loja parecia igualmente improvável. E, no entanto, lá estava ela.

— Hum, bem, se ficou surpresa agora, você devia ter me visto há alguns anos.

— Ah, é?

As sobrancelhas de Viv se ergueram.

— Acho que não dá pra imaginar só de olhar pra mim hoje em dia, mas eu já vivi muitas emoções. — Maylee flexionou o braço. — Não ganhei isso aqui só sovando massa.

— Sério?

— Eu tinha uma maça impressionante. Grande, flangeada. Trabalhei como mercenária por uns anos, pois é.

Viv inclinou-se para mais perto.

— Com quem você trabalhou? O que aconteceu?

Maylee riu, um som mais delicado do que Viv tinha esperado dela. A anã podia ter baixa estatura, mas tudo nela passava a impressão de que deveria ser grande.

— Ah, ninguém que você conheça. E acho que chegou um momento em que eu queria passar mais tempo aperfeiçoando meus biscoitos na fogueira do que entrando em cavernas úmidas. Já tentou fazer biscoitos em uma fogueira? É uma dor de cabeça. Mas fiquei bem boa nisso. Aí, em algum momento...

Ela deu de ombros.

Viv estava perplexa. Pensou nos Corvos imediatamente, e um sentimento parecido com saudade cresceu em seu peito.

— E você... está feliz fazendo isso? Não sente falta?

— De dormir no chão duro? Nem um pouco.

— Aqui está, senhorita — disse o servente da taverna.

Ele colocou um prato fumegante e uma caneca de cobre diante de Maylee. Um bife alto, com uma crosta de pimenta, ocupava a maior parte do prato, acompanhado de batatas cortadas em cubos. Viv já havia praticamente terminado sua refeição, mas seu estômago roncou com o cheiro de defumado de nogucira, alecrim e gordura quente e crocante.

— Obrigada, Ketch.

Então esse era o nome do garoto. Viv notou que ele não ganhou um "meu bem".

Os olhos de Maylee brilharam quando ela posicionou o prato à sua frente, e sua expressão encantada fez Viv sorrir. A mulher com certeza era apaixonada por comida.

Viv puxou o próprio prato para mais perto e pegou o garfo.

— Oito infernos, não consigo nem imaginar. Eu ficaria maluca. Desde que cheguei, minha sensação é que estou com uma coceira em um lugar que não consigo alcançar, e ela piora um pouco a cada dia.

A anã cortou um pedaço de carne e o enfiou na boca com entusiasmo, fechando os olhos enquanto mastigava.

— Ah, perfeito. — Ela suspirou, satisfeita. — Mas, não, nem um pouco. Eu estou sempre ocupada, e tem muito menos sangue. — Ela apontou o garfo para Viv. — E a comida é bem melhor.

As duas comeram em silêncio por alguns minutos, o tinido das facas e dos garfos nos pratos de estanho marcando a passagem do tempo. Foi confortável.

Depois de um momento, Maylee deixou os talheres de lado e juntou a ponta dos dedos em frente ao prato. Ainda sorria, mas havia algo sério em seu olhar. Viv teve a sensação de que uma cortina estava sendo aberta.

— Olha — disse Maylee, e sua voz estava mais baixa, apenas para os ouvidos de Viv. — Eu gosto de você.

Viv pigarreou, o sentimento de conforto evaporando, substituído por uma confusão de emoções que ela só conseguiria organizar se parasse um tempo para desembaraçá-las. Tempo que, de repente, ela não tinha.

— Há, acho que eu já imaginava — respondeu, sem jeito. E então, mais baixo: — Mas não sei por quê.

Maylee arqueou a sobrancelha, curiosa.

— Bom, eu poderia dizer que foi quando vi esses seus braços pela primeira vez, porque, olha... oito infernos! Mas, na verdade, foi quando vi você esperando na fila. Quando percebi o cuidado que você tinha enquanto se mexia entre as outras pessoas.

Viv corou, sem conseguir encontrar palavras. De repente, parecia não ter fôlego para falar.

— Bem fofo. E, bem, eu conversei com a Fern também. — Ao ver os olhos de Viv se arregalando, Maylee riu. — Ela não revelou nenhum segredo, meu bem. Mas talvez eu tenha visto um pouquinho de você. O suficiente para saber que gostaria de te conhecer melhor.

O sorriso de Maylee sumiu, e havia algo distante e triste em seus olhos.

— Sabe, tem muita gente por aí. Muito barulho. Eu amo o que faço, adoro meus dias, mas nenhum de nós vê mais do que uma pequena parte do mundo, como se estivéssemos olhando por uma janelinha. E eu te vi pela minha, e algo dentro de mim disse: "Essa aí é alguém que você deveria conhecer." Simples assim. Eu sei que você vai embora logo — continuou. — Talvez em algumas semanas. Mas sabe de uma coisa? Pra mim, não importa. Então vou facilitar as coisas. Você acha que deveria *me* conhecer?

Viv percebeu que Maylee tentava falar daquilo com naturalidade, mas não era burra a ponto de não sentir o fio de tensão correndo por trás daquelas palavras.

As duas se encararam por tempo demais enquanto as palavras se dissipavam como vapor na mente de Viv, e durante todo esse tempo ela sentiu aquele fio de tensão se apertar. E, quando não conseguiu suportar a ideia de que ele poderia se romper, precisou responder:

— Eu gostaria.

E, embora fosse verdade, parte dela sabia que era uma verdade espinhosa. E que poderia feri-las depois.

17

—Você tem um *barco*?

Confusa, Viv olhou para o bote no menor dos quatro atracadouros, que tinha a vantagem de estar nas águas mais calmas e abrigadas da enseada. Uma longa faixa de areia se estendia em um braço estreito, e o promontório com as estruturas desconhecidas vigiava tudo.

O mar batia no casco do pequeno bote, que balançava suavemente de um lado para o outro. Viv considerou o tamanho diminuto com apreensão, tendo dificuldade de se imaginar cabendo ali dentro.

— Tenho que dizer, achei que seria… maior.

Outras embarcações, nenhuma muito grande, balançavam em uma linha irregular ao longo do píer, ocupado principalmente por gaivotas e andorinhas.

— Eu só pego emprestado quando sinto vontade. Um velho marinheiro que vem comprar biscoitos todos os dias me deixa usar quando eu quero. Nem sei por que ele ainda não se desfez deste aqui, já que passa o dia na traineira. — Segurando-se em uma das estacas, Maylee embarcou, pisando no meio do bote.

— Me passa isso, meu bem — pediu, gesticulando para o cesto de vime nas tábuas.

Viv obedeceu e lhe entregou o cesto, que produziu um leve tinir.

A anã o colocou atrás do assento de madeira perto da proa e olhou para trás, as sobrancelhas erguidas. A insegurança de Viv devia estar estampada em seu rosto, porque Maylee riu, aquela risada delicada, brilhante como a água do mar.

— Vamos lá, você sabe nadar, não sabe?

— Na *teoria* — respondeu Viv. — Mas não parece fazer diferença, afundo feito uma pedra mesmo assim. E com uma perna ruim? Vou direto para o fundo do mar.

— Bem, eu nunca aprendi, então, se o bote virar, vamos afundar juntas. Vai ser muito trágico e romântico.

— Você não sabe nadar e gosta de sair nesse barquinho? — Viv a olhou de cima a baixo dramaticamente. — Pelo visto não largou a vida de mercenária por falta de coragem, hein?

— Chega de enrolação. Desamarra isso pra mim?

Viv apoiou o bastão em uma das estacas, onde tinha quase certeza de que ele não sairia rolando, então desamarrou o bote, jogando a corda para dentro. Maylee segurou o atracadouro, inclinou-se para o lado a fim de abrir espaço e disse:

— Você consegue. Perna esquerda primeiro.

Fazia alguns dias desde o jantar das duas, e Viv conseguira descer até o píer com um mancar leve e a ajuda de seu bastão. Ainda assim, não pôde evitar algumas caretas e sibilos de dor enquanto se acomodava no bote, toda sem jeito. Houve um momento de tensão quando ergueu a perna ferida, oscilando perigosamente, mas então Maylee segurou sua cintura para equilibrá-la.

Bem devagar, ela se abaixou até no banco da popa, ao lado dos remos. O ar fresco soprava da água sombreada abaixo do píer.

— Sabe remar? — perguntou Maylee.

— Parece ser algo que eu conseguiria aprender.

A anã lhe lançou um olhar, avaliando-a, depois estendeu as mãos.

— Ah, passe os remos pra cá.

Maylee remou para longe do atracadouro, em direção ao centro da enseada. A luz do sol se fragmentava nas ondas suaves e oscilantes. Um bando de andorinhas-do-mar seguiu-as, ralhando com suas vozes ásperas e rascantes.

O badalar das horas ecoou pela face do penhasco ao norte, e, à distância, um galeão rumava para o sul, suas velas se inflando com os ventos de alto-mar.

Os braços robustos da padeira mantiveram um ritmo uniforme e poderoso enquanto ela remava ao longo do banco de areia, dirigindo-se para o norte e contornando o cabo.

Por um tempo, Viv agarrou-se às laterais do bote, sensível a cada balanço e sentindo-se grande demais para a embarcação minúscula. Imaginava o bote virando, sua mente conjurando imagens de si mesma caindo na água e levando Maylee junto. Não importava o que ela dizia: Viv não via nada de romântico na ideia de se afogar à vista da terra firme. Com o tempo, porém, relaxou e começou a apreciar a sensação do sol em sua pele e o silêncio crescente enquanto se afastavam da costa. A água brilhava como safiras, mas, ao longe, Viv conseguia ver onde o mar ficava mais escuro devido às profundezas insondáveis.

Quando contornaram o promontório ao norte, outra pequena enseada surgiu à vista, sombreada pela encosta. O bote deslizou para as sombras, e Maylee mergulhou os remos para diminuir a velocidade.

O frescor da sombra foi surpreendente e repentino, e Viv sentiu um arrepio nos braços. Maylee balançou a ponta de um dos remos, espirrando água salgada nela com um sorriso travesso.

— Ah, não vou deixar essa passar — disse Viv, devolvendo o sorriso.

Ela observou a rocha nua da face do penhasco acima delas, mil camadas sobrepostas de pedra em um ângulo inclinado. Gaivotas brancas giravam em um redemoinho, mas, para sua surpresa, permaneciam em silêncio, como se relutassem em quebrar a calmaria.

— Você vem muito aqui?

— É calmo. Fresco. Quase o oposto da padaria — respondeu Maylee.

Ela ergueu o cesto de vime e o colocou no centro do bote, entre as pernas de Viv, que ocupavam boa parte do espaço. Desdobrando o embrulho de linho, ela pegou um pão inteiro e bateu nele com os nós dos dedos. O som foi quase oco.

— Velho e duro. Não é pra gente.

Viv ergueu as sobrancelhas.

Maylee partiu o pão ao meio com um som crocante e rasgado, e farelos da crosta voaram em todas as direções como casca de trigo. Ela entregou um pedaço a Viv, que o segurou com uma expressão interrogativa.

— Não é pra gente?

Com um sorriso enigmático, Maylee arrancou um pedaço de miolo da sua parte e o lançou na água, onde ficou flutuando na superfície.

Viv se sobressaltou quando o pão desapareceu quase imediatamente. Uma figura prateada veio à superfície com um som semelhante a uma pedra caindo em um lago calmo.

— Você vem aqui para alimentar os peixes? Alimentar a cidade de Murk inteira já não basta?

— Estes clientes são silenciosos — respondeu Maylee, com a voz baixa. — E olha.

Ela apontou e, logo abaixo da superfície, uma espiral rosa e prata fazia curvas amplas e sinuosas antes de retornar, cheia de esperança.

— Ah — disse Viv, surpresa.

Os peixes se moviam como um único organismo e, ao virarem, a luz do sol banhava seus dorsos com um brilho reluzente.

— Deve ter centenas deles.

— Dorsos-de-pêssego. É. Bem, tá esperando o quê?

Elas se revezaram despedaçando o pão, lançando nacos para os peixes e algumas gaivotas corajosas que desceram para inspecionar o que estava acontecendo. O som da água batendo no casco e os murmúrios dos famintos dorsos-de-pêssego as embalaram.

Às vezes, Viv parava para observar o rosto de Maylee e como suas bochechas apertavam os olhos até quase fechá-los sempre que um dos peixes aceitava seu pão. A dor na perna estava bem distante.

Quando terminaram de saciar o apetite dos comensais marinhos — na verdade, quando o pão velho acabou —, Maylee mexeu no cesto mais uma vez, pegando uma garrafa verde e dois copos de vidro.

— Quando alimentamos os peixes com o pão velho, fiquei achando que teria um pãozinho fresco pra gente aí dentro — observou Viv.

— Ah, você achou que seria um *piquenique*? Não. Só quis te trazer aqui sozinha pra te embebedar.

Maylee puxou a rolha sem esforço aparente e despejou um líquido transparente nos dois copos, equilibrados no banco entre seus joelhos. Viv sentiu o cheiro de zimbro, que a fazia pensar em guirlandas de solstício e neve.

Com as bochechas rosadas, Maylee fez um brinde:

— A encontros fortuitos.

— A encontros fortuitos.

Viv bateu os copos e tomou um gole. O sabor seco desdobrou-se em sua língua em um festival de sabores herbais, seguido por uma onda de calor que desceu até o centro de seu corpo.

— O que é isso? — perguntou.

— Gim — respondeu a padeira, tomando um gole também. — Tem cheiro de inverno, mas gosto de verão.

Elas beberam, a atmosfera descontraída, e o calor do gim venceu o frescor da enseada sombreada. Viv podia imaginar a bebida aquecendo cada parte de seu corpo como água quente se misturando em uma tina fria. Sentia-se solta e à vontade de um jeito que não acontecia fazia tempos.

Ela contemplou Maylee, o álcool suavizando tudo. Observou os joelhos nus da anã sob a barra levantada da saia. A pele suave do pescoço, que fez Viv pensar em Raleigh e Leena na caverna, e em como seria deslizar os dedos por baixo da blusa de Maylee e traçar o contorno de sua clavícula.

O calor do gim transformou-se em um calor de outro tipo.

Então percebeu que estava encarando a anã e corou mais ainda.

— Então — disse, pigarreando. Acomodou-se melhor, deixando as costas descansarem na popa. O barco se inclinou um pouco, mas não de forma perigosa. — Anos na estrada, você disse. Ainda tem aquela maçã?

Maylee tomou um gole preguiçoso de seu segundo copo de gim, e o canto de sua boca se curvou em um sorriso.

— Está numa caixa lá em cima. Não consegui me livrar dela.

— Então *talvez* você ainda volte?

— Não. Nunca mais. Mas só porque já deu para mim não quer dizer que eu precise esquecer, certo? Às vezes sou meio sentimental.

— Certo. Então me conte uma lembrança *boa*. Algo de que você sinta falta. Obviamente, não dormir no chão duro ou queimar biscoitos.

— Falando assim parece até que estou velha — disse Maylee, erguendo o copo. — Sua mercenária *bebê*.

Viv riu ao ouvir isso, e Maylee girou o que restava da bebida no copo, torcendo os lábios, pensativa. Depois de um tempo, disse:

— Uma goblin. Cabelo ruivo, dentes afiados, bem padrão. — Ela fez outra pausa, e Viv estava prestes a insistir quando a anã continuou: — Enfim, estávamos ao sul de Cardus. Tinha um bandido, Voss, causando muita confusão, e a gente estava numa vila no meio do nada tentando rastrear o paradeiro dele para receber a recompensa. Acampamos entre um morrinho e o rio. Um dia, de manhã, eu estava levando as panelas pra raspar na água.

— Os biscoitos queimaram? — perguntou Viv, sorrindo.

— Quem tá contando a história? Enfim, o rio naquela parte era meio largo, mas raso nas bordas, com muita vegetação na margem, e coberto por aquela neblina da manhã. E eu ali, areando a panela. Aí algo me diz pra olhar pra frente, e quando ergo a cabeça, lá está ela, na outra margem.

— A goblin?

— É. E soube na hora que era do bando do Voss. Eles usavam umas braçadeiras vermelhas, uma bobeira só. E *ela* estava areando uma panela também.

Viv soltou uma gargalhada.

— Ela me olha ao mesmo tempo, e nós duas estamos ali agachadas, com água até os cotovelos, limpando depois de cozinhar. Voss devia estar logo ali além do morro, só não perto o suficiente pra ouvir. E nós duas ficamos parada. O rio era fundo e largo demais no meio, não tinha como atravessar. A ponte mais próxima ficava a quilômetros dali, e não tínhamos cavalos.

Viv a observou com os olhos estreitos, sentindo-se aquecida e contente.

— E aí, o que aconteceu?

— A gente ficou se olhando por, sei lá, um minuto, o que não parece muito tempo, mas é. Aí, como se tivéssemos concordado ao mesmo tempo, voltamos a arear as panelas.

Houve outra pausa longa, enquanto Viv estudava o rosto de Maylee e sua expressão nostálgica.

— Acho que foi ali que percebi que estava cansada daquela vida — disse Maylee. — Mas também não trocaria aquele momento por nada. Ainda me lembro do rosto dela.

Viv quase perguntou se Maylee voltara a ver a goblin — talvez se tivessem alcançado o bando de Voss. Será que a campanha tinha dado certo? Ficou se perguntando qual teria sido o fim daquela goblin.

Mas, no fim, achou melhor não perguntar.

18

Conforme a perna de Viv foi sarando, ela aos poucos começou a recuperar sua resistência. A rapidez com que sentira o corpo ficar mais mole e lento lhe causava muita ansiedade, e de jeito nenhum ela adiaria ainda mais o retorno ao seu preparo físico. Continuou o treinamento com o sabre atrás do Poleiro, mas também passou a fazer caminhadas cada vez mais longas pelas colinas atrás de Murk. Era bem cuidadosa, respeitando os limites de sua recuperação, mas era metódica e persistente, e os pensamentos sobre o homem de cinza só aumentavam sua determinação.

Naquele dia, Viv planejava chegar pela primeira vez ao topo do penhasco que se elevava sobre a cidade, aquele com as pequenas construções que não conseguiu identificar na primeira vez que o avistou. Uma trilha de areia serpenteava por uma série de elevações cobertas de capim alto, tufos de cardos com flores roxas e árvores retorcidas pelo vento.

Viv apoiou boa parte do peso na perna em recuperação e, embora a dor fosse desagradável, nem se comparava às pontadas agudas de dias antes. Continuou usando o bastão de caminhada, mas apoiava-se cada vez menos nele.

O suor deixou a camisa grudada nas costas, e ela prendera os cachos escuros para que a brisa esfriasse seus ombros.

Seu plano era subir sozinha, mas não foi o que aconteceu. Com a mobilidade reduzida de Viv, Gallina nem precisava se esforçar para acompanhar seu ritmo.

— Nada mau essa vista — comentou Gallina, protegendo os olhos do sol com a mão.

Ela estava com as mangas dobradas e as botas penduradas no ombro pelos cadarços, os pés descalços e sujos de areia.

O badalar de um sino ecoava pela enseada, parecendo incrivelmente distante. Já passava do meio-dia, o céu estava claro e sem nuvens, a névoa da manhã havia muito dissipada, e Murk parecia cochilar no calor. Uma escuna repousava junto ao cais, como se exausta demais para zarpar. O marulhar distante das ondas se aquietou e tudo ficou em silêncio.

Viv economizou o fôlego e seguiu em frente. Finalmente pensara em uma boa solução para carregar seu sabre. A bainha estava presa por um cinto atravessado nas costas, onde não atrapalhava seus movimentos.

Ao alcançarem o topo do penhasco, ela parou para observar o entorno. Sua perna tremia, mas aguentou. Parte da queimação até era agradável, embora a dor latejante da ferida profunda ainda se fizesse presente.

— É um cemitério — comentou Viv.

Uma cerca baixa de ferro circundava o antigo cemitério. As ervas daninhas cresciam tão altas do lado de dentro quanto fora, balançando com o vento ao redor das lápides e pilares. Ela avistou até alguns túmulos de anões, marcados por grandes pedras de quartzo.

Viv entrou pelo portão e encontrou uma pedra contra a qual se apoiou. Qualquer inscrição já havia sido apagada pela chuva e pela maresia, então ela não se sentiu tão mal. Sua perna também agradeceu.

Olhando para o norte, conseguia ver uma propriedade em uma colina alta. Era cercada por árvores muito antigas, não as coisinhas retorcidas e teimosas que cobriam o resto da região, e o que pareciam ser sebes, e muito bem cuidadas. Fern havia comentado que Zelia Peregrina vivia perto de Murk. Viv ficou se perguntando se aquela era a propriedade dela.

Gallina examinou o cemitério com um olhar cético.

— Parece uma má ideia, se quer saber minha opinião.

— Você tem algo contra *enterrar pessoas*?

— Tenho algo contra enterrá-las tão no *alto*. Olha só este lugar. É tudo areia! Um deslizamento feio e o vovô de alguém vai acabar lá no centro da cidade.

Viv olhou para as lápides.

— Esses túmulos estão aqui há muito tempo. Acho que, se isso fosse acontecer, já teria acontecido.

— Mesmo assim. Mas enfim, não é sobre isso que eu queria falar.

— Ah, você tinha uma pauta? E eu pensando que tinha vindo aqui para treinar e que você estava me acompanhando só para aproveitar o ar puro.

— Ahhh, então você *sabe* que precisa de um parceiro de treino. Vai ficar balançando sua espada no ar sozinha? E quem mais você vai chamar, Iridia?

A gnoma testou a firmeza do solo do lado de fora da cerca, que era rodeada por cardos que iam até a borda arredondada do penhasco.

Viv pensou em explicar exatamente quanto tempo passava treinando sozinha, mas a conversa em círculos que se seguiria se desenrolou em sua mente, e ela decidiu evitá-la.

— Tá bem, agora fiquei curiosa. Você queria me perguntar algo sem que ninguém mais ouvisse, então vamos lá.

— Maylee.

Viv a encarou, surpresa. Se fosse listar assuntos que eram do interesse de Gallina, aquele estaria no fim da lista.

— Há. Isso não é uma pergunta.

— Você gosta dela, né?

— Eu... Aonde você quer chegar com isso?

Viv tomou impulso para se desencostar da pedra, o fôlego já recuperado. Sua coxa também já não tremia feito um animal prestes a fugir.

— Bom, gosta ou não?

— E daí se eu gostar? Está com *ciúmes* ou o quê? Não estou entendendo o que você quer.

— Ciúmes? Não. — Gallina se virou para olhá-la, as mãos na cintura. Respirou fundo e disparou: — Só estou tentando te entender. Você passa o dia numa livraria, toda dedicada, pelo que deu pra ver. Pintando portas. Vendendo livros. E sai para passear à noite com a padeira, quase de mãos dadas. Está pensando em *ficar*, é? Sossegar, criar raízes?

Viv franziu a testa.

— Acabei de subir até este penhasco para ficar balançando uma espada. O que você acha?

— É isso que não consigo entender. Ela sabe que você vai embora? — perguntou Gallina, tentando manter um tom casual, mas havia uma intensidade no olhar dela que não passou batida por Viv.

— Claro que sabe. Por que você está tão interessada nisso? Está com medo de perder a chance de se juntar aos Corvos se eu decidir ficar?

A gnoma a encarou.

— Só estou pensando em como é ser deixada para trás. Só isso. Ela parece legal.

Viv devolveu o olhar com seriedade.

— Maylee não foi algo planejado. Ela sabe quem eu sou. Para onde eu vou. — Viv pensou no que a anã tinha dito sobre janelinhas e as pessoas que você podia ver através delas, mas achou que não conseguiria fazer jus ao discurso. — São duas pessoas com os olhos bem abertos, simplesmente se divertindo por algumas semanas. Eu quase nunca passo muito tempo com *ninguém*. — Ela balançou a cabeça. — Sabe, nunca imaginei que teria esta conversa.

— É. É, bom... — Gallina pigarreou e chutou um pouco de areia. — Só queria saber mesmo.

Viv estava perplexa. Sabia o que estava fazendo, e Maylee também. Não havia mentiras ou segredos. Então por que as palavras de Gallina a incomodavam?

Bem, a maneira mais rápida de superar o incômodo era vencê-lo com força bruta.

Encostando o bastão na cerca, Viv tirou a sandália e a bota. Puxou o sabre da bainha e, mantendo-o baixa, pisou com cuidado na área aberta e coberta de areia.

— Acho que este lugar vai servir. Eu respondi sua pergunta?

Gallina franziu os lábios.

— Aham. Não é da minha conta, né?

— Ei — disse Viv. — Olhe para mim.

A pequena gnoma assim fez.

— Os deuses sabem bem que sou muitas coisas, mas acho que não sou babaca. E acho que é isso que você queria saber de verdade, não é?

Viv esperou até Gallina encará-la de volta e, após alguns momentos, a gnoma assentiu. Viv teve a estranha sensação de que as duas haviam entrado em foco uma para a outra, como quando você pisca para afastar o sono depois de um despertar demorado.

Abaixando-se cuidadosamente em uma postura defensiva, Viv iniciou a deliberada dança do sabre, sentindo os músculos se contraírem e relaxarem, o peso do aço equilibrado por centenas de contrações do corpo.

Após alguns segundos, Gallina sacou duas de suas facas e começou uma dança paralela, muito diferente, mas, no fundo, feita de passos bem semelhantes.

19

—Sem bastão hoje?

As sobrancelhas de Fern se ergueram em surpresa.

— Não tive que andar muito — respondeu Viv. — Trouxe o almoço.

— Não tá meio cedo pra isso? — perguntou a ratoide, desconfiada.

— Pra almoçar? Ah, a *perna*. — Viv deu de ombros. — Confio no meu corpo para me dizer o que aguenta. Tenho que prestar atenção nele antes de ouvir qualquer outra pessoa. — Viv colocou um embrulho de papel no balcão, além de uma pilha de livros. — Além disso, falei com Highlark ontem. Ele refez o curativo e resmungou bastante, mas acho que dessa vez estava irritado porque está sarando *bem*.

— E por que isso o deixaria irritado? — perguntou Fern, examinando o embrulho.

— Ninguém gosta de exibidos — respondeu Viv, com um sorriso que sabia que irritaria o elfo, caso ousasse mostrá-lo em sua presença. — Ainda mais cirurgiões.

— E o que é isso aqui, hein?

Fern passou os dedos pelo barbante preso no pacote.

— Maylee disse que experimentou uma receita do livro gnômico. É só o que eu sei. Vamos abrir.

Fern não precisou ouvir o comando duas vezes e desamarrou o laço caprichado. Sob o papel, havia vários folhados com cortes na parte de cima, de onde brotava geleia de frutas. Ela pegou um e deu uma mordida.

— Pelos oito infernos — murmurou. — Se você gostasse da Maylee só pela comida, eu nem te culparia.

— Todo mundo tem uma opinião sobre isso, não é? — resmungou Viv, corando de leve.

— Você pode beijar quem quiser. Vocês são adultas. *Eu* só fico feliz pelos benefícios colaterais. — Fern deu um tapinha nos livros com a pata. — Já acabou esses?

Fern retirou um livro de debaixo do balcão e o colocou ao lado da pilha de Viv.

— Eu estava esperando o momento certo pra te passar este aqui. Acho que você está pronta.

Viv passou o polegar pela capa encadernada em tecido verde.

— *A lente e o dapplegrim*?

— É um mistério.

— Então você não sabe sobre o que é?

— Não, é o gênero. O livro é *sobre* um mistério e como ele é resolvido.

— E precisa de tanta página pra isso?

Fern riu.

— Bem, também é sobre o investigador, e ele é um dos meus favoritos. Acho que você pode se identificar. É um velho mercenário calejado que perdeu a perna. E tem uma companheira esperta, que é química.

— Então eu deveria me identificar com o personagem "velho e calejado", é? — falou Viv, fingindo estar ofendida.

A ratoide mostrou a língua e deu um tapa no braço de Viv.

— Eu já te dei alguma sugestão ruim? E se gostar... Bem, tem mais de onde esse veio. — Ela deu outra enorme mordida no folhado e fechou os olhos com prazer enquanto mastigava. Quando engoliu, elogiou, murmurando: — Porra.

Viv soltou a fivela da bandoleira que cruzava seu peito e a deixou atrás do balcão. Fern nunca dissera nada, mas parecia se sentir mais confortável com a espada por perto, o que fazia Viv sentir uma mistura complicada de orgulho e culpa. Elas não falavam do homem de cinza com frequência, mas também não o haviam esquecido.

Quando Viv se endireitou, afastou alguns cachos do rosto.

— Olha, faz um tempo que eu queria conversar com você.

Fern pausou antes da próxima mordida.

— Parece sério.

Viv suspirou.

— Quanto mais o tempo passa, mais eu fico incomodada com essa situação. Em ficar aqui sentada na sua loja, pegando seus livros emprestados. Varrendo e pintando as coisas que você não alcança. Quanto trabalho ainda tem pra fazer? Não gosto de me sentir inútil.

— Mas você *não* é...

Viv ergueu a mão.

— Eu sei o que você vai dizer. Eu entendo. Mas, sério, me diga, como as coisas *realmente* andam por aqui? Quando nos conhecemos, você tinha certeza de que o navio ia afundar. A minha sensação é que estou esfregando o convés enquanto você tira água. E não gosto disso.

Fern alisou o fecho que prendia sua capa. Era um tique nervoso que Viv já reconhecia.

— A loja... vai sobreviver *um pouco mais*. Anda melhor ultimamente. Um pouquinho melhor. Mais movimento. Mais vendas. — Pareciam palavras dolorosas para Fern. Houve uma longa pausa enquanto ela organizava os pensamentos. — Mas, em certo sentido, nunca esteve melhor. Tem estado melhor *pra mim*. Ter você aqui me ajudou a me reconectar com o motivo de fazer o que faço. Com o motivo de já ter amado fazer isso. Não sei se consigo explicar, mas ver você lendo minhas indicações, colocar um livro nas suas mãos e ver o que acontece quando você devolve... Não consigo explicar como isso me traz algo que eu nem sabia que precisava.

Quando ela fez silêncio, Viv teve a sabedoria de respeitá-lo.

— Você me ajuda a lembrar por que me dou ao trabalho de fazer isso — terminou Fern, quase em um sussurro.

Outro longo silêncio se seguiu.

Viv assentiu.

— Certo. Que bom. Tenho a sensação de que estou me aproveitando, mas não sou burra de duvidar de você. Mas em mais algumas semanas, *no máximo*, eu vou embora. Então... talvez eu possa ajudar com outras coisas, para manter o barco de pé por mais tempo? Estou acostumada a fazer a diferença de um jeito concreto, com as minhas próprias mãos. Posso fazer isso, por favor?

— Eu sei que é com isso que você está acostumada — respondeu Fern. — Mas você não precisa usar as mãos pra fazer a diferença.

— Talvez não. — Viv esboçou um leve sorriso. — Mas é bem útil quando você precisa pintar a parte de cima da porta.

Fern deu de ombros, resignada.

— Certo, eu vou...

A porta se escancarou, e Gallina entrou correndo.

— Ah, graças aos Oito, você está aqui. Anda, Viv, você precisa ver isso — disse, ofegante.

— Ver *o quê?*

— É ele — respondeu a gnoma, os olhos arregalados.

Viv não precisou de mais explicações. Pegou o sabre pela bainha sem se dar ao trabalho de prender a bandoleira. Foi então que notou o olhar de Fern.

— Fique aqui — disse, completamente alerta.

<hr />

Ele estava morto. Bem morto.

Era mesmo o homem de cinza, caído entre uma duna e um galpão de madeira em ruínas. Se as roupas desbotadas não fossem suficientes para identificá-lo, de perto o cheiro frio, seco e metálico era evidente.

— Foi *você* que o matou?

Viv prendeu o sabre nas costas e se agachou ao lado do cadáver, examinando a areia. Mas os rastros eram confusos e não davam pistas. O vento também não ajudava.

— Pelos deuses, não! — exclamou Gallina. — Ele já estava assim quando encontrei. Quer dizer, não fui *eu*. Quem encontrou o cara foi aquele orc com a carroça.

— Pitts?

— Eu lá sei o nome dele! Quantos orcs com carroças você acha que tem em Murk?

O sangue do homem manchava a areia, e o manto acinzentado ondulava rente ao chão, balançando como se tivesse vida própria. Acima, o céu escurecia, e a brisa carregava o cheiro de uma tempestade.

— Para onde Pitts foi?

— Não perguntei. Saiu correndo por ali.

A gnoma apontou para os muros da fortaleza.

Viv suspirou.

— Deve ter ido atrás dos Guardiões dos Portões, ou seja, Iridia. Merda.

— Bom, não fomos *nós* que matamos o cara, então não sei por que isso seria um problema. Infernos, a gente devia estar aliviada, não?

Viv olhou para ela de relance.

— Depende muito de quem o matou, e por quê, não acha? E se ele estava sozinho. Afinal, quem o tirou daquela cela?

Por instinto, ela se levantou, encaixou o pé bom debaixo de uma das axilas dele e o virou de frente.

O rosto estava inexpressivo, os olhos pálidos olhando para o vazio. Ele podia estar dando um passeio noturno, a julgar pela expressão.

Ela se agachou de novo, grunhindo ao sentir a pontada de dor na coxa, e jogou o manto dele para o lado. A pedra mágica estava presa ao cinto, assim como uma bolsa de moedas, ambas estranhamente deixadas para trás. Viv arregaçou as mangas dele até os cotovelos.

— O que você tá fazendo?

Gallina se aproximou para ver melhor, uma adaga na mão, como se o homem pudesse se levantar e atacá-las. Considerando o que Viv estava procurando, achou a precaução sensata.

Ela não respondeu. Em vez disso, puxou a camisa ensanguentada e rasgada até o pescoço. O arfar que soltou em seguida nada tinha a ver com sua perna.

Alguns centímetros acima do ferimento que o matara, gravado na pele abaixo da clavícula, havia um diamante com galhos semelhantes a chifres.

O símbolo de Varine, a Pálida.

— Merda — disse Viv.

— O quê? — A voz de Gallina tremia de ansiedade. — Você está me assustando.

Viv se levantou e olhou para a gnoma.

— Havia mais alguma coisa aqui? Uma mochila? A *bolsa* dele?

— Não, nada! O que é esse símbolo?

Viv suspirou.

— É de Varine. Ele era um dos dela.

— Da necromante? Mas ele não está *morto*! Quer dizer, agora está, mas antes ele... — Gallina bufou de exasperação. — Você sabe o que eu quis dizer!

— Nem todos os seguidores dela são inumanos — disse Viv em um tom sombrio. — Revire a areia. Veja se a bolsa dele está caída por aqui. — Ela subiu a duna com dificuldade e espiou os muros da fortaleza lá de cima. Não viu Guardiões vindo, pelo menos por enquanto. — Se ainda estiver por aqui, quero achá-la antes que Iridia chegue.

— Por quê...?

— Porque acho que isso ainda não acabou, e não confio que ela vá ouvir uma única palavra do que tenho a dizer.

As duas vasculharam a área, revirando a areia e as moitas, até que Viv pensou em examinar o galpão. A estrutura parecia inclinada como se enfrentasse uma ventania forte, com buracos se abrindo nos cantos onde a madeira se soltara.

Ela contornou o galpão, investigando as sombras e possíveis esconderijos até que parou de repente. Um brilho suave emergia da escuridão.

— Achou alguma coisa? — perguntou Gallina, claramente tensa, vindo pelo outro lado da construção.

— Acho que sim — respondeu Viv, ajoelhando-se de novo e já se arrependendo da rigidez que isso provocaria no dia seguinte. Enfiou a mão no espaço escuro e pegou a bolsa de couro desgastada, com as ferragens de cobre que refletiam a luz. — Ele escondeu isso aqui de *alguém*.

Vozes se aproximando ficaram mais altas que o farfalhar da grama e da areia.

Viv enfiou rapidamente a bolsa no espaço escuro e se levantou.

Gallina abriu a boca para comentar, mas entendeu antes que Viv dissesse qualquer palavra. Gallina assentiu.

— Depois — disse ela.

— Depois — concordou Viv.

Juntas, elas avançaram em direção aos Guardiões que se aproximavam.

20

—É claro que eu ia encontrar vocês duas aqui — disse Iridia.

Ela olhou para ambas, parada do outro lado do cadáver. Nuvens de tempestade se aglomeravam no céu, e relâmpagos distantes tocavam o mar. Dois Guardiões a flanqueavam, enquanto o anão Luca, o guarda noturno, examinava o corpo e vasculhava os bolsos do homem.

Viv cruzou os braços e devolveu o olhar feio.

— Sei como isso vai acabar. Agora você vai decidir que tivemos algo a ver com a morte dele, sacudir o sabre, reclamando que estamos causando confusão na sua cidade, e nos jogar naquela cela de novo, certo?

A tapenti encarou Viv com um olhar pétreo.

— Não. Na verdade, isso aqui é um problema a menos para mim. E vocês claramente não o mataram.

Viv teve que admitir que ficou surpresa, e parte da tensão em seus ombros se dissipou.

— Claramente? — perguntou Gallina, com as mãos nos quadris, parecendo ofendida.

Iridia bufou e soltou uma risada.

— Ele ainda está com a pedra mágica. Uma orc com certeza não ia se esgueirar para atacá-lo por trás, e o ferimento que o matou fica alto demais no corpo para que *você* fosse a responsável. Além disso, não acho que nenhuma de vocês duas seja burra o suficiente para ficar perto do cadáver de alguém que acabou de assassinar. — Ela arqueou a sobrancelha escamosa. — Devo rever minhas conclusões?

Gallina parecia prestes a responder, mas Viv foi mais rápida:

— Pode até ser um problema a menos, mas tenho certeza de que há outros por vir.

O vento aumentou, enviando redemoinhos de areia pelas dunas. Gaivotas grasnaram e fugiram em direção às muralhas da fortaleza. Iridia se ajoelhou ao lado do cadáver para examiná-lo.

— É claro que pretendo encontrar quem o matou, se é isso que está insinuando.

— Olhe debaixo da camisa dele.

A capitã dos Guardiões dos Portões empurrou Luca para o lado e puxou a túnica até o pescoço, então examinou o desenho gravado na pele, estreitando os olhos.

— Eu deveria reconhecer esse símbolo?

— É a marca de Varine.

Iridia se virou para Viv, na mesma hora em alerta.

— Então ele *é* um dos homens dela?

— Não tenho a menor dúvida. Então, por que ele estava aqui? Era um batedor? Isso significa que Varine está vindo nesta direção? Sei lá. Mas, gostando de Murk tranquila ou não, pode se preparar para sérios problemas em breve.

— Pode muito bem ser um desertor — disse Iridia, mas não parecia convencida. — Havia mais alguma coisa por aqui? Ele estava com uma bolsa antes.

— Não — mentiu Viv com uma leve apreensão. — Por quê? Havia algo de especial nela?

Iridia não tinha sido tão desdenhosa quanto Viv esperara, mas ela ainda não confiava na tapenti. Quando ela e Gallina tivessem tempo de investigar o conteúdo da bolsa do homem de cinza, poderiam "encontrá-la" inesperadamente, se necessário.

Iridia observou Viv.

— Nada que parecesse importante na hora.

Pouco a pouco, pesadas gotas de chuva pontilharam a areia, e o vento uivou pelas brechas do galpão.

— Infernos — disse Iridia com frustração sincera, batendo as mãos nos joelhos e se levantando. Então ordenou aos Guardiões: — Enrolem o manto nele e vamos levar essa bagunça para dentro das muralhas antes que a chuva piore.

Olhando de Viv para Gallina, ela acrescentou:

— Acho que é a minha vez de imaginar o que vão dizer. Vocês estão pressupondo que vou ignorar a possibilidade de Varine aparecer na minha porta. Fingir que isso nunca aconteceu. Como em algum conto barato de um bardo, certo? A pomposa e estúpida Guardiã dos Portões que não consegue ver nem o que está debaixo do próprio nariz?

A surpresa de Viv devia ter transparecido, pois Iridia sorriu pela primeira vez desde que a conhecera. Não era bem um sorriso agradável, mas tinha certo humor.

— Fico feliz em desapontá-las. Levo as ameaças à minha cidade muito a sério. Mas permitam-me cumprir pelo menos uma de suas previsões. — Ela apontou para elas. — Quero que *vocês* fiquem fora disso. Inclusive, é melhor se eu nunca mais vir nenhuma das duas.

A tapenti estalou os dedos para o anão, que aparentemente ainda estava pagando o preço de sua suposta negligência no trabalho.

— Luca, examine melhor a área. Quero encontrar aquela bolsa. A chuva pode acabar estragando.

Ele olhou para a tempestade que estava prestes a cair.

— Há, quanto tempo devo...?

— Até achar que eu ficaria satisfeita — respondeu Iridia, seca.

Então ela deu as costas e seguiu os outros dois Guardiões de volta às muralhas da fortaleza.

A chuva chegou com força, fria e determinada.

Infeliz, Luca começou a procurar pelas dunas e pelo capim, enquanto Viv e Gallina corriam para buscar abrigo, rezando aos Oito para que o anão não fosse melhor naquela tarefa do que tinha sido como vigia noturno.

Elas esperaram no calçadão de madeira do lado de fora da loja de quinquilharias sempre fechada, observando a estrada para Murk enquanto a tempestade se formava e soprava costa adentro. Gotas de chuva chicoteavam sob os beirais, atingindo o rosto e os braços descobertos das duas. O mar e os ancoradouros sumiram em meio ao aguaçal e à névoa que se erguia das ondas.

— Luca deve estar quase morrendo afogado — disse Gallina. — Até me sinto meio mal por ele.

— Pois eu vou me sentir ainda pior se ele encontrar aquela bolsa — respondeu Viv, agarrando o corrimão do calçadão com força suficiente para fazê-lo ranger.

Finalmente, Luca apareceu entre duas dunas, tropeçando apressado em direção às muralhas da fortaleza, de cabeça baixa. Seu lampião balançava na lateral do corpo, a chama fraca protegida pelo vidro.

— Consegue ver se ele encontrou? — perguntou Viv, ansiosa.

Gallina protegeu os olhos da chuva como se isso pudesse melhorar sua visão.

— Não, não dá. Está muito longe. Só tem um jeito de descobrir. — Ela olhou para Viv. — Você fica aqui, perneta. Vou lá olhar.

Viv abriu a boca para protestar, mas Gallina disparou pelo calçadão e correu contra vento, as mãos cobrindo a cabeça para se proteger da chuva pesada.

Ela desapareceu atrás da fileira de construções do outro lado do calçadão, pulando com agilidade as poças que aumentavam nos pontos em que a areia compactada não absorvia a água.

Viv tamborilava os polegares no corrimão, inclinando-se para fora e deixando a chuva molhá-la mais. Olhou para a perna ferida e cogitou ir atrás de Gallina, mas controlou a impaciência como pôde. Ainda assim, estava demorando demais.

— Mas que infernos, você não lembra onde guardei? — murmurou Viv para si mesma.

Então, Gallina surgiu do outro lado dos prédios e, mesmo à distância, Viv viu o sorriso da gnoma, que segurava a bolsa contra o peito, os braços protegendo-a da chuva.

Finalmente, pingando no calçadão, Gallina tirou a bolsa do ombro e espanou a areia úmida. Tirando os cabelos molhados dos olhos, resmungou:

— Se aqui dentro tiver só uma muda de roupa, vou ficar fula da vida.

⁓

— Ai, graças aos Oito! — exclamou Fern quando as duas entraram na loja, Viv pingando e Gallina encharcada. Paio piou ansiosamente e correu em círculos ao redor delas, agitando as asinhas. — O que diabos aconteceu?

— Bem... — começou Viv. — Você não precisa mais se preocupar com nosso amigo de cinza. Nem você, nem ninguém.

— Morreu?

— Morreu bem morrido — respondeu Gallina, tentando ao máximo bater a areia molhada das botas.

— Por que demoraram tanto? — Fern correu até elas. — E o que é isso? É *dele*?

Ela apontou para a bolsa úmida.

— É uma longa história — respondeu Viv. — Tivemos que nos esquivar de Iridia primeiro.

— E sim, é dele — confirmou Gallina com um sorriso triunfante. — Preciso saber o que tem aqui dentro, e como fui eu que mais me molhei, acho que mereço a honra.

Ela seguiu até as poltronas e colocou a bolsa na mesinha ao lado. O grifete a seguiu, o rabo curto quase vibrando de interesse. O lampião na parede pareceu chiar mais alto, como se atiçado por uma brisa errante.

— Só tome cuidado! — advertiu Viv.

Gallina lhe lançou um olhar de reprovação.

Com um floreio, a gnoma soltou a fivela da bolsa e jogou a aba para trás com um rangido de couro. Ela abriu mais a parte de cima e espiou o interior, franzindo a testa.

— Que porcaria é essa?

— O que foi?

Fern se aproximou para ver melhor.

Gallina enfiou o braço e puxou um objeto longo, irregular e pálido.

— É só um monte de *ossos*.

21

—Só isso? — Viv inclinou-se para mais perto. — Tem certeza?

— Peraí — respondeu Gallina, e Viv podia jurar que o braço dela estava enfiado até o ombro dentro da bolsa, o que não deveria ser possível. — Tem mais coisa aqui...

Ela grunhiu como se esticasse os dedos para tentar alcançar algo, mordeu o lábio e, em seguida, puxou um frasco de vidro.

Fern examinou o osso que a gnoma tirara da bolsa primeiro, inclinando-o à luz do lampião.

— Isso é o que eu acho que é?

Gallina levantou o frasco de vidro fechado com uma rolha e o sacudiu.

— Tem alguma coisa aqui dentro. Parece areia. Quem é que carrega ossos e um frasco de areia?

— Bem, temos uma necromante envolvida na história... Talvez o sujeito usasse para... coisas de necromantes? — sugeriu Viv, sem ter certeza.

A ratoide notou o frasco.

— Eu não acho que isso seja areia.

— Achei que Varine fosse a necromante. — Gallina entregou o frasco a Fern e continuou vasculhando a bolsa. — O defunto andava por aí carregando ossos pra Varine? Que trabalho mais merda, hein? Talvez ele tenha mesmo jogado tudo pro alto. Devia estar entediado. Ei, tem outro aqui — disse ela, pegando outro frasco idêntico na bolsa.

Destampando o que tinha em mãos, Fern cheirou, os bigodes tremelicando. Com todo o cuidado, ela virou alguns grãos na pata e os cutucou com a garra do polegar.

— Eu estava certa, não é areia. É pó de ossos.

Viv suspirou.

— Bem, isso foi uma perda de tempo, não é? Tanto trabalho por um monte de lixo.

Fern despejou os grãos de volta no frasco com todo o cuidado, tampou e então olhou ao redor da loja com uma expressão pensativa.

— O quê? — questionou Gallina, tirando o cabelo molhado dos olhos mais uma vez. — Você teve uma ideia, né? Tá na cara.

A ratoide ignorou a pergunta, perdida em pensamentos enquanto desaparecia atrás de uma das estantes, ainda segurando o frasco.

Viv e Gallina espiaram para ver aonde Fern tinha ido e a encontraram na ponta dos pés, correndo a garra pelas lombadas de um conjunto de grandes volumes encadernados em couro, escondido em um canto dos fundos da livraria.

— Tenho certeza de que está aqui em algum lugar... — murmurou Fern. — Arrá! — Ela pinçou um dos livros e o deslizou para fora da coleção, segurando-o desajeitadamente com o braço que ainda carregava o frasco. — Merda! Que peso!

Enquanto Fern carregava o livro até o balcão, Viv flagrou Paio roendo um dos ossos, bicando ruidosamente. Ela revirou os olhos e o deixou continuar. Pelo menos teria serventia para alguém.

— Cadê você, meu cacete... — sussurrou Fern enquanto folheava as páginas finas como casca de cebola.

Viv já tinha notado que ela ficava ainda mais boca suja quando murmurava para si mesma. Gallina e Viv se entreolharam, deram de ombros e esperaram em silêncio até que Fern finalmente bateu um dedo em uma passagem e disse:

— Ahá! Eu sabia.

— Então... *não* é só um monte de lixo?

Fern abriu um sorriso triunfante para Viv.

— Acho que depende se funciona ou não. Osseoscrição!

— Nunca ouvi falar — disse Gallina.

— Não me surpreende, mas... Porra! Paio, não! — gritou Fern, só então notando o novo brinquedo do grifete.

Paio piou de maneira pesarosa, o osso atravessado no bico aberto, e, muito a contragosto, largou-o no chão. Ainda por cima deu uma última lambida antes de recuar.

— Traga isso aqui — ordenou Fern bruscamente.

Viv fez menção de pegá-lo, mas Gallina foi mais rápida.

— Sua perna já deve ter passado por coisa suficiente hoje, não? — Sua expressão se transformou em uma careta de nojo. — Ah, infernos, tá todo babado.

Fern pegou o osso e o secou na bainha do manto antes de erguê-lo outra vez, girando-o sob a luz.

— Estão vendo isso aqui? Olhem com atenção. São minúsculas.

Viv se aproximou, estreitando os olhos.

— São... palavras?

Pequenos risquinhos tinham sido feitos no osso, em longas linhas sinuosas que davam a volta no osso e terminavam em floreios perto das pontas arredondadas.

Gallina ficou na ponta dos pés para tentar enxergar, mas desistiu e foi pegar outro osso da bolsa.

— Há. Tem mesmo coisa escrita.

— Osseoscrição — repetiu Fern. — É um tipo de... encantamento de animação, permanentemente gravado nos ossos. Dificílimo de fazer, ou pelo menos é o que diz aqui.

— Não parece muito animado — observou Gallina, batendo o que parecia ser uma ulna na palma da mão.

Fern levantou o frasco.

— Não funciona sem um catalisador. Pó de ossos. Um pó imbuído de grande poder que ativa as inscrições.

— E depois? — perguntou Viv. — Você coloca uma pitada deste troço em uma pilha de ossos e ganha... um *inumano*? Então o que está dizendo é que deveríamos manter essas duas coisas o mais longe possível uma da outra?

— Não um inumano. Pelo menos não é o que parece. Bem, o livro chama de homúnculo de ossos. É um tipo de... assistente?

Gallina franziu a testa.

— Assistente do quê? De esfaqueamento?

Os olhos de Viv se arregalaram.

— Talvez o tipo de assistente que te tira de uma cela de prisão.

— Ah, isso explicaria muita coisa — disse Gallina.

— Bem, eu acho que a gente devia tentar! — exclamou Fern, os olhos brilhando de empolgação.

Viv e Gallina se entreolharam.

— Não é *a gente* que deveria não ter juízo? — perguntou a gnoma.

— Então vão fingir agora que não querem saber? — rebateu Fern.

Viv franziu a testa.

— Bem...

— Não é isso que vocês fazem? E daí, se acabar virando um inumano? Não dá pra você, sei lá... — ela golpeou o ar com uma arma imaginária — ... dar uma espadada nele?

Por alguns momentos, Viv sentiu uma necessidade incômoda de ser a voz da razão, mas, no fim, preferiria ir para os oito infernos a deixar a oportunidade passar.

— Tudo bem — disse, tentando manter um tom de deliberação paciente. — Mas primeiro vamos nos preparar.

———

No fim, elas abriram espaço na loja, empurrando as poltronas e a mesa lateral para um canto, enrolando o tapete e trancando Paio no depósito dos fundos. Ele expressou seu desagrado com uma série de piados melancólicos.

A bolsa foi posicionada, aberta, bem no centro da loja. Parecia mais prudente manter os ossos afastados das paredes, caso isso lhes desse alguma vantagem se as coisas dessem errado.

Viv e Gallina discutiram sobre quem aplicaria o pó, mas, no fim, a escolha foi óbvia, já que Viv tinha experiência enfrentando as criaturas antes.

— E aí, quanto eu devo colocar? — perguntou Viv em voz baixa.

— Por que você tá cochichando? — sibilou Gallina.

Fern deu de ombros e respondeu:

— Não faço ideia. O livro não é um manual de instruções. Comece com só uma pitada, talvez?

— Uma pitada, então — ecoou Viv.

Ela recuou o máximo que pôde e inclinou o frasco, dando batidinhas com o indicador para espalhar uma quantidade mínima de pó na bolsa aberta como se estivesse salgando uma tigela de sopa.

Afastando-se depressa, Viv prendeu a respiração e esperou. Elas esperaram.

Por um longo tempo, nada aconteceu.

Viv estava prestes a colocar outra pitada quando a bolsa se mexeu, e as três se sobressaltaram.

As laterais de couro se flexionaram e se contraíram, como se a bolsa estivesse respirando. Um delicado som de ossos chacoalhando vinha de seu interior.

Como lagartas pálidas, os ossos das falanges de uma das mãos se ergueram pela borda da bolsa, movendo-se até que os ossos do pulso e do antebraço se encaixaram atrás delas.

Viv apertou o cabo do sabre.

Um trovão sacudiu as janelas, e o vento uivou sob os beirais.

Viv e Gallina estavam com as armas a postos, e a mão se curvava por cima da lateral da bolsa para explorar as tábuas do assoalho. Ela tateou, depois cravou a ponta dos dedos no chão e puxou. A bolsa tombou de lado, derrubando uma quantidade impossível de ossos, muito mais do que deveria caber ali.

Fern arfou de surpresa e recuou enquanto Paio começava a piar e latir ainda mais alto.

Com um leve chacoalhar, os ossos derrubados se ergueram até formar pernas, uma caixa torácica e braços. Enquanto os metacarpos da mão esquerda ainda se encaixavam no lugar certo, o homúnculo já estava pegando o crânio dentro da bolsa, encaixando-o no pescoço. Dois pequenos chifres saíam de sua testa.

Os ossos eram perolados e limpos, e linhas azuis percorreram o esqueleto, brilhando por um instante antes de desaparecerem. Chamas azul-cobalto ardiam no interior das órbitas oculares.

Um longo suspiro escapou de algum lugar próximo à mandíbula. O esqueleto examinou sua mão esquerda, que estava sem um dedo, e massageou o ar no ponto onde sua ulna direita deveria estar.

O braço do sabre de Viv permaneceu a postos, mas a criatura tinha metade da altura dos inumanos que ela já enfrentara, e parecia delicada. Acima de tudo, porém, não tinha o mesmo *cheiro*. O ar estava impregnado com um odor de raios e poeira queimada, mas aquele fedor gélido de sangue e inverno não estava presente.

— Que porra é essa? — sussurrou Gallina.

O homúnculo olhou para cada uma delas antes de fixar o olhar em Viv. Inclinou a cabeça com curiosidade e fez uma reverência.

— Minha Senhora. — Sua voz era oca, como se viesse de dentro de uma chaminé, e completa e inexprimivelmente *triste*.
— Eu existo para servir.

— Eu *sabia*! — gritou Fern.

22

— O que você é? — perguntou Viv, embora fosse evidente que ele, tão pequeno e desarmado, não era um inumano. Ainda assim, ela não abaixou a lâmina nem um centímetro.

Ele a encarou com as chamas azuis e indecifráveis em suas órbitas.

— Sou o homúnculo da Senhora. — Ele envolveu a palavra com algo parecido com reverência. Ou talvez medo?

— A Senhora? Você quer dizer... Varine?

A criatura ajoelhou de repente e levou os nós dos dedos ossudos à testa.

— A Senhora — sibilou em um sussurro oco e inquietante.

— Acho que isso responde à pergunta — murmurou Gallina. Então, mais alto: — Você vai atacar a gente ou algo assim?

O homúnculo se ergueu.

— Eu... existo para servir — repetiu, hesitante.

— Servir *a quem*?

Gallina agitou a adaga em sua direção, ameaçadora, embora Viv não achasse que a lâmina fosse ser muito útil contra um monte de ossos sem sangue para ser derramado. Seu sabre ao menos poderia desmontá-lo, caso ele se mostrasse uma ameaça. Por algum motivo, porém, ela não achava que seria o caso.

O esqueleto estendeu a mão na direção de Viv.

— Àquela que me despertou — respondeu.

Fern avançou corajosamente em direção ao homúnculo, e Viv ergueu a mão para tentar impedi-la.

— Calma! Espere até...

A ratoide balançou a mão, desdenhosa.

— Ele não vai machucar ninguém, não tá vendo? — Então, dirigindo-se à criatura esquelética: — Né? Você não vai machucar a gente, né?

Ele balançou a cabeça e entrelaçou os dedos ossudos diante de si. Realmente não parecia ameaçador. A voz sepulcral e o tom cortês pareciam antiquíssimos, mas algo em seu comportamento era quase... inocente.

— Como devemos chamar você? — perguntou Fern, estudando-o com interesse aguçado.

— A Senhora me chama apenas de Alforje.

— Ela te deu o nome de uma *bolsa*? — exclamou Gallina, enfiando a adaga de volta na bandoleira. Sua indignação indicou uma mudança na atmosfera.

Viv também embainhou o sabre e olhou a pobre criatura de cima a baixo.

— Então você me serve? Mas *também* à Senhora?

Os dedos de Alforje vibraram... de nervoso?

— Esforçar-me-ei para servir a ambas, minha senhora, com toda a minha capacidade.

— Você tem que fazer o que eu mando? — perguntou Viv.

O semblante de Fern ficou sombrio com a pergunta, e ela lançou um olhar duro a Viv.

— Sim. Mas também... não — disse Alforje, seu nervosismo aumentando.

— O que você quer dizer com isso? — perguntou Fern.

Alforje apontou para o frasco que Viv ainda segurava na mão esquerda.

— Sem o pó, eu não existo. Desobedecer a quem me desperta é deixar de ser. Esta é a verdade que me acorrenta e, assim, acorrenta minha vontade.

— Então, você até *pode* desobedecer, mas se fizer isso, não vai despertar novamente? — perguntou Viv ao examinar o conteúdo do frasco.

O homúnculo assentiu.

— Que horror — disse Fern, e a ausência de palavrões ressaltou o quanto sua repulsa era profunda.

— Por que você está aqui? Por que não está com Varine? — insistiu Viv.

— Fui levado. — Alforje pareceu assustado. — Balthus me roubou da Senhora, e eu não fui a única coisa que ele levou. Ela estará muito furiosa quando o encontrar.

— Balthus? — perguntou Gallina. — Um sujeito bem pálido, que usa cinza? Alguém já cuidou disso para ela. — Ela passou o dedo pela garganta e esticou a língua. — Ele bateu as botas.

— Morto? — perguntou Alforje. Com um tom esperançoso, Viv achou. — Não duvido que ela tenha mandado um lacaio capturá-lo.

— Ah, seja lá o que foi, capturou o cara pra valer — disse Gallina.

Algo estava incomodando Viv.

— Você já nos viu antes, não viu?

— Vi, minha senhora. Não imaginei que veria novamente.

— *Você* deve ter soltado o sujeito, esse tal do Balthus, da cela. Infernos, isso explica muita coisa — refletiu Viv em voz alta. — Ainda assim, por que ele estava aqui, para começo de conversa?

— Estava fugindo da Senhora. Escondendo-se. Ele falou do mar — respondeu o homúnculo.

— Devia ter corrido para pegar um navio, então. Se não tivesse perdido tempo bisbilhotando livrarias, talvez ainda estivesse vivo. Tem algo estranho nessa história.

Alforje permaneceu em silêncio.

Viv balançou a cabeça.

— Bem, vou dizer o que realmente precisamos descobrir. Ela mandou alguém atrás de Balthus. Varine sabe onde *você* está? Está vindo para cá?

Alforje ergueu as mãos em um gesto muito humano de impotência.

— Não tenho como dizer, minha senhora.

Ela franziu a testa.

— Você não sabe... ou não pode dizer?

— Não tenho como dizer — repetiu, infeliz. — Devo guardar os segredos da Senhora.

— Ela o aprisionou de alguma forma? — sussurrou Fern.

Seu crânio se virou para ela. O brilho do lampião o deixava da cor de creme azedo.

— O medo já é prisão suficiente.

Depois disso, Viv quis conversar em particular com as amigas.

— Então... você pode voltar a dormir? Só por enquanto? — perguntou ela a Alforje. — Prometo que vamos acordar você de novo mais tarde.

— Às suas ordens, minha senhora — respondeu, resignado.

Com todo o cuidado, ele guardou o crânio na bolsa, e uma cascata de ossos o seguiu. Os lados da bolsa sequer pareceram mais cheios com o influxo de ossos.

Viv não conseguia acreditar que ele não estava ouvindo. Fechou a aba e afivelou a bolsa, entregando-a para Fern.

— Talvez seja melhor guardar isso lá nos fundos. Só por precaução.

Fern abriu a porta do depósito, e Paio explodiu de seu confinamento, as patas arranhando a madeira nua enquanto farejava e grunhia pela loja. Gallina e Viv recolocaram as poltronas e o tapete no lugar.

Viv se apoiou em uma estante de livros enquanto as outras se sentaram. As três ficaram em silêncio enquanto a chuva tamborilava a janela voltada para o leste. A loja rangia sob o sopro da tempestade.

— Bem, e agora? — perguntou Fern, quebrando o silêncio.

— O que nós *podemos* fazer? — retrucou Viv. — Vocês ouviram. Ele serve a Varine e guarda seus segredos. Não sabemos nada sobre ele ou o que pode fazer. É um risco deixá-lo à solta. Talvez até tê-lo aqui seja um perigo.

— Então nós vamos *abandoná-lo*? — questionou Fern, horrorizada.

Gallina mordeu o lábio.

— Não sei. Eu me sinto *mal* por ele.

Viv ergueu as mãos em exasperação.

— Acho que eu também. Ele é *escravizado*. É terrível. Mas, ao mesmo tempo, é criação *dela*. Até que ponto podemos confiar nele? Até que ponto ele é como nós?

— O suficiente para sentir medo — disse Fern em um tom áspero.

Era difícil discutir com isso, então Viv nem tentou.

— Tudo bem, você deve estar certa, mas mesmo assim... Queremos correr o risco de ele fugir para encontrar Varine no meio da noite? Ou mandar uma mensagem para ela ou... Sei lá. — Ela gesticulou, confusa. — Fazer algo... inapropriado?

— A gente pode entregá-lo para a Iridia — murmurou Gallina. Quando as duas se viraram para a gnoma, ela deu de ombros, desconfortável. — Talvez ele *devesse* ser problema dela, não?

Viv se surpreendeu com a veemência com que rejeitou a ideia. Mas não chegou aos pés da de Fern, ao que parecia.

— Nem fodendo. — A voz da ratoide era firme. — Não se trata ninguém como se fosse... uma mala. Mesmo que *estejam* dentro de uma.

Suspirando, Viv afastou-se da estante.

— Bem, não precisamos decidir isso hoje à noite. Vamos dormir e pensar melhor.

Todas estavam cansadas demais para protestar, e ninguém tinha ideia melhor. Depois de despedidas meio sem jeito, deixaram Thistleburr, cada uma pensando na criatura guardada dentro da bolsa — esperando, dormindo ou talvez até em alguma outra dimensão que não conseguiam imaginar.

Viv e Gallina subiram até o Poleiro o mais rápido que puderam, enfrentando a chuva pesada e o vento cortante. Relâmpagos atravessavam as nuvens turbulentas, e, ao longe, o lamurio de alguma criatura nas colinas as fez apertarem ainda mais o passo.

23

— É mentira. É tudo mentira.

Beckett apontou com a bengala em forma de cobra para a desordem: a mesa virada, a lente estilhaçada no chão, os destroços espalhados pela janela e até mesmo o rastro de sangue que cobria a parede.

— Mentira?

Leeta tampou um frasco e o agitou com força, examinando-o para ver se havia mudanças na coloração. Ela não parecia convencida.

O velho correu os dedos pelos cachos grisalhos, e seu sorriso sombrio era quase admirado.

— Isso é tudo obra de Aramy. Ela está me mostrando o que quero ver. Claro que vamos achar que foi o zelador, e claro que vamos achar que Lady Marden está morta. Aposto que esse sangue é até realmente dela.

A gnoma estreitou os olhos para Beckett, examinando seu rosto em busca de sinais de cansaço ou hesitação, mas a expressão era a própria face da certeza.

— Como pode ter tanta convicção?

— Porque é óbvio demais. Porque ela está brincando comigo. Praticamente admitiu naquela maldita carta enigmática. — Sua expressão azedou. — Mas vou dizer o que mais me irrita. Ela foi óbvia demais. O que significa que há algo que deixei passar, e precisamos descobrir o que foi antes que seja tarde demais.

— Então você acredita que Lady Marden está viva? — exclamou Leeta. — Nesse caso, devemos...

— Oi, meu bem. Obrigada por esperar. Já está com outro, hein?

Viv, de onde estava sentada no calçadão, ergueu o olhar, surpresa. Maylee fechou a porta com um tilintar do sino, a testa ainda úmida de suor e as bochechas brilhando como frutas recém-lavadas.

— Oi.

Viv retribuiu o sorriso, grata pela distração. Já relera a mesma página no mínimo umas cinco vezes, atormentada por pensamentos sobre o homúnculo de ossos nos fundos da loja de Fern, o corpo de Balthus na areia e se Rackam já teria encurralado Varine. A companhia de Maylee era muito mais bem-vinda.

Ela fechou o livro com um estalo e o guardou.

— Sim. Fern ainda escolhe para mim.

Maylee estreitou os olhos.

— Tem alguma coisa te incomodando?

Viv deu de ombros, sem jeito.

— Ontem foi um dia... complicado.

Maylee bateu o quadril na perna esquerda de Viv.

— Bem, vamos andando e você me conta. Tenho uma hora antes que a padaria vire um caos sem mim.

Viv pegou o bastão que estava encostado na fachada de madeira. Achou que, se o usasse, haveria menos chances de Highlark usar o lado mais afiado de sua língua.

— Voltou com o bastão, é? Como está a perna?

Viv pensou um pouco.

— Meio travada hoje, mas está melhorando.

Caminharam juntas em direção a Murk. Na companhia de Maylee, Viv não achava difícil manter o ritmo lento e deliberado. A areia ainda estava encharcada e firme depois da tempestade da noite anterior, e o mar estava cinza e feio. O cheiro de madeira encharcada e fim de chuva era forte.

Ela viu Guardiões dos Portões patrulhando o topo da muralha da fortaleza. Fiel à sua palavra, Iridia estava levando a potencial ameaça de Varine a sério. Viv se perguntou que outras precauções a tapenti poderia estar tomando.

Enquanto caminhavam, Viv relatou todos os acontecimentos do dia anterior, desde a descoberta de Balthus até o aparecimento de Alforje.

— Oito infernos! — exclamou Maylee, com os olhos arregalados. — E agora, o que você vai fazer?

— Não faço ideia. Tem alguma sugestão?

Maylee ficou pensando à medida que continuavam, dois passos seus equivalentes a um de Viv. Ela olhou para as ondas se quebrando e finalmente perguntou:

— Você acha que ele é perigoso?

Viv pensou um pouco e depois suspirou.

— Talvez ele não seja, não por si só. Mas talvez o perigo venha atrás dele...

— Então está me dizendo que *você* quer evitar problemas? Quem está tentando enganar? Lembre-se, eu também já estive nessa vida.

— Bem, isso não quer dizer que quero envolver todo mundo próximo a mim na confusão.

— Eu aceito o risco de confusão. Sou bem grandinha. — Maylee olhou para Viv de cima a baixo. — No sentido figurado.

— Você *é* confusão. No bom sentido.

— Talvez, algum dia, você tenha a sorte de saber o quanto. Ah, e eu quero conhecer o troço. O sujeito.

— Já vou avisando, acho que ele não come muito.

— Bem, meio pão é melhor do que nenhum.

Maylee deu um tapa no braço de Viv, que não teria se incomodado se o toque tivesse durado mais.

Ter Maylee por perto fez mais do que melhorar o humor de Viv. Também provocou uma mudança impressionante na atitude de Highlark. Nem um único suspiro de impaciência escapou de seus lábios enquanto ele limpava, examinava e enfaixava as feridas de Viv. A cicatrização parecia estar indo bem, e o elfo aplicou um novo unguento de cheiro forte que, segundo ele, reduziria a rigidez muscular e as cicatrizes.

Enquanto examinava os modelos de esqueletos suspensos nas barras de metal, Viv considerou perguntar se Highlark sabia algo sobre osseoscrição, mas mudou de ideia. Em vez disso, assentiu nos momentos certos, e logo as duas estavam liberadas.

— Eu deveria ter te trazido junto desde o início — comentou Viv. — Acho que foi a primeira vez que ele me tratou como se eu estivesse pagando por um serviço.

— Pães de fermentação natural — disse Maylee em tom sábio. — Ele bate ponto na loja pelo menos três vezes por semana. — Ela inclinou-se para Viv e falou em tom sério: — Nunca irrite sua padeira.

— Ainda mais quando a padeira tem uma maça no andar de cima.

— Ah, o rolo de massa já dá conta, meu bem.

<hr />

— Ele está solto — disse Viv em um tom inexpressivo enquanto a porta da livraria se fechava atrás dela.

Alforje a encarou do corredor dos fundos, vassoura em mãos, os olhos dois círculos azuis de fogo. Fern ergueu os olhos do balcão, sobressaltada, e uma expressão culpada surgiu em seu rosto.

Viv não conseguia decidir se estava irritada ou não. Será que tinha o direito de estar? Presumira que discutiriam e decidiriam juntas o que fazer com ele. Mas a loja era de Fern, e o homúnculo — Alforje — não era uma *coisa*.

Ainda assim, ela sentiu um calafrio. Uma sensação ruim.

— E você o pôs para *varrer o chão*? Como se fosse um...

— Eu tentei impedir — interrompeu Fern. — *Juro* que tentei. Passei a manhã inteira encarando aquela bolsa dos infernos. Não conseguia parar de olhar para ela, pensando nele enfiado lá dentro, e simplesmente... não consegui me segurar. — Ela torceu as mãos, ansiosa. — Mas, assim que ele saiu, teimou que queria ser útil. Acabei desistindo de tentar fazê-lo relaxar.

— É basicamente impossível para mim — concordou Alforje, então voltou a varrer.

— Pelo menos as cortinas estão fechadas. — Viv suspirou. — Mas eu entrei na loja e ele foi a primeira coisa que vi. E se mais alguém aparecer?

— Bem... — disse Fern devagar. — E daí?

Viv abriu a boca para responder, mas não conseguiu pensar em nada.

— Não é? O que as pessoas podem fazer? — perguntou Fern.

Ainda assim, Viv não conseguia dar o braço a torcer tão facilmente.

— E se quem tiver matado Balthus entrar na loja? Ou algum aliado deles? E se *Varine* aparecer?

Fern soltou um muxoxo exasperado.

— Bem, já estamos na merda de qualquer jeito, não é? Que diferença faz? E, desde que a gente mantenha a bolsa escondida, ninguém vai juntar a mais b. Tudo o que podem fazer é levantar questões que não precisamos responder.

Viv olhou para Alforje em busca de apoio.

Ele deu de ombros.

Ela não conseguiu conter uma risada e levantou as mãos em rendição.

— Oito infernos. Tá bom! Você venceu. Acho que isso significa que não preciso fazer Maylee esperar para conhecê-lo.

Viv foi até uma das poltronas e se sentou com cuidado. Apesar de Highlark não ter futucado agressivamente sua ferida quando Maylee estava por perto, Viv ainda estava com alguma sensibilidade após a caminhada até Murk, sem contar com os acontecimentos do dia anterior.

— Temos muito a conversar, não é? Quer dizer...? — Ela gesticulou para o homúnculo que ainda varria. — Por que você não se senta, Alforje?

— Se não for problema, minha senhora, tenho muito o que fazer. Este lugar está... — Ele examinou as prateleiras e, de alguma forma, pareceu se esforçar para ser diplomático. — Precisando desesperadamente da minha atenção.

Viv ergueu as sobrancelhas para Fern.

— Bem, ele parece estar se adaptando bem.

A porta bateu, e Gallina entrou animada.

— Pelos infernos, ele está solto! — disse ela, um eco da chegada de Viv. — E está *varrendo*?

— Já tivemos essa conversa — respondeu Fern, estreitando os olhos. — A faxina não foi ideia minha.

— Agora que estamos todas aqui, temos que decidir o que fazer com ele, certo? — perguntou Viv. Ao ver a expressão de Fern, emendou: — Ou... temos que descobrir o que *ele* quer fazer. Supondo que um necromante não apareça na cidade e assassine todo mundo antes disso.

Ela encontrou o olhar de Alforje, na esperança de que ele respondesse, mas o esqueleto apenas pareceu pouco à vontade, passando os dedos pelas lombadas dos livros.

— O que *você* quer, Alforje? Se pudesse escolher? — perguntou Fern.

O homúnculo olhou de uma para a outra, e as chamas de seus olhos giraram mais depressa.

— Não importa. Não posso jamais ficar sozinho. Sempre preciso servir a um mestre. Não há outro jeito.

— Você não precisa *servir* a ninguém. A gente poderia só... — Gallina esfregou dois dedos. — Jogar uma pitadinha e te deixar seguir com a vida. Né?

Alforje ficou em silêncio por tanto tempo, a vassoura imóvel, que Viv achou que ele tivesse travado, que o encantamento de alguma maneira tivesse sido interrompido. Mas então ele respondeu lentamente:

— Eu gostaria apenas de *existir* por um tempo. De... servir, da forma que eu escolher.

A voz de Fern foi firme ao dizer:

— Claro. Mas você não precisa *servir* a ninguém além de si mesmo. Entendeu?

Alforje assentiu, mas Viv não tinha certeza de que ele acreditava nisso. Ou talvez apenas discordasse. De qualquer forma, não adiantava insistir.

— Ei, tem uma coisa que você comentou ontem — falou Gallina. — Aquele sujeito, Balthus. Você não foi a única coisa que ele roubou.

Viv tinha se esquecido disso, e, ao que parecia, Fern também. Alforje assentiu, mas permaneceu em silêncio.

— E aí? — incentivou Gallina. — O que mais ele roubou?

O homúnculo abaixou a cabeça.

— Infelizmente, devo guardar os segredos da Senhora. Não posso dizer. — Então, mudando de repente de assunto, ele se dirigiu a Fern: — Mas mal posso esperar para arrumar a loja. Organizar. Catalogar. Isso me traz *muita* paz. Mas me pergunto, que revelações *você* pode ter quando traz ordem às coisas?

Algo no tom dele deixou Viv com a pulga atrás da orelha, algo lamurioso, mas Alforje já parecia tão estranho normalmente que talvez não fosse nada de mais. No entanto, ele olhava para uma das estantes com uma intensidade estranha.

Viv abriu a boca para perguntar, e...

— Então é isso, né? — disse Gallina, espalmando as mãos nos braços da poltrona. — E se Varine der as caras, bem... — Ela passou os dedos pelas facas da bandoleira. — Talvez as coisas fiquem menos chatas por aqui.

— Não vamos tentar os Oito, tá? — pediu Fern.

Viv notou que Alforje se enrijeceu ao ouvir aquelas palavras. Abriu a mandíbula como se fosse falar, mas então a fechou devagar e se afastou.

Ela o observou, pensativa, e então inclinou o bastão na direção da gnoma:

— Por falar nisso, vou subir o penhasco para fazer meus exercícios. Quer ir junto?

Gallina aceitou o convite.

24

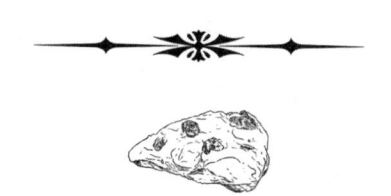

O estado de alerta constante de Viv foi diminuindo aos poucos nos dias seguintes. Nenhum exército de mortos-vivos apareceu no horizonte para invadir Murk, e nenhum estranho de cinza as ameaçou. Na verdade, nada aconteceu que justificasse sequer um olhar de suspeita, muito menos uma lâmina desembainhada.

Em sua experiência, no entanto, as coisas tendiam a ficar muito calmas logo antes de explodirem.

Descobriram que Alforje ficava ainda mais nervoso quando clientes entravam na livraria. Toda vez que a porta se abria, ele desabava no chão imediatamente e movia os ossos para baixo de uma das prateleiras, e só saía quando Fern o tranquilizava de que os intrusos haviam ido embora.

Paio também gostava de roer seus tornozelos e nada conseguia detê-lo. Diante disso, Alforje passava a maior parte do dia dentro de sua bolsa.

Certo dia, Maylee apareceu no fim da tarde, pôs as mãos nos quadris e interpelou:

— E aí, cadê ele?

Quando Fern colocou a pitada de pó em cima dos ossos e Alforje fez sua aparição chacoalhante, ela reagiu com naturalidade.

Viv sabia que não deveria ter se surpreendido, considerando seu passado. Quando a anã estendeu a mão para o homúnculo, Viv não pôde deixar de lembrar de sua história sobre o encontro, muito tempo atrás, com a goblin do outro lado do rio.

Fern improvisara uma caixa no balcão com uma fenda na frente para Alforje ficar durante o dia, mas, na maior parte do tempo, o homúnculo preferia circular pela loja depois do expediente. A força animadora concedida pelo pó dos ossos ia se esvaindo ao longo do dia, e ele parecia sentir quando estava prestes a abandoná-lo.

Nas horas que passava acordado, no entanto, não podia ser dissuadido de arrumar e organizar, com pano e vassoura, sabão e lustra-móveis.

— Não consigo fazer ele *parar* — disse Fern, o queixo apoiado na pata. Ela parecia arrasada. — Isso não é certo. Não posso deixar Alforje simplesmente... *fazer* as coisas aqui sem nem pagar. — Ela baixou a voz para um sussurro. — Ele insiste que não quer nada. Que é *escolha* dele. Mas isso não melhora a situação.

A Thistleburr sem dúvida estava mais arrumada. Os pisos de madeira brilhavam, as paredes haviam sido lavadas, e Viv podia jurar que Alforje devia ter cortado os fios de encadernação soltos em alguns dos volumes mais antigos. Até o cheiro da livraria tinha melhorado, e agora predominavam os aromas de papel, tinta e cera de madeira em vez de poeira, maresia e penas.

— Talvez você devesse começar a emprestar livros para ele também — disse Viv, meio de brincadeira.

— Você acha que ele lê? — perguntou, olhando para a caixa no balcão, no momento ocupada.

— Ele tem um vocabulário melhor que o meu.

Viv desembrulhou outro dos pacotes de papel pardo de Maylee. Lá dentro havia quatro bolinhos graúdos, recheados de nozes e frutas. O grifete cochilando no chão se mexeu e emitiu um pio sonolento, mas não acordou.

Fern pegou um dos bolinhos e deu uma mordidinha enquanto observavam Addis, o gnomo que era dono da loja de pequenezas sempre fechada, andar devagar em frente a uma prateleira. Addis estava sempre "dando uma olhadinha", mas Viv nunca o vira comprar um livro sequer. Ele falava sozinho e com alguma frequência pegava um volume, abria-o, assentia como se lendo alguma informação importante, e depois o colocava de volta na prateleira. Viv ficava doida de raiva, mas Fern parecia acostumada.

— Aquelas coisas que ele vende não devem dar prata — resmungou Viv quando Addis rejeitava mais um livro.

— Por falar em falta de dinheiro, já te contei que finalmente fiz as encomendas?

— Aqueles livros que você estava marcando no catálogo?

Fern suspirou.

— Acho que esqueci de comentar. Se bem que tanta coisa aconteceu nos últimos dias...

Ela bateu de leve na tampa da caixa de Alforje, e em resposta veio um som abafado lá de dentro.

Viv se apoiou melhor no balcão, estendendo e flexionando a perna. Estava mais firme a cada dia.

— Você não disse que estava sem espaço? Alfor... Quer dizer, com certeza a loja está mais organizada, mas onde você vai colocar os novos exemplares?

— Acho que vou ter que empilhá-los nos fundos. Por outro lado, mal consigo chegar à minha cama no momento. Tem livros velhos *até o teto*! Vivo sob o risco de uma avalanche de papel. Mas tenho que fazer alguma coisa. A situação financeira está um pouco melhor, mas se as coisas não continuarem assim...

— Seria melhor vender os antigos, não?

Fern parou com o bolinho a meio caminho da boca.

— Porra, que ideia brilhante. Por que será que nunca pensei nisso? Obrigada.

— Se há tantos livros que *ninguém* quer, qual é o sentido de ficar com eles?

— São *livros*. Não posso *jogar fora*.

— Eu não disse isso! Mas... digo, se ninguém quer comprar, então...

— As pessoas só não sabem o que querem. Essa é a questão. Quantos *você* já leu até agora?

— Bem...

— Vários! Eu só tive que colocá-los nas suas mãos. Nas mãos certas. — Ela deixou o bolinho de lado. — Esse é o problema, não é?

Viv fitou o papel pardo aberto e o bolinho que sobrava. Brincando com o barbante, murmurou:

— É, acho que o problema é não saber o que você quer. Ter que escolher sem saber o que existe por aí...

A ratoide estudou o rosto da amiga.

— Certo. Mas algumas pessoas não querem ser conduzidas assim. E às vezes eu também não sei o que elas querem. Na maior parte do tempo, pra ser sincera. — Ela apontou para Addis com o polegar. — Tipo *esse aí*, por exemplo.

— Bem... — começou Viv, uma ideia se formando em sua mente. — E se elas não precisassem saber? Ou pelo menos, não exatamente?

— Como assim?

— Nós não sabíamos o que tinha neste pacote da Maylee. Talvez nem tivéssemos escolhido esses bolinhos na padaria. Mas estamos comendo, não é?

A ratoide pegou o bolinho e o examinou, pensativa.

— Verdade...

— E a surpresa é parte da diversão também, não é? — Viv comeu o seu bolinho em duas mordidas rápidas. — É quase melhor por não saber. Então...

— Então, e se a gente embrulhasse os livros?

— Isso. Não precisa ser nada chique.

— Talvez mais de um. — Os olhos de Fern brilharam quando a ideia ganhou forma em sua mente. — Amarrados com barbante. Como presentinhos.

— Talvez você pudesse escrever algumas palavras no pacote. Para as pessoas terem uma ideia do que vão ler. — Viv pensou em *Dez elos na corrente*. — Duelos. Decapitações. Traições?

— Hmm. Talvez "úmido" — sugeriu Fern, com um sorriso malicioso.

Viv soltou uma gargalhada.

— Eu me pergunto quantos desses você acha que venderia. Talvez devesse escrever isso em *todos* os livros.

Addis saiu da loja sem nem acenar, a porta batendo atrás dele.

— Tchau, Addis! — disse Fern.

Viv balançou a cabeça, irritada. Da caixa no balcão, a voz sepulcral de Alforje ecoou, cheia de um interesse súbito.

— Livros úmidos?

⁂

— Use as palmas das mãos.

— Está grudento — resmungou Viv, tentando soltar pedaços de massa dos nós dos dedos.

— É por isso que você não pode usar os dedos — falou Maylee, com a voz divertida. — Isso, assim mesmo. Agora dobre e faça de novo. Continue. Você tem os braços pra tarefa.

A Canto do Mar estava fechada naquele dia, mas, segundo Maylee, ainda havia muito a ser feito. Viv se oferecera para ajudar, imaginando que isso significaria esfregar panelas ou varrer o chão ou algo simples assim. A anã, no entanto, tinha outros planos.

Ela olhou de soslaio para Maylee, que polvilhava farinha em um arco gracioso na frente da bola de massa.

— Está tentando me domesticar?

— Você disse que queria ajudar, e eu preciso colocar esses pães no forno. Além disso, você parece estar se domesticando sozinha lá na loja de Fern.

O tom era de provocação, mas as palavras deixaram Viv tensa, como se esperasse que um grilhão fosse fechado em seu pulso. Uma reação ridícula, sabia, mas não conseguia deixar de interpretar o olhar de Maylee como esperançoso.

— É diferente.

— Ah, é? E por quê?

— Bem — disse Viv, grunhindo enquanto dobrava a massa e a sovava. As bancadas eram feitas para a altura dos anões, e ela precisava se curvar muito para pressionar a massa. — Fui presa por brigar na rua, já teve pelo menos um cadáver envolvido na história, e achamos um saco cheio de ossos falantes, então acho que o nível de aventura é bem mais alto do que você imaginaria.

— Parece que você está descontando muita raiva nessa pobre massa também. Ou talvez seja só o seu jeito. De qualquer forma, você fica bem coberta de farinha.

Brincalhona, ela jogou uma pitada em Viv, que arreganhou os dentes em um rosnado de mentira, o que lhe rendeu um monte de farinha na cara.

— Você acha que ele vai trazer problemas? — perguntou Maylee, de repente séria.

— Alforje?

Ela assentiu, tocando o quadril de Viv para pedir licença, começando a sovar a massa ela mesma. A naturalidade do ir e vir das mãos e o balanço do corpo dela tinham uma sensualidade inesperada.

Viv tentou não ficar encarando demais. Espanando o excesso de farinha dos braços, encostou-se no balcão e respondeu:

— Sinceramente? Acho que vai, sim.

A anã suspirou.

— Também acho. Tenho um pressentimento.

Viv sabia exatamente do que ela estava falando. Era como o som de uma batalha a três colinas de distância.

Ela se lembrou de que Maylee sovava a massa com as mesmas mãos que um dia já haviam empunhado uma maça. Isso lhe passava uma sensação de segurança que ainda não conseguia compreender direito.

Maylee parou de sovar e a encarou com um olhar inquisitivo.

— Você não fica realmente incomodada com isso, fica?

— Não quero que ninguém se machuque — desconversou Viv. Mas não era uma resposta de verdade.

⁓

Um galeão vindo do extremo sul estava ancorado nas águas mais profundas da costa, e barquinhos haviam passado a tarde transportando passageiros, mercadores e tripulantes até a praia. Carruagens chacoalhavam em ambas as direções na estrada ao sul, rumo a Cardus. Com isso, aquela era uma das noites mais animadas no Poleiro.

Viv estava confortável o suficiente com a perna para se sentar ao balcão. Afinal, sua mesa favorita estava ocupada mesmo. Tomava a segunda cerveja da noite e tentava não devorar os últimos três capítulos de *As lentes e o dapplegrim*. Brand era um borrão distante, e o barulho parecia ecoar pelas paredes do lugar, deixando-a sozinha no meio de uma esfera perfeita de ficção. Cada palavra se desdobrava na próxima, um deslizamento de prosa que culminaria em um confronto dramático entre o investigador Beckett e a admiravelmente ardilosa Aramy, com a vida de Leena em jogo. Pelo menos, era o que Viv esperava. O livro costumava confundir suas expectativas, e, toda vez que fazia isso, Viv sentia um arrepio de deleite.

Quando alguém se sentou ao seu lado, ela não deu muita atenção, tão absorta estava na história. No entanto, ao reconhecer a companheira de bar, a balbúrdia voltou a invadir seus sentidos, e Viv se viu plena e instantaneamente presente.

— Devo confessar, não imaginei que você fosse do tipo literário.

A voz era rouca, cheia de diversão seca.

Iridia.

Viv tentou ao máximo não suspirar de irritação, marcando a página com o polegar. A mulher deu uma batidinha no balcão e acenou com a cabeça para Brand, pedindo uma bebida. Estava perfeitamente à vontade. A espada longa continuava presa na cintura, um lampião no lado oposto. Não parecia muito confortável para Viv.

Iridia tomou um gole da cerveja antes de encarar Viv.

— Pelo visto está se recuperando. Vai partir em breve, então.

— É, assim que Rackam voltar — respondeu Viv em um tom controlado. — Não faço ideia de quando isso vai ser. Acho que você vai ter que me aturar até ele aparecer.

A tapenti a olhou em silêncio.

Viv ficou esperando e, quando pareceu que nada mais seria dito, arriscou:

— O que você quer? Eu estava aqui, cuidando da minha vida, sendo *do tipo literário*. Isso deveria te deixar contente, não?

Iridia ignorou a pergunta.

— Varine. Você já a viu?

Viv a encarou, surpresa.

— Não. Vi muitas das criaturas dela, mas nunca ela em pessoa.

— Então como você a reconheceria, se a visse?

Viv tomou outro gole na cerveja.

— Ouvi a descrição dela, mas, mesmo que não tivesse ouvido, acho que eu saberia.

— E por que acha isso?

O tom de Iridia não chegava a ser caloroso, mas também não era tão hostil quanto em suas outras interações. Viv a estudou.

— O que você quer? Você não gosta muito de mim, já deixou isso claro. Então, que conversa é essa?

A tapenti suspirou.

— Não é que eu não goste de você. Não gosto do que você *representa*. — Ela bateu o dedo na caneca. — Mas, só pra ficar claro, isso também não significa que eu goste de você.

Viv soltou um misto de ronco e riso e ergueu a caneca. Iridia arqueou a sobrancelha e brindou com ela.

— À tolerância e irritação mútuas — disse Viv.

Talvez os lábios da tapenti tivessem se curvado em um sorriso, mas Viv não tinha certeza.

Depois de outro gole, algo mudou na postura da Guardiã dos Portões. Seu capuz escamado relaxou, e ela empurrou as longas mechas secas de cabelo para o lado.

— Não encontramos nenhum vestígio de quem matou nosso estranho de cinza.

Viv quase deixou o nome dele escapar, mas se conteve a tempo. Não haveria como explicar como sabia.

— Ah, é? Bom, não é surpresa. — Então, cuidadosamente, perguntou: — E aquela bolsa que estavam procurando?

— Nada. — Iridia brincou com a caneca. — Tenho orgulho de minha praticidade. Adaptabilidade. Muitos Guardiões são inflexíveis. A autoridade lhes dá uma desculpa para a preguiça.

— E para importunar mercenárias feridas cuidando da própria vida?

Viv abriu um sorriso irônico.

— Ah, não, isso é puro bom senso — retrucou Iridia, e Viv tinha quase certeza de que ela estava brincando. Quase. — Eu disse que levaria Varine a sério, e estou levando. Mas talvez não o suficiente, porque percebi que não conversei com a única pessoa que tem informações recentes.

Viv achou que Iridia lembrava um pouco Madger, de *Dez elos na corrente*, mas sem a influência de Legann para equilibrá-la. A contragosto, admitiu para si mesma que talvez não desgostasse da tapenti.

Mas, só pra ficar claro, isso também não significa que eu goste de você, pensou, repetindo mentalmente as palavras da própria.

— Brand — chamou Iridia. — As bebidas dela são por minha conta.

Ela apoiou o braço no balcão.

— Então, estou aqui para corrigir isso. Quero saber tudo que você sabe. Está disposta a conversar?

Viv virou a caneca e a devolveu ao balcão.

— Nem vou pedir para você me pagar um jantar.

25

A placa pendurada na maçaneta da porta vermelha da livraria dizia FECHADO. Viv não se lembrava de ter visto aquilo antes. Tentou espiar pelas janelas, mas as cortinas estavam fechadas. Bateu na porta e chamou:

— Fern. Está aí?

Paio respondeu primeiro, latindo. As cortinas se mexeram, então Viv ouviu o trinco sendo movido. A porta se abriu para dentro, e Fern apareceu na fresta, com um avental imundo e a pelagem coberta de poeira.

— Oito infernos, o que...? — começou Viv, mas Fern gesticulou com impaciência para que entrasse logo.

A loja parecia vítima de um terremoto muito localizado e seletivo.

A maioria das prateleiras estava vazia, embora em uma ou outra alguns volumes solitários ainda se apoiassem uns nos outros como bêbados no fim da noite. O restante formava pilhas instáveis e pequenos montes espalhados por todos os lados.

Alforje estava no meio da bagunça, um tufo de poeira preso em um dos chifres, as chamas de seus olhos girando naquele tom azulado. Ele segurava uma grande folha de papel pardo, rasgada em uma das pontas. Um carretel de barbante estava preso em seu quadril, em um ponto que deixava Viv estranhamente desconfortável.

Paio trotava ansioso por entre as pilhas, farejando e piando, e seu pio para Viv foi ao mesmo tempo indignado e distraído.

De uma pequena pilha perto da porta, Fern pegou um livro já embrulhado e amarrado com barbante. Na frente, em tinta preta, lia-se: VIAGEM, ROMANCE e CORAÇÃO PARTIDO.

— Vamos abrir espaço nessa porra — declarou, decidida.

— Você não está fazendo isso com todos os livros, está? — perguntou Viv, perplexa, olhando ao redor da loja.

— Não, mas é o momento perfeito para reorganizar as estantes. Quando a remessa nova chegar, estaremos prontas.

Viv não pareceu convencida.

— Acho que a ideia é ótima e tal, mas quantos desses você realmente acha que vai vender?

Ela pegou outro pacote da pilha, este com os dizeres AVENTURA, RECOMPENSAS e SANGUE. Na verdade, esse parecia bem interessante. Viv sentiu o impulso de abri-lo. Pelo menos *isso* era um bom sinal.

— Bem, Alforje e eu estávamos conversando — comentou Fern, indo apressada até uma das pilhas e começando a organizá-la. Ela lia os títulos dos livros, às vezes abrindo-os para folhear as primeiras páginas, e então os organizava segundo um sistema incompreensível para qualquer outra pessoa.

— É mesmo?

— Pois sim, senhora — respondeu Alforje.

Fern entregou três volumes ao homúnculo, que se debruçou sobre a mesa lateral, no momento servindo como estação de trabalho. Dobrando o papel com habilidade, ele embrulhou a pilha de livros, pegou um pedaço de barbante e o partiu com a ponta dos dedos ossudos. Depois, amarrou o pacote com um laço bem-feito.

Os olhos de Fern brilhavam com mais energia do que Viv jamais vira.

— Uma feira no calçadão. Bem aqui, na frente da loja. Outro navio de passageiros deve chegar em dois dias. Vamos montar mesas, espalhar esses pacotes e ver quantos conseguimos colocar nas mãos certas. E os que não conseguirmos? — Ela deu de ombros. — Acho que podemos guardar fora do caminho, como você disse.

Viv achava que Fern estava superestimando quantos livros conseguiria vender, mas o humor da ratoide estava tão melhor, sua expressão tão esperançosa, que ela não teve coragem de desanimá-la.

— Então — disse Viv por fim, sentindo-se uma gigante perto daqueles pequenos edifícios de palavras, temendo onde colocar os pés. — O que posso fazer para ajudar?

Fern ergueu um tinteiro e uma caneta.

— A sua letra é bonita?

Os três trabalharam juntos em harmonia o dia todo. Fern decidia quais livros embalar e começou o processo de recolocar nas prateleiras os volumes que permaneceriam na loja. Alforje embrulhava incansavelmente os livros que ela lhe passava, e, sob as instruções de Fern, Viv escrevia no papel duas ou três palavras que remetiam à história do volume.

— Então, Alforje — começou Viv, estreitando os olhos enquanto escrevia, as pontas dos dedos sujas de tinta. — Há quanto tempo, exatamente, você está… há… — ela tentou encontrar a palavra certa — … vivo?

Com cuidado, o homúnculo afastou Paio, que tentava arrancar uma de suas tíbias.

— Não sei dizer, senhora. Eu...

— Pode me chamar de Viv, Alforje.

Após uma breve hesitação, o homúnculo continuou:

— Sim, senhora Viv. Eu vi muitas coisas, mas não consigo acompanhar a passagem do tempo quando estou ausente. Não há como eu saber.

— Mas Varine te criou, não foi?

Fern interrompeu o que estava fazendo para ouvir a resposta.

Alforje pareceu pensar um pouco, como se avaliasse se a resposta quebraria ou não o pacto ao qual estava preso.

— Sim, ela me criou.

— Então você não é mais velho que ela.

— E quantos anos ela tem? — perguntou Fern.

Foi a vez de Viv hesitar.

— Infernos, não faço ideia. Acho que, como ela é uma necromante, fica mais difícil saber. E deve contar como um dos segredos dela. Aposto que você também não pode nos contar.

Alforje balançou a cabeça com uma expressão tristonha.

— Mas você disse que viu muitas coisas, não foi? — insistiu Fern.

— Ah, sim. — Sua voz oca ganhou um tom nostálgico enquanto ele dava outro laço. — Muitas maravilhas. Belezas perfeitas. Grandes mares sob pores do sol flamejantes. Lagos subterrâneos intermináveis em cavernas silenciosas. A luz do inverno na neve eterna das montanhas. — Ele ficou mais sério. — E muitas coisas que eu preferiria esquecer, se pudesse.

— Alforje, você tem a alma de um poeta — murmurou Fern.

— Então, o que você *fazia* para ela? — perguntou Viv. — Pode contar?

— Eu servia — respondeu Alforje. — Como a Senhora desejasse.

— Imagino que não fosse varrendo e espanando, certo? Provavelmente nem embalando pacotes?

Quando o homúnculo respondeu, sua voz ecoante pareceu ainda mais distante, como um vento lamurioso em uma caverna marítima.

— Não.

Fern tinha parado de separar livros. Ela limpou as patas no avental e observou Alforje com uma expressão consternada.

— Já perguntei antes, mas, se você *pudesse* fazer o que quisesse, qualquer coisa, e não precisasse se preocupar com Varine, sua Senhora... o que faria?

Ele enrolou mais um pedaço de barbante em um pacote, amarrando-o de forma mais deliberada. Observou as mãos esqueléticas sobre o papel.

— Não posso erguer a voz contra a Senhora — respondeu.

E não falou mais.

— Mas que merda é essa? — exclamou Fern.

Viv ergueu os olhos, parando de soprar a tinta fresca. Suas mãos estavam com câimbra e, depois de tantas palavras, ela não aguentava mais escrever. Atrás dela erguia-se uma pilha de pacotes embrulhados.

— O que foi?

— Este livro — disse Fern. — Estava enfiado lá no fundo. Não é *meu*. Será que...?

— Não abra, minha senhora! — gritou Alforje, virando-se às pressas para a ratoide, as mãos ossudas estendidas. O carretel de linha voou de sua pélvis e desenrolou-se pelo chão.

— Eu imploro!

Seu tom era tão suplicante que Fern parou. O livro era gigantesco, quase o dobro dos outros na loja. Um verdadeiro tomo.

— O quê...?

— *Não* é um dos seus livros — disse Alforje. — É... é...

Sua voz ficou estrangulada, sufocada por uma distância crescente, como se estivesse sendo arrastado para dentro de um túnel.

A lembrança de Balthus, as mãos se afastando das prateleiras, veio à mente de Viv.

— É *dela* — disse, levantando-se, a coxa formigando enquanto o sangue voltava a circular após tanto tempo parada na mesma posição.

— De Varine? — sussurrou Fern.

Quando Alforje não a corrigiu, Viv explicou:

— Balthus. Ele escondeu o livro aqui. Eu bem que me perguntei por que infernos ele tinha vindo à sua loja. — Ela estendeu a mão para o tomo. — Se tem alguém nesta loja que deveria lidar com essas palhaçadas profanas de necromante, sou eu. Posso?

Fern estreitou os olhos.

— Você não foi esfaqueada e largada nesta cidade por causa dessas tais palhaçadas profanas de necromante?

— Fui. Mas sobrevivi, não é?

A ratoide parecia com vontade de discutir, mas entregou o tomo. Era muito mais pesado do que aparentava — e já aparentava ser bem pesado.

Viv esperava que o livro fosse antigo, algum grimório caquético cheio de conhecimento proibido, mas a capa de couro preta era quase nova. Não havia nada escrito, embora pequenos relevos ornassem os cantos. A padronagem lembrava as inscrições finas nos ossos de Alforje. As laterais das páginas brilhavam em um vermelho salpicado de ouro.

E ela sentia o cheiro. Com o livro em mãos, o couro exalava aquele aroma de sangue na neve. Um arrepio involuntário percorreu seus braços.

— É — murmurou ela. — Alforje disse que Balthus tinha roubado outra coisa, e com certeza é isto aqui. — Ela olhou para o homúnculo. — Estou certa, não estou? Agora que está nas minhas mãos, não há segredo a ser protegido, certo?

— É dela — conseguiu dizer Alforje, embora sua voz continuasse fraca.

— O que acontece se eu abrir?

Ele tentou responder, a mandíbula trêmula, mas novamente pareceu incapaz.

Viv passou o dedo pela beirada da encadernação em couro. Parecia molhada e escorregadia, como a parede de uma caverna molhada devido a uma umidade mais profunda.

— Ah, foda-se — disse, abrindo o livro.

A página era preta.

Não preta de tinta, mas de *escuridão*. Engolia a luz. Uma pequena margem de papel creme contornava o vazio. Viv pensou sentir um leve sopro em seu rosto, e o cheiro de relâmpagos.

— Porra! — gritou Fern. — Você foi lá e *abriu*? Você está bem, não está? Nada dessas... palhaçadas de necromante?

— Ah, com certeza é alguma palhaçada de necromante.

Viv olhou para Alforje, que torcia as mãos ossudas, apavorado. Ela deixou o indicador pairar diante da escuridão, mas não conseguiu se forçar a tocá-la. O ar acima da página era *frio*, um sopro gelado irradiando do papel.

Com cuidado, Viv levantou a página pela margem fina e virou para a próxima.

Outra página preta. E mais outra. E outra. Centenas. Na parte inferior de cada uma, havia um número escrito com tinta, uma sequência crescente, como em qualquer outro livro.

— E aí?

A voz de Fern estava ainda mais aguda com a ansiedade. Viv balançou a cabeça.

— Não sei.

Com todo o cuidado, carregou o livro até a mesa lateral e afastou o papel de embrulho da superfície com o antebraço. Então colocou o tomo aberto na mesa e deu um passo para trás.

— Deuses — sussurrou Fern, aproximando-se.

Viv teve a impressão de ouvir um som saindo da noite impossível da página, o tinido de um vidro sendo golpeado.

— Peraí — disse ela, pegou a caneta do tinteiro e sacudiu o excesso de tinta.

Alforje continuou observando, mas não tentou detê-las. Ainda não, pelo menos. Viv considerou um bom sinal.

Ela girou a caneta na mão, com a ponta para baixo, e a mergulhou na página.

A caneta desapareceu na escuridão como se em um poço de tinta em que nenhuma luz era refletida.

Fern cobriu a boca com as patas, e Viv puxou a caneta de volta.

Estava inteira e intacta.

— Bem, esse foi o primeiro teste — disse Viv.

— O *primeiro* teste? — protestou Fern. — Qual é o segundo...?

Viv deixou a caneta de lado e flexionou a mão direita. Então, pensando melhor, balançou a cabeça.

— Graças aos deuses — disse Fern. — Achei que você ia enfiar a mão...

A ratoide soltou um guincho estridente quando Viv mergulhou o braço esquerdo na escuridão da página, até o cotovelo, e o puxou de volta depressa.

Flexionando os dedos e encarando o livro com admiração, Viv concluiu:

— Esse era o segundo.

Fern gaguejou, agitando as patas em pura apoplexia, e, se algum dia recuperasse a compostura, Viv imaginava que os palavrões seriam espetaculares.

26

— Eu encostei em algo — disse Viv. — Tem coisas *lá dentro*.

Ela havia apenas roçado uma superfície com a ponta dos dedos, algo frio e rígido. Fern se aproximou de novo do livro, uma carranca de desconfiança como se algo fosse saltar de lá de dentro e arrastá-la página adentro.

— São portais — disse ela. — *Centenas* deles. — Ela enfiou um dedo na escuridão e o retirou com um arrepio. — Parece água gelada.

— É isso, não é, Alforje? Algum tipo de armazenamento? — perguntou Viv.

Alforje assentiu, infeliz.

— Sim, senhora Viv.

— Acho que, depois que descobrimos os segredos dela, você não precisa mais guardá-los, certo? — Viv começou a entender a escala de tudo que o livro poderia conter, e seus olhos se arregalaram. — O que Varine está *guardando* em todas aquelas páginas? Oito infernos, ela deve estar furiosa.

O homúnculo permaneceu calado, o que dizia muito.

— Já ouvi falar de objetos assim, mas nunca achei que veria um — comentou Fern. — E com tantas páginas!

Virando algumas, Viv afundou a mão esquerda de novo. Fern ficou tensa, mas não protestou desta vez. A ratoide tinha razão: era como submergir o braço em água gelada. Leves correntezas pressionavam sua pele, e Viv ficou arrepiada até o pescoço.

Ela explorou as extremidades com todo o cuidado, encontrando os limites do espaço, como paredes de gelo contra as quais suas unhas deslizavam. Prendendo a respiração, forçou mais e encontrou o que estava armazenado ali.

Era úmido, carnoso, coberto por algo viscoso e escorregadio. Puxou o braço de volta na hora. Olhou para a ponta dos dedos, esperando vê-los sujos de sangue ou algo pior. Mas estavam limpos.

— Essa página, não — comentou, estremecendo enquanto sua imaginação fornecia visões do que, exatamente, uma necromante poderia querer armazenar para uso futuro.

Virou para a próxima, tentou outra vez e ficou aliviada ao tocar um objeto que reconhecia. Dezenas, na verdade. Moedas? Pinçando uma, sentiu com os dedos inscrições, letras ou símbolos em relevo. Mas, quando tentou puxá-la para fora, a moeda cortou sua carne como se fosse afiada, e Viv a soltou com um grito. Ao puxar a mão de volta, viu que sofrera vários cortes finos no polegar e no indicador.

— Merda.

Ela fez menção de chupar o sangue que escorria, mas pensou melhor e limpou a mão nas calças.

— Alforje. — Fern agarrou o braço do homúnculo. — Não tem... nada *vivo* nessas páginas, tem?

Viv parou, a mão pairando acima de outra página, boquiaberta.

— Tá, essa é uma pergunta que eu deveria ter pensado em fazer antes.

— Nada vivo pode sobreviver muito tempo no subespaço — respondeu ele. — Mas isso não significa que não haja perigos armazenados lá dentro. Seja cautelosa.

— Não pode sobreviver *muito tempo*? Quer dizer que, se eu enfiar meu braço...

— Alguns instantes não vão feri-la — disse Alforje, e Viv relaxou. — Não de forma permanente, pelo menos — completou.

— Ah, que se dane. Mais uma — declarou Viv, mergulhando a mão em outra página. E, dessa vez, o que encontrou a fez sorrir imediatamente. — Ah, *isso* aqui eu reconheço.

Seus dedos traçaram e então se fecharam ao redor do punho de couro que cabia perfeitamente em sua palma. Apertando-o, sentiu uma resistência momentânea, como se a arma estivesse presa sob uma fina camada de gelo. Imaginou ouvir o estalo ao quebrá-la e puxou a lâmina devagar, centímetro a centímetro, até erguê-la diante de si nas próprias mãos.

Uma espada grande, larga e reluzente. O frio se desprendeu do aço com um lamento gélido no calor do ambiente, e a umidade formou gotas na lâmina e começou a escorrer.

Viv observou, maravilhada, e uma palpitação de reconhecimento a atravessou, como se sentisse um cheiro da infância.

— Deuses — murmurou, girando-a para que brilhasse sob a luz.

A forja era impecável, o equilíbrio, esplêndido. Passou o polegar em apreciação pelo lado chato da lâmina. Olhou de relance para Fern, que observava a arma com uma expressão preocupada, e então para Alforje, que voltara a se encolher em uma postura abatida. Seu estômago se revirou.

— O que foi? — perguntou, abaixando a lâmina e dando um passo para trás.

De repente, a superfície da página pareceu ondular. Deveria ter sido impossível de ver, já que nenhuma luz era refletida nela, mas ainda assim foi perceptível, uma vibração acompanhada de um zumbido baixo vindo do vazio, como o som de uma trombeta em um vale distante.

— O que foi isso? — perguntou Fern, com os bigodes tremendo de nervosismo. Alforje suspirou, um feito para alguém sem pulmões.

— O aviso da Senhora. Ela sabe quando algo é retirado das páginas. O livro a chama.

— Por que você não disse isso antes? — exclamou Viv, mas, quando ele a encarou com aqueles olhos azuis e frios, a resposta foi óbvia.

— Ele tem que guardar os segredos da Senhora — sussurrou Fern, e em seguida gritou: — Bota esse treco de volta!

Um ímpeto de avareza fez Viv apertar o punho, e a luz pareceu escorrer pela lâmina afiada como seiva descendo por um tronco.

— Acho que não vai adiantar — protestou ela.

— Talvez não, mas e se for amaldiçoada ou... ou... sei lá, maligna?

Viv bufou.

— É uma espada. Uma *ótima* espada.

Mas, na verdade, ela não queria admitir o quanto a lâmina a atraía, o quanto parecia *certa* em suas mãos e o quanto detestaria se separar dela. Além disso, havia uma questão mais urgente, na sua opinião.

— A gente deveria se preocupar mesmo é com esse livro. Ela consegue encontrar, Alforje? Ela sabe *onde* está?

— Eu não posso...

— Não pode dizer, claro — completou Viv com um suspiro.

— É, mas isso me parece um forte "talvez".

— A gente poderia destruir — sugeriu Fern. — Se bem que, só de pensar em queimar um livro... mesmo *esse*...

— *Em hipótese alguma* — ribombou Alforje, a voz oca de repente retumbante.

As inscrições ao longo de seus ossos se iluminaram com uma luz azul que desapareceu quase que de imediato. As duas se sobressaltaram com a intensidade da advertência e se entreolharam, preocupadas.

— Além disso — disse Viv —, imagine só o que mais pode ter ali dentro. Quando Rackam e os outros derem cabo de Varine... — Ela hesitou. — Talvez o dinheiro não fosse ser mais problema para a sua livraria, entende?

Fern enrugou o nariz e, ao mesmo tempo, pareceu pensativa. Dava para ver que ela estava considerando a ideia. A ratoide examinou o caos do interior da loja: os livros empilhados, os pacotes embrulhados, as prateleiras quase vazias. Deixou as patas caírem ao lado do corpo, e a exaustão pareceu dominá-la de repente.

— O que a gente faz com esse troço, então? Não podemos deixar esse livro maldito pelos oito deuses na loja e torcer que nada dê errado. Não agora.

Com relutância, Viv admitiu:

— Só uma coisa faz sentido.

⁓

— É de Varine? — perguntou Iridia, estreitando os olhos para o livro.

Ela passou a mão coberta de escamas finas pela superfície, sentindo os glifos nas bordas.

— O estranho misterioso escondeu na livraria. Acho que foi roubado.

— E como sabe disso?

Viv abriu a capa. Iridia observou a página de escuridão com toda a calma.

— São portais para um subespaço — explicou Viv. — Um cofre de tesouros ou algo do tipo.

Viv mergulhou a mão na escuridão e imediatamente a puxou de volta. A tapenti sibilou de surpresa e lançou um olhar severo para a orc.

— Um *subespaço*?

— Foi assim que Fern chamou. Ela, há, já leu sobre isso. São centenas deles. — Viv virou as páginas. — Contêm, há... várias coisas.

— Um objeto fascinante. Sem dúvida valioso. E, ainda assim, não entendo como você pode ter certeza de que é dela.

— Tem como eu te convencer de que sei pelo cheiro?

Iridia riu baixinho, mas Viv não tomou isso como uma negativa. Ela coçou a nuca.

— Olha, pode ser que eu tenha tirado uma coisa de lá de dentro, e aí... Bem, acho que tem uma espécie de alarme? É *possível* que Varine saiba que peguei algo e, há, talvez saiba até onde está agora. Possivelmente. *Talvez.*

— E o que você tirou de lá de dentro?

— Nada de que ela precise. — Ela foi rápida em mudar de assunto. — Mas enfim, achei que seria melhor guardar o livro em algum lugar protegido. — Ela encontrou o olhar de Iridia com firmeza. — Talvez trancado aqui.

— Então está me dizendo que gostaria de armazenar um objeto potencialmente perigoso, de valor inestimável para uma necromante ainda mais perigosa, *aqui*. No meu local de trabalho.

Viv deu de ombros, sem jeito.

— É. É, acho que sim.

Iridia abriu um sorriso tenso, puxou o livro da mesa e o pesou em ambas as mãos.

— Mal posso esperar para você ir embora.

~

A imensa espada era impossível de esconder quando Viv entrou no Poleiro naquela noite. Sem ter como prendê-la nas costas, ela segurava todos os dois metros de lâmina com a ponta para baixo à frente, na esperança de subir as escadas rápida e furtivamente.

— Pelos infernos! — exclamou Gallina, arruinando seus planos de pronto. — De onde saiu *isso*?

— É, há... — Viv se deu conta de que deveria ter inventado uma explicação para a origem da espada antes. — Eu... comprei...? — completou, de forma ridícula. E nada convincente.

Brand também a observava com interesse.

— Hum. Uma espada grande, hein? A outra não estava dando conta do recado? — perguntou.

Viv tentou sorrir, mas sentiu como se estivesse fazendo uma careta, e provavelmente estava mesmo.

— Estou exausta. Vou para o meu quarto descansar.

Ela subiu as escadas mancando, a lâmina encaixada debaixo do braço, apressou-se até o quarto e fechou a porta com firmeza. Uma brisa úmida entrava pela janelinha, carregando o cheiro sulfuroso de algas marinhas.

Ela apoiou a espada entre as tiras de couro da cabeceira da cama, acendeu o lampião e deu um passo para trás para examinar a lâmina.

O aço do comprimento cintilava, impecável, limpo e perfeito, sem um único risco ou amassado para maculá-lo. O couro que envolvia o punho parecia ter sido ajustado na véspera, e o botão do punho consistia em um belo mas robusto anel.

Viv quis segurá-la outra vez na mesma hora.

Examinou a coxa, testando a dor que começava a diminuir. Será que Rackam já tinha encurralado Varine, a Pálida? Será que ele ainda estava vivo? Será que *ela* estava? O alarme do livro parecia indicar fortemente que sim.

A impaciência cresceu em seu peito. Passara os dias lendo à toa, com pequenos treinos nada impressionantes só para não perder os reflexos.

Murk parecia ter um poder sedativo sobre ela, uma canção sedutora de indolência.

Ela quase se deixara levar. Claro, precisava passar o tempo e deixar seu ferimento sarar. E não havia mal em aproveitar um pouco a recuperação forçada. Pensou, culpada, em Maylee. *Ou um pouco de companhia*, acrescentou.

Mas seu tempo em Murk tinha que chegar ao fim. E ela precisava estar pronta quando isso acontecesse.

27

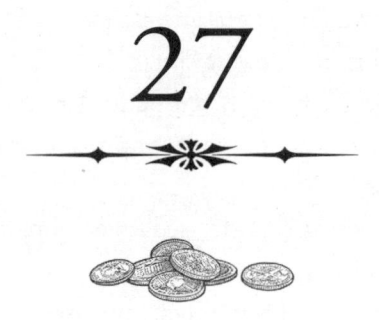

A chuva ameaçava cair durante todo o dia seguinte. Por hábito, Viv fez uma visita rápida à Thistleburr, mas não ficou muito tempo. Fern estava ocupada arrumando os últimos livros nas prateleiras e, com toda a sua ansiedade por conta dos pacotes embrulhados, não havia muito que Viv pudesse fazer para ajudar, de qualquer forma. Contou o que tinha feito com o livro de Varine, e Fern pareceu dividida entre o nervosismo e o alívio, mas as tarefas do dia acabaram por pesar mais.

Viv e Maylee haviam planejado um passeio, um plano que Viv aguardara com prazer até ter tirado a espada grande do livro. Tentou recuperar a animação enquanto se aproximava da Canto do Mar.

As duas saíram em uma caminhada tranquila pela praia. Maylee roçava o dedo pelo antebraço de Viv de um jeito que a distraía enquanto ela descrevia o plano que havia elaborado com Fern para encontrar novos lares para os livros encalhados.

— Graças ao seu talento na confeitaria — comentou Viv, apertando a mão de Maylee.

— Tudo de bom vem da confeitaria — respondeu Maylee com toda a convicção.

Enquanto caminhavam, Maylee falou sobre velhos amigos e aventuras passadas, e Viv riu e assentiu nos momentos esperados. Mas, cada vez mais, seus pensamentos voltavam à lâmina em sua cama, atraídos como se por um ímã letal. Viv começou a apertar o passo, como se quisesse terminar logo a caminhada e voltar. Teve que se conter várias vezes.

Quando se despediram, Viv percebeu pelo sorriso magoado de Maylee que ela notara, e sentiu uma pontada de culpa.

Mas isso não a impediu de se apressar de volta para seu quarto.

Atrás do Poleiro e longe dos olhares curiosos, Viv ergueu a grande espada, girando-a sob a luz prateada do céu nublado. O peso da lâmina fazia os músculos de seus braços e ombros se esforçarem de um jeito profundamente satisfatório. Sentia-se firme, forte e cheia de propósito, e, quando executou os movimentos do treino, muito diferentes por serem adequados à arma maior, foi como se tivesse empunhado aquela lâmina durante toda a vida.

Qualquer dor na perna foi esquecida. Não estava totalmente curada, nem de longe, mas não a incomodava nem um pouco. Ao dar um golpe diagonal, o metal sussurrando no ar, um riso surpreso escapou de seus lábios.

A espada grande parecia guiada por um propósito inexorável, traçando seu caminho de volta aos Corvos. De volta ao seu lugar de verdade.

Viv sentiu o sorriso transformar seu rosto, arreganhando as presas, alegre e feroz. O suor escorria pelas clavículas e voava de seus antebraços enquanto ela erguia a lâmina sem parar.

Pelos deuses, como era bom.

No dia da feira da Thistleburr no calçadão, Viv desceu os degraus da frente do Poleiro sentindo-se mais normal do que em dias. Os ombros ainda estavam rígidos depois do treino com a espada, mas logo a sensação passaria, ela sabia. A chuva que parecera iminente no dia anterior se dissipara; as nuvens tinham se desfeito em fitas brancas esfiapadas.

Ela saiu do vale de dunas gramadas no caminho do Poleiro até a Thistleburr, e ao se aproximar da livraria, ficou surpresa ao ver Pitts montando quatro cavaletes do lado de fora. Sua carroça esperava ali perto, carregada com uma pilha de tábuas compridas.

Quando Viv se aproximou, Pitts a cumprimentou com um aceno de cabeça e voltou para a carroça. Ele pegou quatro tábuas de uma vez, equilibrando-as no ombro marcado com cicatrizes, e as apoiou em um par de cavaletes, lado a lado, formando uma mesa improvisada.

— Eu pego as outras — disse Viv.

Ela o imitou, pegando as outras quatro tábuas para montar a segunda mesa. Era uma sensação boa, dar conta de uma tarefa física que, uma semana atrás, teria feito sua perna ceder.

— Obrigada, Pitts — disse Fern.

A ratoide saiu para o calçadão, com Paio trotando atrás, a língua rosada e pontuda pendendo do bico. O grifete nem sequer rosnou para Viv dessa vez. Fern bateu palmas, os olhos brilhando de expectativa.

— Bem, então vamos começar?

— Você acabou metido nessa também, é? — perguntou Viv a Pitts.

Ele deu de ombros.

— Combinamos uma pequena troca. Algumas coisas especialmente para mim na próxima remessa.

— Mais poesia?

Pitts a observou com um sorrisinho calmo. Então recitou:

— A mão digna em repouso paciente. A tolerância dos momentos. O contentamento ali floresce.

Viv quase caçoou dele, mas então sua mente compreendeu as palavras. Ela franziu a testa para Fern.

— Por que você nunca tentou me fazer ler poesia?

— Estava esperando você ficar num humor mais contemplativo. É preciso abordar essas coisas com tato — respondeu Fern. — Mas este não é o momento. Temos um monte de pacotes para arrumar, e o navio de passageiros chega em algumas horas.

— Sim, senhora — disse Viv, imitando o tom solene de Alforje.

Fern levou uma pata à boca para conter o riso, e Pitts a olhou, curioso, mas não comentou.

Enquanto os três examinavam as duas mesas arrumadas, com fileiras ordenadas de pacotes de livros meticulosamente embrulhados, Fern bateu na testa com a pata.

— Merda! Quase esqueci!

Correu para dentro da loja e voltou, toda atrapalhada, carregando um quadro de giz pesado demais para ela. Em giz branco, dos dois lados, estavam os dizeres…

liquidação
de livros
surpresa

… com uma seta elegante logo abaixo.

— Preciso levar isso para a praia — comentou, ofegante.

Paio piou em encorajamento.

Viv fez menção de ajudá-la, mas Pitts foi mais rápido.

— Já vou para aqueles lados mesmo — disse, pegando o quadro com facilidade e colocando-o na carroça. — Eu levo. Boa sorte.

Com um aceno, ele segurou os arreios da carroça e se afastou, descendo a ladeira.

— Bem — disse Fern, mexendo no fecho do manto —, acho que agora... é só esperar?

— Vai dar tudo certo — respondeu Viv, embora não tivesse tanta certeza. Não exatamente.

⁓

A fragata atracou perto do meio-dia, e durante a hora seguinte elas esperaram. E esperaram. E esperaram mais um pouco.

— Pelos deuses, não vai funcionar, né? — perguntou Fern, apreensiva. — As pessoas já devem ter desembarcado. *Merda*.

Ela mexia nervosamente no laço de barbante de um pacote que dizia FAMÍLIA, NEGÓCIOS E POLÍTICA ANÃ.

— Vamos esperar mais um pouco — disse Viv, embora estivesse com receio de que Fern tivesse razão. — Elas devem ter coisas para resolver primeiro. Hospedagem. Comida. Sabe... Essas coisas.

— É, pode ser — respondeu Fern, mas, pelo seu tom, não estava convencida.

Então, à distância, alguns gatos pingados surgiram. Fern protegeu os olhos do sol com a pata e os observou, ansiosa, mas eles entraram na Canto do Mar.

— Ah — murmurou ela, e Viv ficou de coração partido ao ver seus ombros desabarem.

Quando as figuras reapareceram mais tarde, porém, seguiram ladeira acima, na direção da livraria. Viv temeu que o casal

— dois feéricos de pedra com roupas elegantes — fosse passar direto na direção do Poleiro, mas eles se aproximaram das mesas com interesse.

— Uma liquidação de livros surpresa? — perguntou a mulher, cujo cabelo branco estava preso em cachos altos. — Nunca ouvi falar de nada parecido.

— Bem — começou Fern, disparando a falar —, escolhi alguns livros que seguem os mesmos temas e os reuni. Demos algumas pistas sobre o conteúdo, mas... Bem, é meio que uma surpresa.

O cavalheiro segurou um dos pacotes, erguendo as sobrancelhas finas enquanto lia as palavras escritas no embrulho.

— Por que eu mesmo não escolheria os livros? — perguntou ele, não parecendo convencido.

— Porque ela é maravilhosa com as recomendações — disse Viv, os braços cruzados, encostada em um poste do calçadão. — Nunca errou comigo. Além disso, todo mundo gosta de uma surpresa, certo?

— E você não encontrará oferta melhor — acrescentou Fern. — Apenas trinta tostões por três livros.

Seus bigodes tremiam de nervosismo. E, embora estivesse fingindo tranquilidade, Viv sentia o mesmo.

— *Tricô, assassinato* e *vinho* — disse a mulher, soltando uma risada. — Bem, isso parece encantador, não é, Fellan?

— Hum — soltou ele, esquivando-se de responder enquanto examinava outro pacote.

— Ora, não comece. Vou querer este aqui. — A cliente sorriu para Fern ao erguer o pacote. — Depois dessa parada, temos uma viagem de quatro dias até Stellacia, do outro lado do cabo. Quase fiquei doida de tédio no último trecho. Não vou dizer que estou desesperada, mas é quase.

— Sabendo o que tem aí, acho que você não vai se decepcionar — comentou Fern, enquanto a mulher cutucava o companheiro, pedindo a bolsa de moedas.

— *Traição, relógios* e *horticultura*? — disse o cavalheiro, olhando com surpresa o pacote que segurava.

Um anão se aproximou dele, examinando a mesa enquanto puxava uma das pontas de seu enorme bigode de morsa.

Enquanto Fern conversava animadamente com a feérica de pedra, Viv sorriu e se aproximou para atender o anão, esquecendo-se por um tempo de espadas grandes, necromantes e Rackam.

Ela podia até estar pegando carona naquela carroça por poucas semanas, mas não havia motivo para não descer e ajudar a empurrar.

E aquele foi o começo de um dia muito ocupado.

28

A procissão de clientes e curiosos não chegou a ser constante — aumentava e diminuía conforme o sol avançava no céu —, mas nunca se interrompeu por tempo demais. Alguns compravam, outros apenas olhavam, mas as pilhas de pacotes aos poucos foram diminuindo.

Ficou claro que não estavam sendo visitadas apenas pelos passageiros da fragata, já que Fern chegou a cumprimentar algumas pessoas pelo nome. Viv imaginou que a notícia devia ter se espalhado e, sinceramente, o que mais havia para fazer em Murk? Qualquer novidade era novidade.

Algumas horas depois, Maylee apareceu com uma grande cesta de pãezinhos de melaço. Sua assistente magricela vinha com outra logo atrás.

A anã abriu um largo sorriso para Viv ao colocar a cesta na beirada de uma das mesas, Fern se apressando para abrir espaço com uma expressão de confusão distraída. O aroma de melaço e gengibre pairava no ar.

— Eu quis doar uma coisinha para ajudar — explicou Maylee antes que a ratoide tivesse tempo de perguntar. Ela examinou as mesas com os livros embrulhados. — Acho que nada deixa as pessoas mais dispostas a darem uma olhada do que a barriga.

Fern ficou olhando para a anã, atônita, até que Viv murmurou:

— Eu, há, *talvez* tenha comentado sobre o seu plano.

— Eu... *Obrigada* — disse Fern, enquanto a assistente de Maylee deixava a própria cesta ao lado da primeira.

— Não há de quê, meu bem. — Maylee deu uma piscadela para ela. — Eu ganhei um livro excelente sobre confeitaria gnômica e acho que você deve ter dado uma mãozinha nisso. — Ela apertou os quadris de Viv. — Nada mais justo que retribuir o favor.

— Obrigada — sussurrou Viv, sentindo outra pontada de culpa.

Ainda se lembrava da expressão magoada de Maylee depois de sua óbvia distração durante a última caminhada.

— De nada, meu bem — disse a anã, embora estivesse evitando fazer contato visual.

Viv estava tentando formular algum tipo de pedido de desculpas discreto quando uma voz veio da mesa mais distante.

— Picante? *Úmido?*

Gallina segurava um pacote na mão estendida, com uma expressão divertida no rosto.

— *Não acredito* que você escreveu isso! — exclamou Fern, lançando um olhar severo para Viv.

Ela deu de ombros.

— Acho que você disse para eu escrever "paixão" e "amor", mas achei que valia arriscar.

— Ah, meus deuses, com certeza, isso parece bem mais interessante — comentou Gallina. — E olha que eu nem leio.

— O que você está fazendo aqui, então?

Viv lhe lançou um olhar impassível.

— Dando uma olhada. E parece que vocês têm pãezinhos doces, então...

— Para os *clientes* — esclareceu Viv.

— Um pãozinho de brinde com cada pacote — acrescentou Maylee com um sorriso.

— Olha, você ainda me deve aquela história, lembra? Então, é como se eu já tivesse pagado.

— Você não fica sentada um minuto para eu poder ler para você. Agora é a *minha* vez de propor um acordo. Vou pagar pelo pacote que você pegou, e então... — Viv tirou um dos pãezinhos de melaço do cesto. — Você ganha seu brinde. E estamos quites.

Gallina olhou do embrulho de livros para o pãozinho, pensativa.

— Tá bom. Mas principalmente pelo pãozinho. — Ela olhou para Maylee e disse, em um sussurro exagerado e alto: — Ela lê muito mal. Caio no sono na hora.

Viv suspirou e tirou trinta tostões da carteira, deixando-os na caixa de moedas. Então atirou o pãozinho para Gallina, que sacou uma adaga da bandoleira e o espetou no ar com um sorriso atrevido. Deu uma mordida dramática e sacudiu o pacote na direção de Viv.

— Acho que consigo arrumar uma serventia para o papel também — murmurou de boca cheia.

— Rackam gosta de gente culta! — gritou Viv enquanto a gnoma se afastava em direção ao Poleiro.

— O pãozinho tá ótimo, Maylee! — gritou Gallina por cima do ombro.

⁓

— Highlark! — exclamou Viv.

— Ah, Viv, que alívio ver você descansar em vez de ficar sangrando por aí.

— Há, esta é Fern — disse ela, colocando a mão no ombro da ratoide. — Thistleburr é a livraria dela. Acho que vocês não se conhecem.

— Prazer em conhecê-lo — disse Fern, enquanto depositava alguns tostões na caixa de moedas.

— Ele tem quase tantos livros quanto você — comentou Viv.

— Um bibliófilo? — perguntou Fern, erguendo as sobrancelhas com interesse.

— Ela está exagerando sobre a minha coleção — respondeu Highlark, inclinando a cabeça. — São textos de referência, em sua maioria. Devo dizer que esta é uma ideia encantadora. — Ele passou o indicador por um dos pacotes. — *Traição, alquimia e fraternidade*. Intrigante.

— Esse aí é bem literário — avisou Fern.

— Você leu? Todos eles? — perguntou Highlark, surpreso, indicando as mesas.

— Não exatamente. Mas li todos desse pacote. Gosta de Tensiger?

Um sorriso sincero surgiu no rosto de Highlark, genuíno como Viv ainda não tinha visto.

— Pode-se dizer que sou um fã.

Fern deu uma batidinha em outro pacote.

— Então pode achar este aqui interessante também.

Quando o cirurgião finalmente partiu, levava três pacotes nos braços e um pãozinho na boca.

◈

Quando o horizonte começou a arder em vermelho sobre o mar, as mesas estavam bem mais vazias. Não tinham vendido tudo — talvez só metade —, mas a caixa de moedas ficou tão abarrotada que Fern precisou levá-la para dentro e esvaziá-la. A empreitada foi muito mais bem-sucedida do que Viv esperava.

Maylee tinha ido embora pouco depois de entregar sua contribuição, e agora as cestas estavam vazias nas mesas, com meras migalhas no fundo.

Viv as levou até a Canto do Mar, devolvendo-as para Maylee com os agradecimentos de Fern, algumas gentilezas sussurradas e uma promessa de que a visitaria na manhã seguinte. Queria se redimir pelo dia anterior, mas isso teria que esperar até estarem a sós.

Quando Viv voltou para a Thistleburr, Fern já havia recolhido os pacotes de livros das mesas improvisadas e esperava dentro da loja.

Viv empilhou as tábuas e as guardou perto do calçadão de madeira, depois colocou os cavaletes por cima até que Pitts pudesse buscar tudo mais tarde, enquanto o crepúsculo índigo devorava o pôr do sol.

Ao entrar na loja, Fern soltou um berro que assustou Viv.

— Pelos oito infernos, porra! — gritou a ratoide. — Não acredito que conseguimos! Nem sei quantos vendemos!

Alforje, sentado em uma das poltronas, ergueu os olhos. Para sua surpresa, ele estava com os pés apoiados no banquinho e um livro no colo ossudo.

— Oitenta e sete livros, senhora.

A ratoide soltou um longo suspiro.

— Só Fern, Alforje. Não precisa de "senhora".

O homúnculo não respondeu. De qualquer maneira, Viv duvidava que ele fosse atender ao pedido.

Os embrulhos de livros restantes estavam no corredor dos fundos em pilhas ordenadas, e as estantes da livraria estavam mais vazias, aguardando a nova remessa.

— Talvez você devesse embrulhar *todos* os livros daqui para a frente — disse Viv, meio brincando.

Fern riu.

— Quem dera fosse tão simples! Vendemos os pacotes bem barato. Vai ajudar nas contas por mais um tempo e serviu para liberar espaço, mas se eu fizesse o mesmo com os exemplares novos, seria como dá-los de graça. Ainda assim, foi *incrível*. E os pãezinhos ajudaram bastante. Espero que tenha agradecido Maylee mais uma vez por mim.

Viv assentiu antes de se dirigir a Alforje:

— O que você está lendo aí?

O homúnculo olhou para o livro e depois para ela.

— A senhora... *Fern* insistiu que eu fizesse algo que não pudesse ser considerado trabalho. Esta me pareceu a opção mais óbvia.

— E o que está achando?

Ele inclinou a cabeça para o lado, os olhos azuis cintilando.

— Consigo ver o apelo, suponho. Mas talvez eu devesse experimentar um dos mais úmidos.

Viv tentou não engasgar de tanto rir.

29

Um problema decorrente de seu êxito em se livrar de um monte de livros e colocá-los nas mãos dos visitantes e cidadãos de Murk — e que Fern culpava a si mesma por não ter previsto — era que a demanda por leituras estava totalmente satisfeita. A Thistleburr parecia um túmulo após a liquidação.

Além disso, as estantes estavam com uma aparência desolada, cheias de lacunas, amplos espaços solitários ainda não preenchidos.

— Quanto tempo até a remessa chegar? — perguntou Viv.

Fern ergueu a cabeça dos braços cruzados.

— Quem sabe? O transporte terrestre é imprevisível. Talvez alguns dias? — respondeu, desolada. — Não que alguém vá querer *comprar* alguma coisa. Acabei de ocupar toda a população de Murk com livros pela metade do preço. Quando os *novos* chegarem, ninguém vai precisar de nada pra ler!

Ela completou a reclamação com alguns palavrões escolhidos com precisão feroz.

Viv deu algumas batidinhas no terceiro volume dos mistérios de Beckett, sua distração atual.

— Eles vão terminar e precisar de outra coisa. Não é?

A ratoide suspirou e admitiu, a contragosto:

— É. Teoricamente sim. Acho. — Ela olhou de relance para Alforje, que começara a aparecer durante o dia devido à escassez de clientes. — Pena que não leem tão rápido quanto ele.

O homúnculo estava instalado em uma das poltronas com uma pilha de livros ao seu lado. Ele os devorava em um ritmo impressionante. Paio estava deitado aos seus pés, tentando beliscar os ossos dos dedos dele enquanto Alforje gentilmente afastava o bico curioso.

— Como você lê tão rápido assim? — Viv mexeu os dedos. — É algum tipo de... sei lá, magia?

Alforje virou uma página com o dedo ossudo.

— Eu olho para a página e as palavras estão na minha mente. É o método comum, não?

— *Todas* as palavras da página? Tudo *de uma vez* só? — questionou Fern.

Ele olhou dela para Viv.

— Vocês leem palavra por palavra? — perguntou, curioso.

— Sim! — gritaram as duas ao mesmo tempo.

Ele pareceu pensar um pouco no assunto.

— Pois isso me parece bastante ineficiente, se me permitem o comentário.

Viv afastou as cortinas para olhar por uma das janelas. O ócio após a liquidação não tinha ajudado em nada sua crescente impaciência. Sentia-se inquieta, muito consciente da passagem das horas e dos dias, e cada vez mais ansiosa pelo retorno de Rackam. Ou para que *qualquer coisa* acontecesse, na verdade. Quase desejou que outro estranho de cinza aparecesse na cidade, só para ter o que fazer.

Na véspera, ela havia feito um desvio durante sua caminhada matinal até o quadro de recompensas, estudando cada oferta rabiscada, sonhando acordada com acampamentos de bandidos, ninhos de orthegs e salteadores. Infernos, até uma caçada a um espinodorso teria sido bem-vinda.

O tempo todo, seus dedos formigaram de vontade de segurar uma arma.

No momento, o que mais queria era voltar para o quarto, pegar no punho da espada grande e treinar bastante. Suar muito. E, verdade fosse dita, ela fazia isso todos os dias, nos fundos do Poleiro.

Mas também havia prometido ajudar Fern com a loja, tentar transformar o negócio de algo mal sobrevivendo em uma coisa viva. Viv havia assumido um compromisso, e gostava de pensar que honrava seus compromissos.

Ela forçou os pensamentos de volta nessa direção. Pelo rabo caído de Fern, dava para perceber que ela estava voltando à antiga apatia.

Viv forçou um sorriso e deu as costas para a janela.

— Então, já que precisamos esperar mais alguns dias e ninguém tem vindo à loja, não importa o que a gente faz aqui dentro, certo? E se você fechasse de uma vez e a gente fizesse alguns reparos na livraria? Assim, quando os novos livros chegarem, essa não vai ser a única novidade.

Fern encarou-a, o queixo apoiado nos braços outra vez, mas não disse nada por um tempo. Ela estava considerando a ideia, Viv sabia. Por fim, Fern perguntou:

— Tipo o quê?

— Bem, para começar... — Viv apontou para o lampião rachado. — Toda vez que a porta bate, eu fico esperando esse troço se estilhaçar no chão.

— Então você acha que *um lampião novo* vai resolver meus problemas?

A voz dela estava um pouco exasperada, mas tentava ser bem-humorada.

— Me incomoda toda vez que vejo. Mas podemos passar uma nova demão de tinta nas paredes também. Quem sabe um tapete novo? Este aqui já não está mais tão fedido, mas continua...

— Malcheiroso — completou Alforje.

— E você por acaso consegue sentir cheiro? — perguntou Fern, surpresa.

— Minha Senhora era muito exigente com essas coisas — respondeu ele, com altivez.

Paio grasnou em concordância.

— Mas nada disso muda o que eu vendo — argumentou Fern. — Isto aqui não é um hotel. É uma livraria! Não é que eu não queira que seja um lugar agradável. Eu quero. Mas é difícil acreditar que vá fazer alguma diferença. Não dá para capinar o jardim enquanto a casa está pegando fogo.

Viv tentou encontrar uma forma de expressar o que queria dizer. Estalou os dedos.

— A padaria! Se ela estivesse, há...

A ratoide viu aonde ela queria chegar.

— Do jeito que minha loja está agora — completou, em tom sombrio, gesticulando para que Viv continuasse.

— Eu não ia comparar com a sua loja. Só ia dizer... *suja*.

Fern bufou.

— Aham, acredito.

— Enfim, se a padaria estivesse toda suja, você acha que Maylee teria tanto sucesso?

— Não, mas é diferente. É *comida*. Se o lugar for nojento, você perde o apetite.

— Acho que o que quero dizer é que você precisa ter apetite para livros também.

— Hum.

Fern não parecia totalmente convencida.

— Qual é a pior coisa que pode acontecer se fizermos alguns reparos por aqui?

— Podemos desperdiçar todo o dinheiro da liquidação e isso não fazer a menor diferença? — retrucou a ratoide.

Viv a encarou, surpresa.

— É, acho que esse é o pior caso, mesmo.

Fern observou a pintura descascada, o lampião rachado, as cortinas gastas e o tapete esfarrapado.

— Eu nem vejo mais essas coisas. É só… a minha casa. Estou acostumada.

— Talvez você esteja conformada.

A ratoide suspirou.

— Tá bem, *se* a gente fosse mudar algumas coisas…

Alforje se animou.

— Senhora, tudo bem se eu pudesse servir *agora*?

— Me chame de Fern, Alforje.

— Sim, senhora.

Apesar das visitas furtivas ao quadro de recompensas, Viv não passava muito tempo na cidade de Murk. Além da distância, não tinha muito a fazer por lá, e a possibilidade de esbarrar em Iridia — mesmo com a trégua temporária entre as duas — em geral a fazia descartar a ideia.

Agora, no entanto, estava doida para saber se os irmãos gnomos ainda estavam vendendo móveis.

Ao darem de cara com a placa FECHADO na porta, ela e Fern se dirigiram às muralhas da fortaleza. Elas haviam tentado convencer Alforje a ir na bolsa, mas ele declinara, dizendo que preferia ficar lendo.

Ocorreu a Viv que nunca realmente saíra para lugar algum *com* Fern antes. Paio as acompanhava, trotando ao lado de Fern e arregalando os olhos para tudo com a língua rosada para fora.

— Espera aí — disse Viv quando estavam passando na frente da Canto do Mar. — Acho que Maylee pode querer vir. Você não se incomoda, certo?

— Claro que não. Se você não se esforçar mais em cuidar daquela mulher, ela vai te largar. E aí como vou conseguir bolinhos de graça? Tenho meus interesses aqui.

Demorou um pouquinho, mas Viv voltou com Maylee ao lado.

— Se a padaria pegar fogo enquanto Helsa cuida de tudo, a culpa vai ser sua — resmungou a anã, mas Viv ficou feliz com o sorriso que havia por baixo das palavras.

O sol refletia no mar plácido em faixas brancas ofuscantes, e o ar acima da areia ondulava de calor. Nos trechos de areia seca da praia, pessoas ficavam sentadas em cobertores ou debaixo de grandes guarda-sóis feitos de antigas velas. Algumas até ousavam enfrentar as ondas, nadando e flutuando na água como rolhas.

As três suspiraram de alívio quando passaram sob o arco da entrada da cidade murada, onde as sombras formavam pequenos refúgios relativamente frescos.

— Primeiro, o mais importante — disse Viv solene. Ela apontou para a loja de velas, a mesma onde vira Balthus pela primeira vez, tantos dias atrás.

Sorrindo ao ver a expressão curiosa de Fern, ela as guiou para dentro, onde comprou novos vidros para o lampião e pediu que embrulhassem para as três buscarem mais tarde.

— Bem, pelo menos o mais *importante* já está resolvido — disse Fern, irônica. — Você e esse lampião rachado...

Em seguida, foram ver os irmãos gnomos. E, como ela previra, havia uma nova leva de móveis, em variadas condições, indo de irremediavelmente decrépitos a surpreendentemente sólidos e limpos.

Maylee ergueu um aparador de livros ornamentado.

— Há. Alguma ave marinha?

— Vire de lado. Talvez seja um coelho — comentou Viv.

Fern soltou uma risada e examinou a mesa onde ele estava.

A anã inclinou a escultura e lançou a Viv um olhar desconfiado, a que ela respondeu com uma risada.

— Depois eu conto. Mas separe isso, certo? Livrarias precisam de aparadores de livros.

— Em que posso ajudar? — perguntou o irmão barbudo, enquanto o irmão de cara limpa mexia em uma caixa de quinquilharias.

— Tem algum tapete? — perguntou Fern, ainda passando a pata pela mesa.

— Temos tapetes até demais — respondeu o gnomo.

— Um *limpo* — disse Viv, lançando um olhar significativo para o vendedor.

Ele pareceu ofendido e gesticulou para que Fern o seguisse até uma pilha de tapetes enrolados e outros maiores pendurados nas costas de uma cadeira de madeira robusta.

Juntas, elas examinaram móveis, utensílios, ferramentas e miudezas. Paio teve que ser convencido a não bicar as barras de alguns vestidos antigos empilhados em cima de um pufe.

Fern não parava de voltar à mesa.

— O que foi? — perguntou Viv.

— Eu estava pensando na frente da loja e nos livros novos.

Ela não explicou, mas Viv viu algo em seus olhos. Algo parecido com uma tímida empolgação.

As três escolheram um tapete adequado, alguns vasos, duas poltronas novas para o canto da frente, a mesa que Fern não largava e uma pintura que Maylee insistiu que daria um toque sofisticado, pendurada atrás do balcão.

Viv fez questão de que levassem os aparadores de gaivota também.

Maylee se mostrou uma excelente pechinchadora, e os irmãos eram clientes assíduos da Canto do Mar. Viv viu o desalento das rugas de preocupação em suas testas enquanto tentavam equilibrar mentalmente as graças da padeira com um possível lucro.

Talvez fosse uma vantagem injusta para Maylee.

Viv pagou algumas moedas a mais pela entrega, bateu na coxa e declarou:

— Se Highlark me visse carregando qualquer uma dessas coisas, provavelmente me esfaquearia na outra perna.

Depois de comprarem algumas latas de tinta branca de um marceneiro perto da feira, Viv considerou a viagem um sucesso.

— O jantar é por minha conta — avisou. — Já está na hora de eu comer em algum lugar que não o Poleiro.

— Sabia que eu tinha vindo por um bom motivo — disse Maylee, entrelaçando os dedos nos de Viv. Ela cheirava a gengibre e pele aquecida pelo sol.

Viv apertou a mão dela de volta. No fundo, estava ciente de uma dor iminente e maldisfarçada. Mas também, na verdade, inescapável.

Maylee também sabia o que estava por vir. Em um acordo tácito, ambas fingiriam que ainda demoraria um bom tempo.

※

— E aí eu disse: "Claro que não posso guardar, é o meu *rabo*, porra!" — berrou Fern, batendo a pata na mesa.

Maylee tentou tomar um gole de cerveja, mas uma risada subia no sentido oposto, e o resultado foi previsível. Viv lhe deu algumas palmadinhas nas costas — bem de leve — enquanto terminava a própria caneca. Foi fácil deixar a mão onde estava depois.

Por insistência de Maylee, tinham ido do jantar para uma taverna de teto baixo escondida em um beco, onde eram as únicas três clientes. Várias canecas depois, já tinham compensado com folga a ausência de outros fregueses com o tanto que beberam. Àquela altura, o taberneiro vinha reabastecer suas bebidas e saía como se estivesse pisando em um ninho de cobras furiosas, e toda vez que isso acontecia, Maylee apenas ria mais alto.

— E *aí* — continuou Fern, falando meio embolado e balançando o copo —, ele diz: "Não quero saber o *que* é, mas se você agarrar minha bunda *outra vez*" — ela estufou o peito e engrossou a voz — "vamos ter um *problema*."

Maylee perdeu o ar de tanto rir.

Viv se recostou na cadeira e olhou para a ratoide por cima da caneca vazia.

— Bem. E você *estava* agarrando a bunda dele?

— Claro que não — respondeu Fern. — Não era. Digna. De se agarrar — declarou, batendo a garra na mesa três vezes para dar ênfase. — Era um... como é mesmo o nome? Um... um *lampião*. Que estava batendo na bunda dele!

— Ele era um *Guardião dos Portões*? — perguntou Maylee.

— Um Guardião dos Portões desbundado — declarou Fern.

E as três começaram a rir.

Quando a risada deu lugar a um relativo silêncio, Fern olhou para as duas, os olhos úmidos, e ergueu o copo outra vez.

— A vocês duas. Vocês são... — Ela tentou pensar na palavra. — Fofas. E eu estou bêbada.

— Fofas, é? Você com certeza está bêbada — disse Viv, erguendo a caneca já reabastecida.

— Fale por você. — Maylee ergueu a própria caneca e brindou com Fern. — Eu sou fofa mesmo.

Viv viu o olhar de desafio de Maylee e decidiu que havia respondido rápido demais. Na verdade, o calor agradável em suas bochechas e a sensação que cresceu em seu peito a fizeram querer se inclinar, roçar o polegar no lábio inferior de Maylee e...

De repente, notou que Fern as observava avidamente, a bochecha apoiada em uma pata, girando o copo com a outra.

Viv pigarreou, mas suas palavras foram sinceras:

— Não tenho como discordar.

30

— Deuses, não parece nada bom, não é? — disse Fern. Ela massageou a testa, ainda um pouco debilitada depois da aventura da noite anterior.

Ela, Viv e Alforje estavam parados meio que no centro da loja. A porta de entrada estava trancada, os materiais de pintura empilhados no chão, a parte de cima das estantes coberta por velhas lonas presas com pedras. A mesa, as poltronas e o tapete que compraram tinham sido colocados na calçada em frente à livraria, assim como todos os outros móveis que conseguiram mover até lá. Os aparadores de gaivota estavam juntos no balcão como um toque de humor.

Por algum motivo, a adição deles à loja fazia a tinta descascada parecer mais óbvia, e cada canto desgastado do lugar parecia mais decadente do que o normal.

— Finalmente — disse Alforje, com um tom alegre e motivado. — Se me permite, senhora?

Ele nem mesmo esperou receber permissão para abrir a lata de tinta. Viv teve a impressão de que chegou a soltar uma risada baixinha.

— Acho que eu não poderia te *impedir* — comentou Fern.

Alforje e Viv cuidaram da maior parte do trabalho inicial. Usaram espátulas para raspar as paredes e retirar a tinta descascada, que caía sobre a lona e o chão como casca de álamo. Fern juntava a sujeira que caía em pilhas. Viv esperava fazer a maior parte do trabalho sozinha, visto que muito da madeira exposta ficava no alto, mas o homúnculo tinha um equilíbrio impecável e sem dúvida não se machucaria se caísse. Ele escalava as estantes com agilidade, mesmo com a proteção de lona, agachando-se e contorcendo-se em posições impossíveis para qualquer criatura viva.

Fern enchia potinhos de tinta e os passava para cima. Em algumas horas dedicadas e agradáveis, pintaram todo o cômodo da frente. Viv conseguia até mesmo alcançar o teto. E, embora isso a tivesse deixado com um torcicolo terrível e exigido músculos das costas que nem mesmo os treinos com espada forçavam, ela deu conta.

Quando acabaram de pintar, Viv retirou as pedras das lonas e as dobrou com todo o cuidado, levando tudo para a calçada. Abriram as janelas laterais e Fern escancarou a porta dos fundos para arejar a loja. Então se reuniram e observaram o trabalho concluído.

— É... com certeza melhorou — admitiu Fern.

— Espera — disse Viv, indo até o lampião e removendo o vidro rachado. Cuidadosamente, desembrulhou o que havia comprado e o encaixou na base do lampião. — *Agora sim*, bem melhor.

— Sem dúvida — concordou Alforje, as chamas azuis em suas órbitas pulsando preguiçosamente. — Uma transformação *muito* respeitável.

Ele soltou um suspiro longo e oco de satisfação, e embora Viv nunca tivesse imaginado que um esqueleto pudesse parecer relaxado, de alguma maneira essa era a sensação.

A ratoide revirou os olhos.

— É só um pouco de tinta.

Mas Viv percebeu, pela curva do rabo e o tremelique dos bigodes, que Fern estava satisfeita.

Nas horas seguintes, Viv arrastou os móveis de volta para a loja, e os três ficaram avaliando as melhores posições. No fim, trocaram de lugar algumas das estantes. Ou melhor, Viv as trocou, levantando cuidadosamente um canto e depois o outro, movendo-as com delicadeza para seus novos lugares.

Colocaram a mesa que Fern escolhera junto de duas estantes dispostas de costas uma para a outra e criaram um cantinho aconchegante com as novas poltronas perto das janelas da frente. Os vasos, ainda vazios, foram posicionados nos cantos. As mudanças abriram mais espaço para as poltronas acolchoadas e a mesinha lateral que já tinham, e, quando enfim desenrolaram o novo tapete, o tom de bordô-escuro trouxe um ar surpreendentemente caloroso ao ambiente.

A essa altura, a tinta já havia secado o suficiente para Viv martelar um prego na parede atrás do balcão e pendurar a pintura que Maylee havia escolhido.

De fato, ela ficou muito bem ali.

— E qual era o plano para essa mesa mesmo? — perguntou Viv, batendo no tampo com os nós dos dedos.

— Vamos ver — respondeu Fern.

Ela andou pela loja, selecionando alguns livros diferentes, estudando as capas e mordiscando uma das garras. Viv e Alforje ficaram observando, sem entender, enquanto Fern ia e voltava até a mesa, arrumando os volumes em pé ou inclinados, usando outros livros como suporte ou empilhando-os com precisão milimétrica. Às vezes, levava um de volta para a estante apenas para substituí-lo por outro título.

Em determinado momento, pegou os aparadores de livro em formato de gaivota — ou coelho — no balcão e os posicionou estrategicamente, intercalando uma série de volumes entre os dois em vários arranjos diferentes até se dar por satisfeita.

Viv não sabia que sinal invisível indicou que Fern havia terminado, mas a ratoide recuou com um aceno de cabeça satisfeito.

E, tinha que admitir, a mesa ficou bonita.

A ratoide pareceu despertar de um transe.

— Bem — suspirou Fern, olhando para o interior com as sobrancelhas erguidas. — Caralhos me fodam.

Alforje deu um passo para trás, alarmado, e seus olhos pareceram se arregalar quando as chamas lá dentro brilharam mais intensamente.

Viv inclinou-se para mais perto do crânio dele e sussurrou:

— É só uma expressão, não um desejo.

⁓

— Ora, ficou bom mesmo — comentou Maylee, examinando a livraria com aprovação. — Quase nova em folha. — Ela olhou por cima do ombro para Viv. — E aquele vidro novo no lampião realmente deu o toque final.

Viv fez uma reverência exagerada, e Fern bufou.

Gallina pegou um dos bolos de limão que a padeira havia trazido, enfiou-o na boca e se acomodou na poltrona acolchoada, emitindo alguns sons indistintos de encorajamento enquanto mastigava.

Fern havia colhido um pouco de grama na praia para encher os vasos novos, e a chama brilhava suavemente no lampião com vidros novos, o crepúsculo caindo lá fora. A tinta branca recém--aplicada quase reluzia e, em conjunto com o aroma doce da grama, era impressionante como a remoção do infame tapete velho havia melhorado o cheiro do ambiente.

Até os livros nas prateleiras pareciam mais bonitos. Mais limpos. Mais *arrumados*.

— Viv comentou que tem uma nova remessa de livros a caminho, é verdade? — continuou a anã.

Fern estava no balcão, mordiscando distraidamente seu pedaço de bolo enquanto Alforje folheava um livreto.

— Hã? É, em breve. Acho que vou... ficar fechada até lá.

— *Mais* livros? Parece que ainda tem um monte aqui dentro — comentou Gallina, de olho nos bolos que brilhavam no papel pardo.

— Não ache que não reparamos que você apareceu para comer bolo, mas não para pintar — reclamou Viv.

Seu pescoço e costas ainda doíam, e ela se refastelou em uma das poltronas ao lado de Maylee.

— Não tenho nem um metro e vinte. O que eu podia fazer?

Gallina estendeu a mão para pegar outro bolo, mas franziu a testa ao ver a expressão divertida de Viv e afundou na poltrona.

— Mas então — disse a orc —, você usou suas horas de ócio para ler algum daqueles livros? Sabe, enquanto a gente estava aqui pintando?

— *Não* — respondeu Gallina, sacando uma das facas e começando a aparar as unhas de um jeito muito suspeito.

Mas seu rosto corou de leve, e Viv ficou se perguntando se era verdade.

Maylee afundou mais na poltrona, apoiando os pés no banquinho.

— Está tão agradável que dá até pra tirar um cochilo — comentou, sonhadora. — Parece um refúgio. E meus pés estão doendo como os infernos.

Por um tempo, tudo o que se ouvia era o chiado do lampião e o silêncio cansado e contente que se segue a um dia de trabalho físico em conjunto.

De repente, Alforje fechou o livro e se aproximou rapidamente da janela lateral, espalmando as mãos ossudas no vidro. Ele olhou para fora, para a noite que chegava. Paio rosnou, erguendo-se nas patas dianteiras.

Viv apertou os braços da poltrona.

— O que foi?

Sua mente se encheu de lembranças de Balthus, inumanos com elmos de chifres e olhos azuis, e o símbolo de Varine ardendo nas testas.

— Achei ter visto algo, senhora — respondeu Alforje, a voz oca soando estranhamente tensa.

Viv se pôs de pé num instante e foi destrancar a porta. Correu para a calçada e disparou até o beco para onde a janela dava vista.

Não havia nada ali além da grama da praia sussurrante e das sombras se esticando lentamente pela areia.

Paio derrapou até parar ao lado dela, emitindo um pio grave e gutural, as orelhas triangulares achatadas para trás e as penas eriçadas. Pela primeira vez, sua fúria não era dirigida a Viv.

Algo atiçou seus sentidos, o espectro de um cheiro.

Neve. E sangue congelado.

Então desapareceu, e Viv tentou se convencer de que tinha sido imaginação.

Quando voltou para a loja, Gallina a encontrou na porta, de faca na mão. Viv balançou a cabeça.

— Não tinha ninguém. Mas... — Ela encarou Alforje, que retribuiu o olhar. — Acho que você devia ficar comigo esta noite. Só por via das dúvidas.

31

Eu estava naquele promontório açoitado pelo vento, meu cabelo, uma bandeira negra chicoteando às costas, as nuvens escuras acima se estendendo pelo céu como estandartes esfarrapados. A grama balançava em ondas murmurantes, delineadas pelo luar.

Ao longe, o mar parecia parado, mas não estava. Seus balanços e ondas eram largos e lentos demais para serem percebidos daquela distância. Mas, na minha imaginação, eu conhecia sua fúria, capturada sob a linha vívida do horizonte.

E solitária diante dele, como uma árvore pálida, com folhas de outono balançadas pela tempestade, ela me esperava.

Seus olhos pretos brilhavam, encontrando os meus através da distância enfurecida.

A primeira...

Viv deixou o livro cair no peito e suspirou. Olhou para a janelinha alta do quarto, onde o lampião lançava sua luz bruxuleante na parede. Do lado de fora, o vento aumentava — talvez enfurecendo-se —, e cada inspiração parecia trazer consigo o aroma fantasmagórico e metálico de sangue congelado.

— Infernos, este livro não está ajudando nem um pouco — murmurou, colocando *Solar sombrio* no chão, ao lado do colchão de palha.

Ela olhou para a bolsa descansando junto ao baú.

— Você está acordado aí dentro? — sussurrou Viv.

A bolsa não se mexeu nem respondeu.

Suspirando de novo, Viv sentou-se e apagou o lampião, depois se deitou no escuro. Um feixe de luar cruzava o teto como uma fenda de céu visível das profundezas de um cânion.

Depois de um tempo, a luz sumiu, e ela caiu no sono.

─────

Quando sonhou, foi com Varine, a Pálida.

Elas estavam frente a frente em um promontório escuro e familiar, coberto pela grama que sibilava sob o vento insistente.

Claro que era familiar. Viv acabara de ler sobre ele.

Os olhos da necromante eram tão sombrios quanto palavras podiam descrever, poços de vazio na carne branca, os cabelos abrindo-se em fitas escuras da cor da terra regada com sangue. Seus lábios eram azuis. Sem vida, mas carnudos e sorridentes.

Acima dela, a própria lua estava marcada por seu símbolo, um diamante com ramos como chifres.

A respiração de Viv falhou, o peito constrito por mãos invisíveis, enormes e esmagadoras. A grama começou a murchar conforme outras formas se erguiam da terra. Seus olhos brilhavam, pontinhos azuis como luz das estrelas ao se erguerem, cambaleantes, soltando torrões de terra.

— Estou te vendo, Viv.

A forma de Varine se agigantava, como se a grama fosse seu manto e ela o juntasse ao seu redor, tornando-se dez vezes maior.

Não, ela estava se *aproximando*, deslizando com rapidez por entre os espectros que cambaleavam em direção à presa atônita.

Viv voltou a si e tentou pegar o sabre em seu quadril, mas ele não estava lá. Só então notou o peso pendurado em suas costas. Seus dedos tatearam por cima do ombro até encontrar o cabo da espada grande e o envolveram com gratidão. O couro rangeu, e um relâmpago passou do aço para sua carne. Ela não poderia ter soltado a espada mesmo que quisesse.

E ela não queria.

— Você tem algo que me pertence — ronronou Varine, impossivelmente imensa, vazia e enorme.

O mundo sibilava para longe como fuligem soprada de um mármore branco. Até não haver nada. Nada além de Varine.

Viv desembainhou a lâmina e a ergueu diante de si, sólida e certa e *sua*.

— Sangue-Preto.

O sussurro de Varine retumbou feito um trovão, e a necromante estava adiante, atrás, acima e, inevitavelmente, abaixo.

E então estava dentro de Viv, como uma lâmina entre as costelas, fria e jocosa.

Viv acordou assustada na escuridão, apertando a lateral do corpo e sentindo o ardor gélido que começava a desaparecer ali.

Seu outro braço estava jogado por cima da cama, os dedos apertando o cabo da espada grande.

O cabo de Sangue-Preto.

⁂

Viv se sentou sobre os calcanhares, sentindo a coxa arder e se alongar naquela posição. Recolocou a rolha na garrafa de pó de ossos e ficou olhando enquanto Alforje se erguia de seu local de descanso.

Quando seus olhos brilharam, azuis, Viv pediu:

— Não estou conseguindo dormir. Você se incomoda?

— Quer companhia? — perguntou ele naquela voz oca e reverberante.

— Acho que sim. E fico feliz de ver que parou com aquela história de "senhora".

Alforje fitou a espada grande que pulsava com o reflexo do lampião na cabeceira da cama.

— Tem um nome, não tem? — perguntou Viv. — *Ela* tem um nome.

— Tem — respondeu ele.

— Sangue-Negro — disse Viv.

O olhar do homúnculo pareceu mais aguçado.

— Você tem sonhado?

— Então é mesmo o nome dela — murmurou Viv. Depois, admitiu: — Só uma vez.

Alforje suspirou, um som de folhas secas roçando em pedra.

— Minha Senhora virá.

— Não se Rackam a encontrar primeiro — argumentou Viv. — Mas se ele não encontrou até agora... talvez você tenha razão.

— Rackam? — perguntou Alforje.

Então Viv lhe contou sobre Rackam, Lannis, Tuck e todos os outros. Ocorreu-lhe que nunca tinha sentado e conversado de verdade com Alforje, não uma conversa longa como aquela. Ele era um bom ouvinte.

Quando terminou, examinou-o. Ele havia se acomodado em uma posição sentada, as pernas cruzadas de um jeito que parecia extremamente desconfortável se fosse alguém com músculos e tendões.

— Eu acho — começou ela, devagar — que você mentiu para nós. Só um pouco.

Alforje não respondeu por um bom tempo. Então disse:

— E o que a faz pensar assim?

— Um pressentimento. Um *forte* pressentimento. Eu realmente acredito que você precisa guardar os segredos dela. Acredito mesmo.

— Preciso — sussurrou Alforje, como um sopro fantasmagórico.

— Mas acho que você guarda mais do que isso. Não para ajudá-la. Nem para machucar ninguém. Mas porque está com medo.

— Ela ouve — disse ele, e havia um quê de angústia em sua voz.

— Agora?

A pulsação de Viv disparou de medo.

Ele balançou a cabeça, e o coração dela desacelerou.

— Quando ela me encontrar — disse ele, batendo o dedo na lateral do crânio com chifres —, ela poderá recuperar cada momento. *Reviver*. Não posso esconder nada dela. — Seu olhar era atormentado. — E até *eu* sou capaz de sentir dor. Ela tem seus meios.

— Isso é terrivelmente assustador — concordou Viv. Ela ergueu Sangue-Preto da cabeceira da cama e colocou a espada no colo, deslizando os dedos pelo aço. — Mas quero te perguntar uma coisa.

— Pergunte — disse ele, e algo na maneira como as chamas brilharam em suas órbitas transmitiu sua completa atenção.

— Você *quer* se livrar dela?

Ele hesitou, sem dúvida pensando no momento em que Varine poderia testemunhar aquela confissão caso retornasse à posse dela.

— Quero — admitiu baixinho.

— E você acha que algum dia vai ter uma chance melhor de se livrar dela do que essa? Se ela aparecer, vou fazer de tudo para matá-la, com a maldita espada dela, se puder. Talvez eu não esteja no meu melhor momento, mas ainda sou *boa*. E o homem mais durão que conheço está atrás dela, junto com outros, bem agora. Se ela ficar encurralada entre nós...

Viv socou a própria palma.

— Não tenho tanta certeza de que ela possa ser morta por aço — comentou Alforje. Ele tocou Sangue-Preto com seu dedo ósseo. — E não tenho tanta certeza de que ela pode ser evitada.

— Talvez ela não possa ser morta por aço — repetiu Viv em um tom sombrio. — Mas *tudo* pode morrer.

— E, se você fracassar — continuou ele —, ela viverá por muito, muito tempo. *Tanto* tempo. E não haverá liberdade para mim.

— Bem — disse Viv. — Talvez esteja na hora de melhorar nossas chances. Se ela não pode ser morta por aço, como então?

Alforje acariciou o queixo ossudo com duas falanges por vários momentos, e então o fogo em seus olhos brilhou com mais força.

— Talvez haja um jeito. Mas não será fácil.

Viv abriu um sorriso predatório. Um sorriso que ninguém mais em Murk jamais vira.

— Me conte tudo.

32

—Ufa — arfou Maylee, limpando o suor da testa e jogando a trança por cima do ombro. — Como foi que eu deixei você me convencer a fazer isso?

Viv protegeu os olhos do sol e fitou o mar de sua posição no alto do penhasco.

— A vista vale a pena — respondeu ela, abrindo um sorriso encorajador.

Não mencionou a vontade irresistível que sentia de observar as terras ao redor o mais longe que a vista alcançava, de examinar cada sombra e árvore retorcida.

Nenhum exército avançava no horizonte. Nenhuma mulher sem sangue com olhos como nanquim. Viv sentiu parte da inquietação diminuir.

À esquerda, lápides se erguiam da grama alta do cemitério como pedras parcialmente submersas em um riacho. Fern e Gallina sacudiam uma manta de lã verde, estendendo-a sobre a área vazia do lado de fora da cerca.

— É estranho, mas nunca estive aqui — comentou Maylee, olhando a vista para o norte. — Nossa, que casa impressionante, não é?

Ela apontou para a propriedade extensa visível do promontório.

— Fern diz que é onde mora Zelia Peregrina — disse Viv.

— A que escreve aqueles livros com as cenas picantes?

— Não são *tão* picantes assim — protestou Viv, embora na verdade fossem.

— Eu não disse que isso era uma coisa ruim.

A padeira sorriu para ela, um sorriso com algo travesso por trás. Um sorriso que quase fez Viv desejar que Rackam levasse o tempo que quisesse para aparecer.

Maylee colocou o cesto de vime em cima da manta. Ela insistira em carregá-lo sozinha.

— Fern, você deveria pedir para *ela* passar na loja da próxima vez que estiver pensando em fazer uma liquidação. Bolinhos e livros sensuais? Agora sim!

— Ha! Eu morreria de medo de pedir a ela. Aquela mansão é intimidadora. Mas é uma ideia…

Fern não terminou a frase.

Viv soltou o sabre e o encostou em um dos pilares de pedra no canto do cemitério. Tinha notado Maylee observando a arma durante toda a subida. Sentira uma combinação frustrante de culpa e irritação, e ainda estava se esforçando ao máximo para dominar os dois sentimentos e guardá-los nos recônditos da mente. Naquele lugar alto, ninguém iria se aproximar delas sem ser visto, mas, depois do sonho e da conversa à meia-noite com Alforje, ela não sairia desarmada, nem ali nem nos oito infernos. A espada grande — *Sangue-Preto*, ela pensou — se encaixava melhor em suas mãos, mas, com relutância, ela a deixara para trás em nome da sutileza. Ou pelo menos o mais próximo de sutileza que era possível.

A caminhada até ali tinha sido significativamente menos desgastante do que a anterior. Sua perna estava mais estável, Viv sentia pontadas só de vez em quando e finalmente conseguia usar a bota direita de novo. Sentia-se quase normal.

— Bem, é bom pegar um ar, de qualquer maneira — comentou.

— Você meio que *obrigou* a gente a vir — disse Gallina, tirando as botas e enterrando os dedos dos pés na areia quente.

— Olha só pra você. Grande, durona, uma mulher de atitude, organizando piqueniques.

— Fern precisava sair — retrucou Viv.

— Ah, é? *Eu* precisava sair? — questionou Fern, fingindo estar ofendida.

— Precisava, sim. Resmungando pelos cantos, esperando o carregamento... A loja está fechada, as paredes estão pintadas. Já fez tudo o que podia ser feito. Você precisava tomar um ar.

Gallina deitou-se na manta, entrelaçou os dedos atrás da cabeça e fechou os olhos sob o sol.

— Um longo caminho só pra respirar um pouco de ar, na minha opinião.

— Sabe, Rackam só tem uma regra — começou Viv.

Gallina abriu um olho para ela.

— Ah, é?

— É. Reclamões ficam sem jantar.

Maylee riu enquanto terminava de descarregar a cesta, dispondo garrafas, potes e pacotes embrulhados em musselina. Fern enxotou Paio com relativo sucesso.

— Ah, por falar em não comer...

Viv pegou a bolsa de Alforje e a abriu, destampando uma das garrafas para colocar uma pitada de pó nos ossos.

Quando Alforje se ergueu, olhou ao redor com interesse. Estendeu a mão, mexendo os dedos como se pudesse sentir a brisa. Talvez pudesse mesmo.

— Maravilhoso — disse ele em um tom nostálgico, olhando para o azul revolto do oceano e os pequenos navios seguindo o horizonte. — Tantos dos meus dias passados na escuridão — murmurou. — Tanto tempo desperdiçado.

Viv refletiu novamente que, embora ele não tivesse um rosto de carne para expressar emoções, algo na postura de seu corpo e no tom de sua voz comunicava muito. Pensou em todos aqueles dias em que ele ganhava consciência apenas para desempenhar tarefas sombrias inimagináveis, apenas para então ser devolvido ao nada quando Varine não tinha mais uso para ele.

Vê-lo sob o sol, brilhando sob o seu calor, reacendeu uma brasa quase apagada no peito dela.

— Se não se incomodarem, vou dar uma volta enquanto vocês fazem sua refeição — disse Alforje.

Viv achou que nunca o ouvira tão relaxado.

— Fique à vontade. Já estava na hora de você sair um pouco. — Ela pensou na conversa da noite anterior. — Vamos tentar fazer disso um hábito.

Um som baixo, como pedras rolando, saiu da mandíbula dele, e Viv percebeu que Alforje estava dando uma risadinha.

— Não imagino que eu vá sair perambulando pelas ruas tão cedo, não importa o desfecho — disse ele. — Algumas coisas são tolas de se imaginar.

Viv não conseguiu formular uma resposta que não fosse ofensiva ou falsa, então sabiamente escolheu o silêncio.

Ele caminhou até a beira do penhasco, observando os pássaros que rodopiavam ao longe.

Enquanto isso, elas se sentaram na manta e começaram a consumir o banquete que Maylee havia preparado. Havia longas baguetes com crostas crocantes. Maylee as cortou no sentido do comprimento e recheou com queijo de cabra macio e geleia de pimenta, doce e defumada. Garrafas verdes de cerveja dourada, com um sabor de cítricos e campos de trigo. Biscoitos finos de gengibre que se partiam agradavelmente entre os dentes, e um pote de creme açucarado onde podiam mergulhá-los.

Paio pegou os nacos de pão que Maylee jogava para ele, embora seus olhares mais desejosos fossem para Gallina. Viv nunca vira a gnoma dividir sua comida com o grifete, mas ele observava cada mordida dela com tanta avidez que parecia impossível que não estivesse ganhando umas sobras às escondidas.

Viv se pegou olhando os joelhos de Maylee, desnudos e macios como o creme no pote.

Uma brisa leve vinda do norte tornava o ar doce e agradável, trazendo o cheiro das flores de cardo e um levíssimo toque de sal do mar.

Quando ficaram satisfeitas, Gallina pegou no sono quase imediatamente, e Paio se enroscou ao lado dela, descansando o queixo em sua barriga, que subia e descia a cada respiração tranquila.

Maylee encostou-se no braço de Viv, passando o seu por baixo. Viv gostava de ser abraçada assim. Isso a deixava com vontade de retribuir o gesto, de afundar no cheiro e no calor da anã. Contentou-se em apertar o braço de Maylee ainda mais contra seu corpo.

Fern, sentada, havia desabotoado a capa, dobrando-a no colo.

Viv seguiu o olhar dela encosta abaixo em direção a Murk e às espirais de fumaça subindo das muralhas da fortaleza.

— No que você está pensando? — perguntou.

Fern voltou de seus devaneios, piscando, surpresa.

— Que comi demais — respondeu ela com um sorriso envergonhado.

— Por favor. Você estava perdida em pensamentos, eu bem vi, meu bem — comentou Maylee.

— Estava pensando no meu pai. — Ela passou os dedos por uma dobra da capa. — Sabe, nunca perguntei a ele por quê.

— Por que o quê? — perguntou Viv.

— Por que uma livraria? Por que aqui? Era o que ele sempre quis? Eu nem sei.

— Isso importa?

Maylee sentou-se mais ereta, mas manteve o braço enroscado no de Viv. Fern deu de ombros.

— Acho que não deveria. Mas nunca me dei ao trabalho de *me* fazer essa pergunta também. Talvez, se eu tivesse perguntado a ele, teria minha própria resposta também? Todo esse trabalho. Toda a ajuda de vocês. Tudo isso, e... — Ela ergueu as mãos e, então, deixou que caíssem e se embolassem na capa vermelha. — Você faz uma coisa por anos e mais anos, e só continua a fazer porque, se parar, não vai ter nada. — Ela apertou as patas na capa. — É o que eu acho, às vezes. Me desculpem. Que coisa estúpida de se dizer, depois de tudo o que vocês fizeram. E tudo isso... — Ela gesticulou para os restos do banquete. — Pareço ingrata. Mas *não* sou. Vocês provavelmente nunca se sentiram assim em relação a nada, não é?

Seu tom era brincalhão, mas Viv pensou ouvir um fiozinho de esperança ali também.

— Não, acho que não — respondeu Viv. — Sei para o que eu fui feita. Tenho certeza de que sempre soube.

Talvez Viv até acreditasse nisso.

— Eu já me senti assim — disse Maylee, e seu braço se contraiu por um segundo por reflexo. — Você acha mesmo que se sentiria melhor se parasse?

Fern pensou no assunto, séria.

— Não, acho que não.

— Faz ideia do porquê? — insistiu a anã.

— Acho que... Acho que porque sentiria falta do momento. — Ela soltou um resmungo frustrado, tentando encontrar as palavras certas. — Aquele instante em que você sabe que alguém vê a mesma coisa que você.

Viv ficou surpresa quando Maylee assentiu, virando-se para Fern.

— Quando enxergam *você*. Quando sabe que, pelo menos naquele momento, não está sozinha. Que outra pessoa sente exatamente o mesmo que você. Ou, pelo menos, espera que sim.

— Isso — disse Fern, surpresa. — Cada livro é um pequeno espelho, e às vezes você olha para ele e encontra outra pessoa olhando de volta. — Ela estendeu a mão e deu um tapa no antebraço substancial de Viv. — Consegui até ver esta aqui algumas vezes.

— Uma profundidade oculta — completou Maylee com uma risada.

— Sinto que vocês estão mais surpresas com isso do que deveriam — disse Viv secamente.

— Então, é por *isso* que você faz o que faz, meu bem — afirmou a padeira com firmeza. — E, para ser sincera, é o mesmo motivo pelo que faço o que faço.

Fern a encarou, pensativa.

Viv ainda estava digerindo a ideia quando uma voz oca se ergueu além da cerca, grave e forte.

— Acho que você deveria ver isto, senhora.

Foi o "senhora" que deixou os pelos na nuca de Viv arrepiados.

— Ninguém se mexe — ordenou com a voz baixa e firme.

Ela deu um tapinha para acordar Gallina, e o grifete respondeu com um pio irritado. Em seguida, Viv pegou o sabre e encontrou Alforje entre as lápides. Gallina veio atrás, descalça, esfregando os olhos e resmungando baixinho.

A grama do cemitério chegava às costelas do homúnculo enquanto ele encarava algo que Viv não conseguia ver.

Quando se aproximou, bem mais alta do que Alforje, ele a olhou por cima do ombro com os olhos azuis bruxuleantes.

O solo à sua frente estava queimado e preto, como se atingido por um raio ou uma chama cuidadosamente controlada. Lâminas de grama estavam retorcidas em fios carbonizados em volta de um círculo estéril do tamanho de um escudo.

Gravado no pó negro e fino havia um diamante com galhos que pareciam chifres.

33

Desceram a colina em silêncio enquanto o crepúsculo caía no oeste. Debaixo do braço, Viv carregava Paio, que, incrivelmente, não protestava. Impassiva, Viv se recusava a olhar por cima do ombro. Não havia como Varine estar se aproximando sorrateiramente por trás delas, tinha certeza. O horizonte estava vazio por quilômetros.

Era difícil ignorar aquele símbolo, no entanto. O sinal de algum batedor? Ou algum tipo de orientação arcana? Só os deuses sabiam. Alforje disse que não sabia do que se tratava, e Viv acreditou. Ele viajava em silêncio, escondido na bolsa, batendo contra o quadril dela.

Ela não havia sentido aquele cheiro maligno na descida de volta. Já era alguma coisa.

— Vou contar para Iridia amanhã — prometeu Viv ao grupo. — Ela já colocou os Guardiões em alerta. Vai ficar tudo bem.

Quando chegaram ao sopé da colina, Gallina se separou do grupo na altura do Poleiro com uma saudação e um "Boa noite!" desafiadoramente alegre.

Viv acompanhou Fern e Maylee pelo caminho entre as dunas até o calçadão, onde as sombras sob os toldos estavam cada vez mais longas. Quando chegaram à porta da Thistleburr, o humor sombrio se dissipou de repente por causa de um bilhete preso na moldura da porta, balançando como uma folha presa.

— O carregamento! — Ela agarrou o recado e o leu rapidamente. — Chegou! Vão entregar amanhã. Deuses, até que enfim!

Quando a ratoide ergueu a cabeça para elas, os olhos brilhando, ficou mais fácil esquecer a nuvem sombria que pairara sobre o grupo mais cedo.

— Eu estarei aqui — disse Viv. Relutando em estragar a empolgação de Fern, ela deu um tapinha na bolsa e tentou falar em um tom leve: — Vou ficar com ele mais uma noite, no entanto. Sabe, considerando...

Fern ficou um pouco mais séria.

— Acho que... provavelmente é melhor assim.

Viv e Maylee esperaram até Fern entrar e ouvirem o clique da tranca antes de seguirem caminho. Suas alturas eram muito diferentes para darem as mãos ou entrelaçarem os braços, mas caminhavam próximas, esbarrando-se de vez em quando em deliciosos acidentes.

Depois da comoção devido ao símbolo no círculo queimado, Viv sentia-se mais presente agora que estavam sozinhas. Ouvia o som distante das ondas quebrando. Maylee irradiava calor ao seu lado, suave no ar fresco da noite, ainda com um leve aroma de pão e gengibre.

Ela não conseguia parar de pensar na conversa que tiveram no penhasco, antes de as coisas azedarem. Viv sentia uma necessidade crescente, como algo se expandindo em seu peito, de fazer uma pergunta da qual talvez se arrependesse.

Mas não dizer nada? Seria uma covardia. E ela não era covarde.

Ou talvez sua coragem só valesse para sabres e sangue, porque aquilo era mais difícil do que deveria.

Pigarreando, ela finalmente conseguiu dizer:

— Aquilo que você falou mais cedo. Sobre... sobre alguém enxergar você.

Maylee ergueu os olhos, mas não disse nada. Nenhuma das duas parou de andar.

— Fern estava falando sobre o trabalho dela. A loja. Mas não era só disso que você estava falando, era?

A anã pensou antes de responder:

— Não. Não era.

Viv respirou fundo.

— Você acha que nós duas estamos enxergando a mesma coisa?

— Tenho quase certeza de que não — respondeu Maylee. Viv abriu a boca, mas a anã continuou antes que tivesse tempo de falar. — É que nem estar lá em cima daquela colina. Uma de nós está no topo, e a outra aqui, na parte de baixo. Nós duas olhamos para o mar, mas vemos coisas diferentes. Uma de nós poderia subir, ou a outra descer, e se fizéssemos isso, talvez a vista mudasse... mas não fizemos isso. Ou não podemos fazer.

— Maylee...

A anã deu de ombros, passando a cesta para o braço entre elas.

— Se tivéssemos nos conhecido daqui a alguns anos, quem sabe? Aí talvez a gente estivesse olhando do mesmo ponto. Isso não muda o fato de que você ainda é alguém que eu quero conhecer. Não muda o que posso fazer com os dias que tenho. Não faz com que esses dias sejam menos importantes.

— Não, isso realmente não muda. Mas... — Viv achava difícil encontrar as palavras certas, o rosto corando. Sua garganta parecia dolorosamente apertada, cada palavra sendo arrancada com dificuldade. — Se eu for... *descuidada* ao abraçar alguém, posso... posso quebrar ossos. E me sinto muito descuidada agora. Porque não acho que você...

— Você não precisa dizer mais nada — respondeu a anã, baixinho. — Eu sei o que temos.

— Saber não é o mesmo que aceitar — retrucou Viv, e logo se arrependeu.

— Não. Mas certas coisas valem algumas costelas quebradas.

Elas chegaram à porta da Canto do Mar, e Maylee colocou a mão na barriga de Viv, a quentura passando pela camisa.

— Venha aqui, meu bem — chamou.

Viv se ajoelhou e roçou os dedos pela trança de Maylee. A anã acariciou a bochecha dela com os nós dos dedos, depois inclinou-se para a frente e a beijou no canto da boca.

— Não vou ficar destruída quando você for embora. Nem você. Até poderia preferir o contrário, porque aí você talvez ficasse aqui, para evitar que isso acontecesse. — Ela sorriu. — Mas *isso* destruiria você. Então, a gente se vê amanhã. E não falaremos mais nesse assunto, porque nada vai mudar o que vem pela frente, e é uma perda de tempo.

Então ela destrancou a loja, entrou e fechou a porta suavemente.

~

— Você não parece ter dormido bem — observou Brand, deslizando um prato de pão de aveia e bacon defumado pelo balcão até ela.

Era verdade. Viv sonhara com Varine de novo e não conseguira deixar de sentir que a necromante de fato a via. Acordara várias vezes, até que, em desespero, deitara-se com Sangue-Preto por cima do peito, as mãos cruzadas sobre a espada grande.

Depois disso, conseguira algumas horas de sono antes que a luz do sol atravessasse a janela, e Viv se erguera, toda grogue, para enfrentar o dia. Sua perna doía como se tivesse corrido a noite toda.

Ela comeu o café da manhã junto com uma enorme caneca de chá quente, desejando uma bebida que ajudasse mais a despertá-la. Relutante, deixou Sangue-Preto no quarto e levou Alforje para a livraria. O dia prometia ser quente, e cada centímetro de areia de que as sombras abdicavam logo perdia a umidade noturna. Pelo menos o calor pareceu fazer por sua mente o que o chá não conseguira.

Quando chegou à Thistleburr, Fern estava sentada no calçadão ainda sombreado, segurando a própria caneca de chá. Paio estava deitado ao lado dela, lambendo uma das patas dianteiras.

— Ansiosa? — perguntou Viv, aproximando-se.

— Hum. Para saber se os livros nos quais gastei a maior parte das minhas economias restantes vão mesmo aparecer na minha porta? Nem um pouco. — Ela pousou a caneca. — Ou seja, pra caralho.

No entanto, o palavrão soava quase empolgado.

— Ei, Paio — chamou Viv. O grifete se sobressaltou e ergueu os olhos enormes para ela. — É, estou falando com você mesmo. Lembra que te carreguei colina abaixo ontem à noite? — Ela se agachou na frente dele e tirou um pedaço de bacon do bolso, segurando-o entre o polegar e o indicador. — Gallina nunca te deu bacon, deu?

Paio a encarou, depois esticou o pescoço emplumado bem devagarzinho e tirou o bacon de seus dedos com uma bicada.

Fern sorriu para os dois.

— Bem. Acho que é um bom presságio.

Viv se abaixou devagar até estar sentada ao lado de Fern e do grifete. Passou o dedo de leve pelas penas sedosas da cabeça do bicho, descendo até o ponto em que elas se transformavam em pelos curtos. O corpo dele se contraiu e estremeceu sob seu toque, mas Paio não protestou.

— Hum — disse ela. — Quem diria.

Sentaram-se em um silêncio confortável enquanto Viv coçava atrás das orelhas pontudas de Paio. Ela até conseguiu fazê-lo bater a pata um pouco.

— Está chegando — sussurrou Fern, e se pôs de pé em um salto.

Sacolejando pela estrada das muralhas, Pitts trazia em sua carroça a maior carga que Viv já o vira carregar.

Quando ele parou diante delas, Viv avistou três caixotes lá dentro.

— Tem um negócio aqui para você assinar — disse ele, pegando alguns papéis e uma caneta de uma bolsa na cintura. Enquanto Fern cuidava disso, Viv começou a puxar um dos caixotes.

— Pode deixar comigo — disse Pitts enquanto Viv tirava o primeiro caixote da carroça.

— Este aqui eu levo — respondeu ela. Grunhiu ao sentir os músculos fazendo força sob o peso, mas conseguiu levar o caixote até a porta sem muita dificuldade. — Quem diria que uma caixa cheia de palavras poderia ser tão pesada?

— Pequenas pedras atiradas no rio. Mínimas preces aos milhares. O curso se altera — observou Pitts.

Fern franziu a testa.

— Isso é de algum dos livros de poesia? Não reconheço.

— Não — respondeu Pitts simplesmente.

Viv estava voltando para pegar o próximo caixote, e ela e Fern se entreolharam, sem saber o que dizer.

Os dois orcs levaram as caixas restantes para dentro enquanto Fern ficava observando pelos cantos, os bigodes se mexendo ansiosamente.

Quando Pitts foi embora, Viv tirou a bolsa de Alforje do ombro, e Fern o acordou com uma pitada de pó de ossos. Então, os três ficaram de pé no meio da loja, inspecionando as novas remessas, enquanto Paio farejava as caixas.

Os caixotes eram novos, de madeira crua, exalando um forte cheiro de pinho recém-cortado. As tampas estavam pregadas, mas havia um espacinho nas extremidades, e Viv encontrou um ponto para enfiar os dedos e arrancá-las, fazendo os pregos rangerem.

— Eu poderia ter pegado um martelo — comentou Fern.

Viv deu de ombros.

— Como você disse, deve ter um bom motivo para eu estar por aqui.

Lá dentro, empilhados bem justos, havia livros e mais livros. O cheiro de couro, tecido e tinta quase sobrepujava o aroma de pinho.

Fern se debruçou por cima da caixa e passou as patas pelas capas, inspirando profundamente.

— Deuses, esse cheiro. — Suspirou. — Você já sentiu algo tão bom?

Viv sorriu.

— Acho que você não precisava pensar muito para entender por que ainda mantém esta loja.

A ratoide retribuiu o sorriso.

— Talvez você tenha razão. Vamos desempacotar isso. Tem alguns aqui que encomendei especialmente para você.

Viv estava mais do que pronta para se distrair das memórias nebulosas de seu sonho e daquele sorriso azul cruel.

34

Muitos dos exemplares eram surpreendentemente coloridos, com capas ilustradas ou detalhes dourados. E Fern estava certa: o aroma dos volumes novos era inebriante, a ponto de deixar Viv meio tonta. Quando abriu um livro para inspecionar a impressão fresca, as lombadas rangeram alto, de um jeito incrivelmente satisfatório.

— As letras são tão *nítidas* — observou Viv.

— Novas prensas gnômicas — disse Fern, ainda sorrindo de orelha a orelha. — Os livros saem mais barato *e* mais resistentes. O que significa que posso vender mais barato, também.

Viv e Alforje desembrulharam os livros individualmente. Fern fazia toda a questão de inspecionar um por um, e aos poucos criou uma pilha especial na mesa da frente de acordo com algum critério misterioso. O restante ela guardava nas prateleiras com todo o cuidado, e conforme os espaços vagos foram sendo preenchidos, cada fileira de livros pareceu engordar com as novas adições. Era como ver um quebra-cabeça ser montado até a cena de repente ficar reconhecível.

No meio da confusão, a porta foi aberta com estrondo e Gallina entrou, assustando Paio, que cochilava sob o sol.

— Então eles apareceram, hein?

— Você chegou bem a tempo de ajudar — comentou Viv, levantando-se com uma pilha de livros no braço.

— Não, eu ia acabar atrapalhando. — Ela passou a mão pelo cabelo arrepiado. — Além disso, não alcanço nada aqui. Quer que eu caia dentro de um caixote?

— Engraçado que a sua altura só é um problema quando você não quer fazer alguma coisa. Por que veio, então?

Gallina se jogou em uma poltrona. Viv percebeu que ela estava segurando um pedaço de papel dobrado, no qual mexia de maneira nervosa.

— Bem... só pensei que, quando você terminasse de *trabalhar* aqui, talvez estivesse interessada em fazer um serviço mais na sua área.

— Do que você está falando? — perguntou Viv, franzindo a testa.

A gnoma ergueu o papel entre os dedos.

— Estão oferecendo uma recompensa. O pagamento não é grande coisa, mas é bem perto daqui. Eu daria conta sozinha, claro, mas pensei que talvez, se você estivesse *entediada* e não estivesse se sentindo muito *frágil*...

Viv notou o olhar de soslaio de Fern e tentou não soar interessada ao perguntar:

— Recompensa, é? Pelo quê?

A gnoma girou a mão.

— Um ninho de espinodorso. Fica ao sul, seguindo pelo litoral. Parece que estão comendo as ovelhas de uma fazendeira.

— Espécie abjeta — comentou Alforje com súbita veemência, desviando os olhos do monte de livros que carregava nos braços ossudos.

Viv o encarou, surpresa.

— Você já teve contato com espinodorsos?

— Mais do que gostaria de relembrar — respondeu o homúnculo em um tom sombrio.

As inscrições ósseas em seu corpo brilharam em um tom azul mais intenso por um instante.

Ainda considerando a proposta, Viv disse a Gallina:

— Vou pensar um pouco. — Passou um livro para Fern, que a olhou com curiosidade. — Não sei se quero passar *tanto* tempo longe.

O que ela não verbalizou foi sua preocupação de que, se deixasse Murk pelo tempo que fosse, Varine ou Rackam aparecessem no instante em que desse as costas. Não conseguia decidir qual das possibilidades era mais preocupante.

— Tá bom, tá bom. Eu pago pelo transporte, se quiser ir. Mas não demore *demais* para decidir. Não aguento mais ficar à toa no Poleiro.

— Hum. E você daria conta sozinha, é? — A voz de Viv ficou suave. — Quantos espinodorsos disse que eram?

— Um número que eu consigo vencer — respondeu Gallina com firmeza.

Alforje pigarreou.

— Se você decidir lidar com essas criaturas, talvez eu possa ser de certa ajuda.

— Sem ofensa — disse Gallina —, mas acho que espinodorsos gostam de mastigar ossos, não?

— Ainda assim — insistiu ele, e as chamas em seus olhos brilharam como madeira estalando em uma fogueira.

— Sabe, Alforje, quanto mais te conheço, menos acho que sei *sobre* você — comentou Viv. Ela se perguntou mais uma vez que serviços Varine poderia ter exigido dele.

Quando Gallina estava se levantando para ir embora, Fern avisou:

— Ah, aquele livro que você queria deve estar aqui em algum lugar.

Gallina pareceu apavorada.

— Ah... É... Eu pego depois, então — disse a gnoma com a voz estrangulada e saiu às pressas.

— Espera aí, ela *realmente* leu alguma coisa? O que foi que ela pediu?

Fern terminou de guardar o volume que tinha nas patas e se virou para Viv, os olhos brilhando de divertimento.

Ela moveu os lábios, sem emitir som:

— Úmido.

Depois que terminaram de colocar os livros nas estantes, Viv foi guardar os caixotes vazios nos fundos. Quando voltou, Fern estava organizando as últimas obras que havia separado na mesa da frente.

Com a pata fechada sob o queixo, Fern contemplava o arranjo, então estendeu o braço e trocou dois livros de lugar.

— Hum. Ficou bonito — disse Viv.

E tinha ficado mesmo. As capas estavam bem bonitas, em destaque, algumas inclinadas em ângulos interessantes, outras deitadas ou exibidas de forma charmosamente desalinhada.

Havia algo moderno e chamativo em muitos dos projetos. Textos em fontes com serifa, em dourado ou prateado, desenhos que pareciam um sonho transformado em realidade. Algumas capas eram revestidas com tecido marmorizado, com cores que lembravam folhagens exóticas.

Fern estudou os livros com um sorriso nostálgico nos lábios.

— É engraçado. Eu odeio vendê-los. Já comentei? Se pudesse, ficaria com todos.

— Um ótimo plano de negócios.

A ratoide deu um tapa no braço dela.

— *Calor do deserto* — leu Viv, sorrindo. — Peregrina, não é?

Ela tocou um volume com uma ilustração muito detalhada de um orc e um humano prestes a se despirem de suas poucas roupas e fazerem algo muito acrobático. Uma ideia ocorreu, e seus olhos se arregalaram.

— Espera, esse não é o de Gallina, é?

— Uma boa livreira nunca faz fofoca.

— Isso foi um sim, com certeza. Mas, enfim, quando você quer reabrir?

— Está ansiosa para caçar espinodorsos?

Viv deu de ombros, meio sem jeito.

— Não foi isso que quis dizer...

— Eu sei. Só estou te sacaneando. Na verdade, tive uma ideia e queria saber o que você acha.

Fern se sentou em uma das poltronas acolchoadas e fez um gesto para que Viv se juntasse a ela. Ao se afundar no assento, Viv lançou um olhar perplexo para a ratoide.

— Não sei por que você precisaria da minha opinião.

— Bem, é sobre Maylee. Você acha... acha que ela gostaria de deixar uns bolinhos ou biscoitos para vender aqui?

Por um momento, os pensamentos de Viv foram desviados enquanto sentia o resquício do beijo de Maylee no canto de sua boca e um eco da conversa da noite anterior. Seu rosto corou. Então, afastou as lembranças.

— Não custa perguntar. — Tentou dar um sorriso irônico. — Acabamos de limpar o lugar e você já quer deixar farelos por aí, hein?

— É para isso que o Paio serve. Mas acho que tem alguma coisa bem especial em se aconchegar com um livro e uma comidinha gostosa. E temos as poltronas, e, bem... gosto de ter alguém por aqui. De ter *você* por aqui, todos os dias... Gosto da companhia.

— E, em breve, eu *não* vou mais estar aqui — completou Viv, baixinho.

Fern deu de ombros.

— É. Tivemos tanto trabalho, então por que não tornar a livraria um lugar onde as pessoas queiram ficar, da melhor forma que nós pudermos? Da melhor forma que *eu* puder?

Aquela transição de "nós" para "eu" doeu mais do que Viv esperava. Mas isso era bom, não? Quando fosse embora, queria que Fern fosse feliz e bem-sucedida, não? Era isso que uma amiga desejaria.

Viv entrelaçou os dedos entre os joelhos e se perguntou o que isso dizia sobre ela, o ressentimento ao pensar nisso.

— Acho que é uma ótima ideia. — E então, esmagando aquele sentimento com toda a sua força, pigarreou e seguiu em frente: — E, por falar na Maylee, a ideia dela também não me pareceu ruim.

— De convidar Peregrina para vir aqui? Se ela aparecesse na minha porta, eu não acharia ruim, admito. Mas você consegue me imaginar aparecendo na porta dela e implorando para que ela venha desfilar na minha humilde loja feito... feito uma dignitária visitante? — Fern bufou. — Eu não tenho essa coragem.

— Para começar, a loja não é humilde. — Viv ergueu o dedo para ela. — A gente pintou tudo direitinho, infernos. E, em segundo lugar, você por acaso está diante de alguém que tem o hábito de fazer e acontecer, com a cara e a coragem.

— *Você* vai convencê-la a visitar?

— E se eu fizer isso?

Fern pensou um pouco.

— Bem, depois que eu terminasse de te dar um beijo na boca, acho que faria o possível com o que os deuses me deram para organizar a melhor reinauguração possível.

Com isso, Viv deu um tapa nas coxas e se levantou.

— Só não me beije na frente da Maylee.

— É, realmente. Seria difícil explicar.

— Cuide das coisas por aqui, Paio — disse Viv, saudando o grifete.

Ele piou em resposta, sonolento, e voltou a descansar a cabeça emplumada entre as patas.

༺❦༻

Ao passar pela Canto do Mar, Viv viu a silhueta de Maylee pelas janelas embaçadas, mas achou que a anã não percebeu sua passagem, o que foi um alívio. Elas precisavam conversar, mas Viv queria cuidar de algumas coisas antes. Ela se sentia um fantasma ao deixar a padaria para trás, com uma sensação surreal de estar colocando seus assuntos em ordem caso morresse. Garantindo que tudo seguisse bem mesmo que ela não estivesse mais lá.

Era inquietante.

Fazendo o possível para afastar aquele sentimento sombrio, ela atravessou as muralhas da fortaleza e foi encontrar Iridia.

Havia ainda mais Guardiões dos Portões do que o normal circulando por ali, mas eles já não estavam no mesmo nível de atenção e alerta máximo que Iridia havia exigido anteriormente. Não era de se admirar: havia uma notável escassez de invasões de necromantes.

Após algumas perguntas a uma das mulheres no portão, Viv recebeu orientações de como chegar ao lugar certo.

Antes de lidar com aquela tarefa em particular, porém, ela foi cuidar de algo bem mais simples. Assim que passou das muralhas da fortaleza, perto da entrada, encontrou um movimentado estábulo que tinha carruagens para alugar e baias com cavalos de boa linhagem. Os animais recuaram quando Viv se aproximou, então ela tentou manter distância enquanto procurava o responsável.

Reservou transporte para o dia seguinte e pagou antecipado. Com isso resolvido, atravessou o emaranhado de ruas estreitas até o quartel dos Guardiões dos Portões.

— Um símbolo? — perguntou a tapenti quando Viv explicou por que estava ali.

— O mesmo que mencionei antes, aquele na tatuagem do Bal... — Ela se interrompeu. — Do cadáver.

Iridia estreitou os olhos diante da escorregada, mas não falou nada.

— Olha, você pode mandar alguém lá conferir. Não tem como não ver. Não sei o que infernos significa, mas é claramente dela. Talvez tenha alguma relação com quem matou o sujeito? Só estou passando a informação.

— Sabe, não consigo deixar de pensar que, se você nunca tivesse aparecido na minha cidade, nosso amigo de cinza teria seguido sua vida, e nada disso seria problema meu.

— Ou talvez algo pior tivesse acontecido — retrucou Viv, sentindo a raiva se atiçar. Com esforço, relaxou os punhos. A ideia de caçar um grupo de espinodorsos de repente lhe pareceu muito tentadora. — Só estou tentando ser uma boa turista na sua cidade.

Então, respirou fundo e fez a pergunta que vinha tentando formular. A que *precisava* fazer, depois de sua conversa noturna com Alforje.

— Aquele livro. Você ainda está com ele? Está aqui perto?

— Perto o suficiente — respondeu Iridia, inclinando a cabeça. — Por quê? Não é mais problema seu. Você o transferiu para *mim*.

— É que, há, pode ser importante para dar cabo de Varine, caso ela apareça.

— Quer explicar isso melhor?

— Eu... ainda não posso.

— Claro que não.

— Mas está por perto?

A Guardiã dos Portões abriu um sorrisinho, depois se virou, falando com Viv por cima do ombro enquanto voltava para seu escritório:

— É um toma lá dá cá, Viv. Eu te digo quando você for mais aberta.

Viv esperou a padaria fechar, até Maylee sair com a placa que pendurava na porta ao fim do dia. A anã fez uma expressão surpresa ao vê-la, as bochechas coradas e salpicadas de farinha.

— Oi — disse Viv, com um pequeno aceno que pareceu ridículo.

— Oi, meu bem — respondeu Maylee.

Não havia qualquer reserva em seu sorriso, franco e completo como se Viv não tivesse ajoelhado diante dela no calçadão na noite anterior e ferido seus sentimentos.

Viv sentiu a vergonha aliviada da felicidade de um problema adiado.

— Tenho algumas coisas para perguntar.

— Então entre.

A padeira segurou a porta para ela. Viv mencionou a ideia de Fern e depois a própria, e a conversa correu fácil e natural no espaço quente, com a luz cálida e o cheiro de pão, a ajudante limpando as tigelas ao fundo.

Depois disso, a conversa mudou de rumo — histórias de viagens, peculiaridades de clientes — enquanto Viv ajudava a limpar os balcões e os fornos. E, por um tempo, o futuro não importava. Ainda bem.

35

Viv viajava na traseira da carruagem, sacolejando pela estrada de terra rumo ao norte, acompanhando os rochedos baixos à beira-mar. Sentia-se como Tamora em *Lâmina da alma*, a mão na barra no teto e o pé no apoio de trás. A bolsa de Alforje pendia de um ombro, batendo em seu quadril. Nem ela nem Fern se sentiam bem deixando-o sozinho, não depois do símbolo no penhasco. Além disso, ele parecia encantado com a simples possibilidade de ouvir a voz de Peregrina.

Seu braço dobrava e esticava, absorvendo cada impacto da estrada, e Viv se pegou sorrindo com o vento que bagunçava seus cachos. Ela respirou fundo o ar fresco e salgado.

Fern colocou a cabeça para fora da porta da carruagem.

— Tem *certeza* de que não quer vir aqui dentro? Ou no banco do cocheiro?

A cabeça de Paio surgiu também, grasnando em concordância.

— Estou bem aqui — gritou Viv de volta. — É apertado demais aí dentro, e os cavalos me odeiam.

A ratoide lançou um olhar da mão de Viv no cabo da espada para o sorriso em seu rosto.

— *Lâmina da alma*, é? — gritou.

— O quê? Ah. Não sei do que você está falando.

Fern riu e voltou para dentro. O cocheiro olhou por cima do ombro para Viv, mas não diminuiu o ritmo dos cavalos.

Ao longe, no fim de uma série de colinas cada vez mais altas, a propriedade de Zelia Peregrina surgiu entre um círculo de árvores que definitivamente não eram nativas da região. Conforme se aproximavam, Viv notou sebes aparadas e uma fonte rodeada por um caminho bem cuidado.

— Chique — comentou consigo mesma, começando a duvidar se o presente que havia trazido era mesmo adequado.

Quando a carruagem parou, Viv saltou e contornou os cavalos, dando-lhes bastante espaço apesar dos antolhos. O cocheiro abriu a porta e desdobrou um degrau para Fern e o grifete descerem, depois pegou um cesto coberto de musselina do interior e o entregou a Viv.

— Pode esperar aqui, está bem? — disse ela, colocando mais algumas moedas na mão áspera do homem.

Fern e Viv encararam a imensa construção diante delas com franca admiração. Tinha dois andares, com dezenas de janelas arqueadas e uma escadaria de mármore mais larga que a padaria de Maylee. As telhas eram azuis e resistentes, os beirais, adornados com entalhes elaborados, as portas, enormes e cobertas por uma profusão de delicadas folhas de ferro entrelaçadas. A fonte atrás delas vertia água em um laguinho cristalino.

Viv assobiou.

— Deuses. Escrever paga bem, pelo visto.

Fern deu uma risadinha.

— Não acho que *nenhum* escritor venda tantos livros assim. Tem uma citação em um dos livros de Tensiger sobre elfos: "Se você vive por mil anos e não fica rico, ou é um tolo ou um monge." Não acho que Zelia seja monja.

— Ela tem *mil* anos?

Fern deu de ombros.

— Não faço ideia. Talvez seja herança? Mas enfim, eu é que não vou *perguntar*. — Ela estreitou os olhos para Viv. — *Nós* não vamos perguntar. Certo?

— Nem pensaria nisso — respondeu Viv, embora, na verdade, tivesse pensado nisso, sim.

Paio já estava no alto das escadas, sentado ao lado da porta, o rabinho grosso balançando de um lado para o outro no mármore.

— Alguém está animado — comentou Viv enquanto subia os degraus.

Sem hesitar, usou uma das enormes aldravas de ferro no batente da porta para bater com força. Não precisaram esperar muito e a porta se abriu, mas, quando isso aconteceu, não foi Zelia Peregrina que viram.

Ele não era tão alto quanto Viv, mas ainda assim tinha um físico grande e robusto. Os cabelos eram grisalhos, mas ele não parecia nem um pouco abatido, com seu cavanhaque prateado bem aparado e um queixo másculo. Vestia uma camisa simples e calças comuns, nada parecido com a imagem mental que Viv tinha de um mordomo ou criado de libré. Pelo tamanho dos ombros, o jeito como mantinha a mão na altura do quadril e a curva relaxada dos dedos, ela apostaria qualquer coisa que o homem passara mais tempo com uma espada na cintura do que sem.

— Posso ajudar? — perguntou ele, em um tom plácido.

Pelo jeito como seus olhos examinaram Viv e se demoraram na espada, não era só ela que estava avaliando alguém. Viv assentiu, oferecendo o sorriso mais inocente que conseguiu.

— Oi. Meu nome é Viv, e esta aqui é Fern. Ela é dona da Thistleburr, lá perto da praia. A livraria. Esperávamos que a Srta. Peregrina estivesse em casa...?

Ele olhou para o cesto, e sua boca se curvou de leve.

— Pão *e* uma espada? Sabe, não recebemos muitos visitantes armados por aqui.

— Eu posso retirá-la, se ajudar — disse Viv, dando um tapinha no pomo do sabre. — Só quis me precaver caso houvesse problemas na estrada. Não foi minha intenção ofender.

— Problemas em Murk? — Sem esperar por uma resposta ou pedir que entregasse a arma, ele se agachou na frente do grifete e afagou as penas entre suas orelhas, expondo o pescoço para Viv, não por acaso. — É uma surpresa. Iridia deve estar furiosa. E quem é *este* soldadinho aqui?

Viv decidiu que gostava dele.

— O nome dele, infelizmente, é Paio — disse Fern com um dar de ombros envergonhado. — E eu, claro, sou uma grande admiradora do trabalho da srta. Peregrina.

O homem riu e se endireitou, enquanto o grifete farejava suas botas e soltava trinados de clara adoração.

— Vou avisar que vocês a chamaram de "senhorita". Pode amolecer um pouco o coração dela. Você também é uma leitora? — perguntou ele a Viv.

Ela corou um pouco.

— Já li um ou outro livro dela.

Ele notou seu rosto ruborizado e *deu uma piscadela* para Viv antes de gesticular em direção ao cesto.

— O cheiro está ótimo. Vou ver se ela está disposta a receber visitas. Meu nome é Berk. Eu ajudo a Lady Zê com as coisas. Esperem aqui um momentinho, por favor.

Deixando a imensa porta entreaberta, ele voltou para dentro da mansão sem dizer mais nada. Era como se tivesse dito na cara de Viv que a descartara como uma possível ameaça. Era uma sensação estranha, e ela se sentiria insultada se não suspeitasse de que ele era ainda mais capaz do que parecia.

Quando teve certeza de que Berk não as ouviria, Viv olhou para Fern e comentou:

— Lady Zê, hein? E aí, você acha que ele... e ela...? — Fez um gesto sugestivo com as mãos que poderia significar várias coisas inapropriadas. — Quer dizer, considerando o que ela escreve, fico me perguntando se...

— Se perguntando *o quê*? — perguntou Fern com um olhar travesso.

— Você sabe.

— Não vá perguntar *isso* também.

Viv fingiu ficar ofendida.

— Para alguém que estava morrendo de medo de vir, você é bem corajosa na hora de impor regras.

Fern abriu a boca para responder, mas Berk já estava de volta. Ele apoiou a mão na porta com um sorriso, os cantos dos olhos se enrugando de leve.

— Vocês tiveram sorte. Ela não está escrevendo hoje, então está de bom humor. Sigam-me.

Então ele colocou o grifete debaixo do braço como se já tivesse feito isso mil vezes antes e gesticulou para que entrassem.

O saguão era imenso, com um piso de madeira sofisticado, trabalhado em padrões circulares intrincados. Uma escadaria grandiosa levava ao segundo andar, e as paredes de painéis estavam cobertas por pinturas dos mais variados tamanhos, encaixadas como um quebra-cabeça, deixando pouquíssima madeira visível entre elas. Árvores em vasos ladeavam a escada — finas, prateadas, com galhos graciosos e entrelaçados.

Um corredor longo se estendia à esquerda, mas claramente não era utilizado. Não estava empoeirado, mas tinha menos decorações, as portas ao longo de sua extensão todas fechadas.

Berk as conduziu para a direita, por um corredor mais acolhedor, menor e carpetado, iluminado por lampiões bruxuleantes. Dobraram à direita em um corredor estreito que levava a uma cozinha enorme, limpa e iluminada, com uma bancada central de mármore e um par de fogões grandes o suficiente para alimentar um batalhão. Ervas frescas e aromáticas pendiam de uma parede, e algumas panelas e travessas estavam agrupadas em um canto da bancada, parte de alguma preparação culinária interrompida.

A julgar pelos utensílios na cozinha, Viv teve a forte impressão de que apenas uma fração da propriedade era usada. Ficou se perguntando quantas pessoas viviam na casa de Peregrina, porque o número em sua imaginação estava diminuindo cada vez mais.

Mais algumas voltas os levaram a um comprido escritório com um solário na ponta. As paredes tinham estantes embutidas do chão ao teto, absolutamente abarrotadas de livros. Os pufes, as cadeiras e as mesinhas de canto sustentavam torres instáveis de volumes, e, como ainda assim não havia espaço suficiente, mais pilhas estavam espalhadas caoticamente pelo chão.

O estoque da Thistleburr não chegava nem aos pés do acervo de Peregrina, e a biblioteca particular de Highlark parecia minúscula em comparação.

Lampiões nas colunas entre as prateleiras proporcionavam um brilho dourado constante. Ao fundo, uma mesinha ficava sob a luz que entrava pelo solário, com uma máquina metálica em cima que Viv não reconheceu. Tinha vários botões de bronze, parecendo algum réptil mecânico deformado. Uma língua de papel inerte despontava do topo, e pergaminhos cortados todos no mesmo tamanho estavam empilhados de ambos os lados. Uma cadeira muito antiga, abarrotada de almofadas fofas, estava posicionada atrás da mesa.

Em um divã comprido atrás dela, com um livro aberto apoiado no peito, estava acomodada Zelia Peregrina.

Ela ergueu o olhar ao perceber a aproximação do grupo, fechou o livro com um estalo e se levantou. Como a maioria dos elfos que Viv já encontrara, a mulher tinha uma beleza régia. Ao contrário deles, porém, era quase tão alta quanto a própria Viv, e o termo *esquálida* com certeza não a descreveria. Seus cabelos prateados caíam pelos ombros em ondas, e a pele resplandecia em um tom bronzeado e luminoso. Usava calças de montaria confortáveis e uma camisa solta com o colarinho aberto. Estava descalça, e ocupava todo o espaço que merecia.

— Aqui estão elas — disse Berk. — Viv e Fern. — Ele pareceu se lembrar da carga sob o braço. — Ah, e Paio.

Berk depositou o grifete no tapete, e a criatura imediatamente se jogou nas botas dele, soltando um enorme suspiro.

Houve um momento de silêncio enquanto Zelia Peregrina as observava, tamborilando o livro contra a perna.

Durante o caminho até ali, Viv havia ensaiado várias coisas para falar, mas todas desapareceram de sua mente de uma hora para outra, e tudo o que conseguiu dizer foi:

— Há... é muito... livro. Você já... leu todos?

Fern talvez tenha soltado um gemido ao lado dela.

— Nunca confie em um escritor que não tenha livros demais para ler. Ou em um leitor, aliás — retrucou Zelia. Ela foi até a mesa, remexendo nos papéis e nas quinquilharias até encontrar uma pena e um tinteiro. Com certa resignação, perguntou: — Então, imagino que vocês tenham trazido algo para eu autografar?

Fern cutucou a perna de Viv, e ela se sobressaltou, lembrando-se da cesta pendurada em seu braço.

— Ah! Ah, não. Eu... *nós*... temos uma espécie de proposta. Na verdade, acho que é um favor? Bem, provavelmente também seria bom para... — Ela percebeu que estava se perdendo e estendeu a cesta. — Quer saber? Vou começar de novo. Trouxemos um presente.

Zelia deu de ombros para Berk, que se afastou de Paio com toda a delicadeza e abriu espaço em uma mesinha lateral. Viv colocou a cesta ali e puxou o pano de musselina.

— Minha, há, grande amiga, Maylee, é dona da padaria na praia. Ela preparou algumas coisas para você.

— A Canto do Mar?

Pela primeira vez, um tom de verdadeiro interesse surgiu na voz de Zelia.

— Ah, você conhece? — perguntou Viv.

Curiosa, a elfa deu uma olhada dentro da cesta, que estava repleta de bolinhos, pães de melaço e bolos recheados embrulhados em papel que exalavam um forte aroma de limão.

Berk riu, uma risada grave e descontraída, e deu um tapa no ombro de Viv.

— Se eu soubesse que a cesta tinha vindo da Canto do Mar, teria deixado vocês entrarem direto.

Pegando um pão de melaço, Zelia foi para o seu trono de almofadas macias e apontou para duas cadeiras cheias de livros em frente à mesa. Partiu um pedaço, enfiou-o na boca e mastigou com evidente prazer.

Enquanto Viv e Fern abriam espaço nos assentos, a elfa engoliu e perguntou:

— Certo, vocês ganharam alguns minutos. Você é a dona, não é? — Ela estendeu o pão doce na direção de Fern. — Seu pai abriu a loja, se bem me lembro. Um nome começando com "R"... Rowan?

— Há, sim, senhora.

Zelia lançou a Berk um olhar divertido.

— Você não me disse que elas me chamaram de "senhorita"?

Berk ergueu o olhar de onde estava, abaixado acariciando a barriga do grifete, e deu de ombros.

— E você... — Zelia estreitou os olhos para Viv, com uma expressão pensativa. — Acho que não a conheço. Ainda não compreendi o que está fazendo na companhia dela. Esses braços não são de livreira.

— Ah, só estou passando algumas semanas na área. Sou amiga da Fern, acho. Tenho ajudado com algumas coisas. E é sobre isso que eu queria falar com...

— Na verdade — interrompeu Zelia, um sorriso astuto se espalhando pelos lábios —, eu *sei* quem você é. Você é a orc que foi trazida para a cidade algumas semanas atrás. Highlark tem sorte de ter escapado com vida.

— Ah, sim — disse Viv, o rosto corando, e, sinceramente, sentindo-se um pouco perseguida. — É, *era* eu, e me sinto péssima por isso. Não estava raciocinando direito por causa da febre, e...

Fern escondeu o rosto nas mãos.

Zelia caiu na gargalhada e deu um tapa no braço da cadeira. Enxugando uma lágrima, gesticulou para elas continuarem.

— Muito bem, estou ficando mais intrigada a cada momento. Na pior das hipóteses, coloco tudo isso em um livro. Continuem. Qual é a proposta?

Viv decidiu que seria melhor desembuchar de uma vez, se quisesse chegar a algum lugar.

— Nós fizemos várias mudanças na livraria e queríamos saber se você poderia fazer uma visita na reinauguração.

— Visita? — A elfa franziu a testa. — Você quer que eu compre livros lá?

— Ah, não! Não, queremos que as pessoas venham para conhecer *você*. Os leitores que amam seus livros.

Zelia estudou Viv.

— Minha cara, por que você acha que eu moro tão longe da cidade?

Viv sabia qual era a resposta que a elfa esperava, mas arriscou:

— Porque herdou uma fortuna e uma enorme propriedade no campo…?

Fern arfou e se virou lentamente para Viv, olhos enormes e incrédulos. Peregrina a observou, a boca se estreitando em uma linha fina, que aos poucos se curvou naquele sorriso astuto.

— Você é uma pessoa interessante, Viv.

— Acho que é a primeira vez que alguém me diz isso.

— Às vezes, até é um elogio — comentou Zelia, dando uma mordida satisfeita no pão doce.

— O que está acontecendo? — perguntou Fern, desamparada.

Berk deu um tapinha gentil no ombro da ratoide, com Paio ronronando em seu outro braço.

— Isso significa que ela vai.

A bolsa ao lado de Viv vibrou em expectativa.

36

—O que acha? — perguntou Fern, segurando uma das grandes folhas e examinando-a com um olhar crítico.

Ela havia acabado de voltar da pequena gráfica na cidade com uma pilha de panfletos. Eles diziam:

✹ **Thistleburr Livreiros** ✹

desde 1343

Novo acervo — Grande reabertura

Promoção única

Com a notável autora local

Zelia Peregrina

Skadi-feira

CALÇADÃO DA PRAIA

Viv olhou para cima, interrompendo sua escrita na lousa, estudou o panfleto e assentiu.

— Acho que dá conta do recado, não?

Elas haviam planejado a reinauguração para coincidir com a chegada da fragata semanal de passageiros, o que lhes dava mais um dia para espalharem os panfletos por todos os lugares imagináveis.

— Aqui estão os seus, então — disse Fern, dividindo a pilha de panfletos em duas.

— Só preciso terminar isto aqui — respondeu Viv, franzindo a testa. — Já refiz esse troço três vezes e continua torto, infernos.

Depois de apagar o texto com um pano, Viv fez o possível para escrever as palavras com giz. Ainda estavam meio inclinadas para baixo e para a direita, mas pelo menos a seta que havia desenhado embaixo estava quase reta.

— Infernos. Não tenho mesmo talento artístico.

Alforje inclinou-se por cima de seu ombro para estudar o resultado.

— Lamentavelmente, concordo.

Viv suspirou e estendeu o giz.

— Fique à vontade.

O homúnculo o pegou com sua mão de ossos.

— Muito obrigado. Você prefere caligrafia clássica ou acha que uma tipografia gótica seria mais apropriada?

— As duas são de escrever?

Ele a olhou com seus olhos azuis brilhantes.

— Há... bem, sim, obviamente.

— Confiamos na sua escolha, Alforje — disse Fern.

Viv se levantou enquanto o homúnculo começava a traçar linhas precisas em locais aparentemente aleatórios por toda a superfície da lousa.

Fern chamou a atenção de Viv ao lhe entregar um martelo e um pacote de pregos, seguidos pelos panfletos.

— Aqui está. Divirta-se com o martelo!

Segurando a ferramenta, Viv a examinou com curiosidade profissional e deu um golpe no ar.

— É bom segurar algo assim de novo. Eu contei que perdi a minha marreta?

Fern revirou os olhos.

— Por favor, não vá esmagar a cabeça de ninguém... pelo menos não antes de comprarem um livro.

— Hum, sim, acho que está satisfatório — disse Alforje, acariciando o maxilar com o dedo esqueletal.

Viv e Fern encararam a lousa, boquiabertas.

Com bordas geométricas impecáveis, Alforje havia escrito as mesmas palavras que Viv, mas em uma caligrafia ornamentada e elegante.

Livraria
Promoção
De reabertura

Uma seta monocromática deslumbrante florescia abaixo das palavras.

— Oito infernos, mas como...? — sussurrou Viv.

— Ficou exagerado? — Alforje pareceu preocupado.

— Não mude nada — disse Fern. — Está perfeito.

Alforje deu um longo suspiro, olhando para os panfletos.

— Gostaria muito de ter conhecido a srta. Peregrina. *Ilha dos pecadores* é uma obra maravilhosa.

Fern e Viv se entreolharam por cima da cabeça dele. Viv pousou a mão no ombro de Alforje. Ainda era estranho tocar o osso de uma criatura viva.

— Talvez você possa. Sabe, se estiver confortável com isso.

— Não — respondeu ele com firmeza. — Não poderia correr o risco.

— Tenho a impressão de que ela tem a mente aberta o suficiente para se acostumar com você, Alforje — disse Fern. — Ela pareceu bem tranquila.

Ele bateu no crânio.

— Refiro-me ao risco para *ela*, caso a Senhora venha a descobrir que nos falamos.

Viv fez uma careta e apertou o martelo.

— Varine ainda vai pagar.

⁓

Elas pregaram os panfletos pela cidade — nas esquinas, do lado de fora do estábulo e em qualquer superfície que sustentasse um prego. Highlark até permitiu que colocassem um do lado de fora de seu escritório, após examiná-lo com sobrancelhas erguidas e uma expressão pensativa.

Viv cruzou com Iridia na rua e lhe deu um leve aceno de cabeça. A tapenti parou para observar sua passagem, e enquanto Viv pregava um panfleto ao lado da entrada de uma hospedaria em frente à guarnição dos Guardiões dos Portões, sentiu os olhos da mulher em suas costas.

Iridia, porém, não fez nenhum movimento para detê-la.

Maylee pregou um na porta da padaria e deixou outro no balcão.

Viv guardou o último para o Poleiro.

— Tudo bem se eu pendurar isto aqui do lado de fora? — perguntou a Brand, deslizando o panfleto por cima do balcão.

Ele deu uma olhada.

— Acho que não tem problema. Há. Você conseguiu fazer a Peregrina nos agraciar com sua presença, é?

— Surpreso?

— Infernos, e como. Só vi a mulher uma vez em todos os meus anos em Murk. Costuma ficar na dela.

Viv deu de ombros.

— Ela me pareceu bacana. Perspicaz.

— Sabe, sempre achei a mesma coisa. Pena que ela não aparece muito. Agora, o Berk, *esse* eu já vi bastante.

— E *você*? Já leu os livros dela? — perguntou Viv.

Brand voltou sua atenção para a caneca de cobre de sempre, suas tatuagens ganhando vida enquanto a esfregava. Com um pigarro, respondeu:

— Parte de um deles, talvez.

Viv apoiou os braços no balcão e baixou a voz.

— Então... Berk e Peregrina. Eles vivem praticamente sozinhos naquela casa enorme. E os livros... Ela precisa tirar aquelas ideias de algum lugar, certo?

— Pois eu acho que escritores devem ter uma boa imaginação — observou Brand. — Porque nem todos podem ser tão sortudos assim.

Na Skadi-feira, Viv colocou a lousa na praia, à vista do desembarque dos passageiros da fragata. O ar estava frio e parado, e a névoa se elevava pelo penhasco como uma onda congelada, abafando o ruído do mar com um silêncio prateado.

No caminho de volta, bateu na porta da Canto do Mar e, quando Maylee abriu, Viv foi abraçada pelo calor e pela fragrância de pão assando. A quietude da manhã se estendeu em sua conversa murmurada enquanto ela abraçava Maylee e lhe dava um rápido beijo na bochecha, deixando o pagamento de Fern no balcão e pegando várias cestas de bolinhos frescos e um pote de creme.

O calçadão rangeu sob seus passos, e as ondas rugiam sua canção matinal. Viv ouviu o relinchar de cavalos e o tilintar de arreios vindo do sul por cima das dunas.

A porta vermelha da Thistleburr ainda exibia a placa FECHADO quando ela bateu, mas Fern a abriu para deixá-la entrar.

O aroma de nozes-pecãs torradas, manteiga e açúcar caramelizado se misturaram ao cheiro ainda fresco de tinta e ao perfume do papel. Pela primeira vez desde que Viv se lembrava, as chamas crepitavam no fogão a lenha, irradiando um calor delicioso. O grifete estava enroscado em um crescente emplumado diante do fogo.

— Deixa eu pegar uma dessas — sussurrou Fern. Em seguida, riu de si mesma. — Estou falando como se fosse espantar o dia.

Paio ergueu a cabeça, e seu rabinho curto começou a bater no chão.

— Não me esqueci de você, rapazinho — disse Viv, agachando-se diante dele para entregar um pedaço de bolinho e outro do bacon que havia guardado do café da manhã.

Ele devorou tudo e esfregou a cabeça na canela de Viv antes de se enroscar para dormir de novo.

Ela deu um suspiro satisfeito ao se levantar.

— Não sei por que sinto como se fosse uma vitória ele me deixar alimentá-lo.

— Hum, sei como é. Senti a mesma coisa quando você terminou de ler *Dez elos na corrente*. — Fern sorriu e apontou para a cesta. — Traga isso para cá.

Elas empilharam os bolinhos em duas travessas ao lado de um bule de chá quente e várias canecas. Quando Fern se deu por satisfeita e considerou que estavam tão prontas quanto poderiam, pegou a bolsa atrás do balcão e usou uma pitada de pó para animar o homúnculo.

Ele deu uma olhada em volta da loja e depois encarou as duas.

— Será um esplêndido dia — disse, a voz vibrando de empolgação. — Zelia Peregrina. Simplesmente esplêndido.

Ele abriu sua caixa em cima do balcão e se derramou lá dentro, os ossos se empilhando e deslizando até estarem todos em segurança. Uma das mãos se ergueu e fechou a tampa, e Viv passou a chave no trinco para deter possíveis clientes curiosos. As chamas azuis de seus olhos piscaram na escuridão da fenda, e sua voz ecoava ainda mais do que o normal:

— Que a fortuna a favoreça, Fern.

Ela deu batidinhas gentis no topo da caixa.

— Obrigada, Alforje.

Então esperaram, ao som das chamas crepitando e dos roncos assobiados de Paio, enquanto Fern arrumava nervosamente os livros na mesa da frente e mexia no fecho de sua capa. Ela havia feito uma pilha com o mais recente lançamento de Zelia Peregrina, *Sede de vingança*, e os volumes anteriores expostos ao redor.

Finalmente, ouviram o som de botas no calçadão e batidas firmes na porta.

Fern afastou a cortina da frente para espiar e então escancarou a porta de uma vez só.

Zelia e Berk aguardavam na soleira. Por algum motivo, Viv esperara que a elfa fosse aparecer vestida como um membro da realeza, mas a escritora usava as mesmas calças de montaria de quando se conheceram, além de botas práticas, uma camisa de linho com mangas largas e um cachecol enrolado no pescoço e jogado por cima do ombro. Seus cabelos prateados estavam presos com um grampo comprido de madeira.

— Puta merda — murmurou Fern, e então guinchou ao perceber o que tinha falado. — Quer dizer, entrem!

— Obrigada, minha cara.

A diversão de Zelia era óbvia. Ela tirou as botas do lado de fora, e, ao entrar, fez a loja parecer menor de repente.

Berk entrou logo atrás, com uma respeitável espada longa na cintura. Ele a retirou ao entrar e a entregou para Viv.

— Só uma precaução, em caso de problemas na estrada — disse com um sorriso.

— Bem — começou Peregrina, apoiando as mãos nos quadris. — É uma loja encantadora.

Fern olhou para o calçadão, então virou a placa na porta para ABERTO antes de fechá-la contra o frio. Ela abriu a boca como se fosse falar, mas ficou completamente paralisada ao ver a sobrancelha da elfa se erguer em uma expressão inquisitiva.

Viv estava desarmada, mas depois de trocar um olhar com Berk, decidiu que provavelmente sabia como salvar o dia.

— Aceita um bolinho? — perguntou, oferecendo a travessa a Zelia.

Houve alguns instantes em que ficaram todos parados no mesmo lugar, fazendo reapresentações interrompidas e tentando um tour excepcionalmente constrangedor de um cômodo que mal tinha algumas passadas de largura. Em determinado momento, porém, Zelia teve pena de Fern e assumiu o controle da situação. Apossando-se de um tinteiro, uma caneta — e mais um bolinho —, acomodou-se em uma das poltronas com uma pilha de livros na mesa ao lado.

A elfa mal teve tempo de tomar um gole de chá antes que a porta da loja se abrisse pela primeira vez.

Era Luca, o pobre anão Guardião dos Portões.

Tímido, ele alisava os bigodes dourados ao entrar, então parou de súbito e arregalou os olhos ao encarar Zelia, que o observava por cima da xícara com uma expressão divertida.

— Srta. Peregrina? — perguntou.

Se ele puxasse os pelos com mais força, Viv achou que acabaria perdendo o bigode.

— Eu mesma — respondeu ela.

Luca olhou em volta, viu a pilha de exemplares de *Sede de vingança* e agarrou um, segurando-o com toda a força.

Aproximando-se com cautela, disse em voz baixa:

— Li todos os seus livros. Há, menos este, claro.

— Gostaria que eu autografasse?

Seus olhos se arregalaram.

— Você faria isso?

Ela estendeu a mão.

— E como é o seu nome?

— Há, Luca, senhorita... há, Lady Peregrina.

— Pode me chamar de Zelia.

Ela pegou o livro, abriu-o, mergulhou a caneta no tinteiro e assinou com um floreio, antes de escrever uma mensagem abaixo de seu nome. Quando devolveu o livro, ele leu a dedicatória e ficou todo vermelho.

Rugas se formaram nos cantos dos olhos de Zelia.

— Tem alguma pergunta, Luca?

Sua voz mal passava de um sussurro quando ele perguntou:

— Posso... posso contar qual foi uma das minhas partes favoritas?

— Luca, acho que você precisa de um bolinho. Sente-se e vamos conversar.

E foi assim que começou.

Viv e Berk observaram do corredor dos fundos, encostados em paredes opostas, ambos com uma expressão semelhante no rosto: um interesse terno e vigilante.

Conforme Viv estudava os clientes que entravam na loja, circulando em pequenos redemoinhos pelo ambiente, sentiu um calor no peito que não vinha do fogão a lenha. A paralisia de tiete de Fern pela presença de Zelia logo evaporou com o fluxo crescente de visitantes. Não havia como continuar assim. Paio costurava seu caminho entre as pernas das pessoas, atento a qualquer migalha que caísse. Poucas de fato chegavam ao chão.

Viv ficou surpresa quando Highlark decidiu aparecer, e achou graça ao ver o nervosismo desajeitado e juvenil de sua apresentação gaguejada para a grande dama.

A risada alta de Zelia e sua voz rouca eram o fio condutor que unia todos no ambiente enquanto ela conversava com leitores, autografava livros e apertava as mãos de todos que tinham ido vê-la.

Viv olhou para Berk.

— Ela nunca fez isso antes?

Ele balançou a cabeça, observando com claro afeto.

— Nunca. Ainda estou chocado que tenha vindo, para ser sincero.

Viv tinha cada vez mais certeza de que ele era mais do que um mero guarda-costas ou valete. Havia algo no olhar dele — triste, mas caloroso.

— Deve ter sido o momento certo — completou ele.

Fern não estava presente para impedir Viv de fazer perguntas, mas ela tentou ser delicada.

— Então, ficam só vocês dois lá na colina? Juntos?

As sobrancelhas de Berk se ergueram.

— Ah, tem o zelador, e algumas pessoas vêm e vão. Mas basicamente somos só nós dois.

— Hum. — Ela deixou o comentário no ar por um minuto.

— Então, você é...?

— Ah, eu sou útil — respondeu ele. — Na maior parte do tempo.

— Claro.

Viv não pôde deixar de pensar na diferença de expectativa de vida entre humanos e elfos, e nos fios prateados no cabelo dele.

O canto da boca de Berk se curvou em um sorrisinho, como se ele tivesse ouvido seus pensamentos.

— Às vezes, o momento certo não existe.

Viv pensou em Maylee e no que ela dissera sobre ver as pessoas através de uma janelinha enquanto passavam, e em como nada parecia acontecer exatamente quando deveria.

Então viu o rosto de Fern, iluminado e risonho, enquanto ela colocava um livro em mãos que provavelmente precisavam dele.

— E, às vezes, ainda não somos a pessoa certa — murmurou Berk.

Embora os dois tivessem pessoas diferentes em mente, Viv achou que talvez estivessem pensando exatamente a mesma coisa.

Fern desabou na poltrona com um suspiro explosivo e exausto. Paio saltou para o colo dela, ainda energizado pelo dia, dando voltas até encontrar uma posição confortável.

Viv estava prestes a trancar a loja quando ouviu uma batida mais abaixo na madeira. Ela entreabriu a porta e encontrou Maylee parada no degrau, espiando pela fresta como se quisesse ter certeza de que a loja ainda estava ali.

— Como foi? — perguntou ela em um falso sussurro.

Fern riu e gesticulou para a loja.

— Melhor do que eu poderia ter esperado. E nem um único bolinho sobreviveu.

Restavam apenas migalhas nas travessas no balcão, e embora as prateleiras certamente não estivessem vazias, pareciam menos cheias. Cada exemplar que trazia o sobrenome Peregrina na capa havia sido vendido, e muitos outros também. Quando a pilha dela acabou, os clientes começaram a pedir a Zelia que autografasse livros de *outros autores*, um pedido que ela atendeu com um sorriso muito divertido.

Peregrina ficara até o fim, após o último cliente partir, quando Berk a conduziu porta afora e nevoeiro adentro enquanto prendia a espada longa na cintura.

— Fico feliz por você, meu bem — disse Maylee, dando um tapinha no ombro de Fern. Paio esticou o pescoço para farejar seu avental, na esperança de que houvesse algo escondido ali para ele.

Depois de trancar a porta, Viv abriu a caixa de Alforje, e ele surgiu em um cair de ossos hipnotizante.

— Sinto muito por você ter ficado preso aí o dia todo — disse, franzindo a testa.

Maylee se aproximou de Viv e passou o braço pela sua cintura.

— Foi um prazer observar — respondeu ele. — Mesmo assim. Não tenho memórias dos tempos antes... disto, e, no entanto, conheço o calor de uma lareira, embora não possa senti-lo. Hoje foi assim. Saber como é uma sensação, sem poder vivenciá-la.

O braço de Maylee a apertou com mais força e, quando Viv olhou para baixo, viu que o rosto da padeira estava consternado.

— Deuses, isso não é justo.

— Acho que está na hora de tirar você daqui — disse Viv ao homúnculo. — Amanhã. A Gallina vai acabar se cortando de tanto bater aquelas facas umas nas outras se ficar mais tempo esperando. Você disse que queria ajudar com os espinodorsos, não? Então vamos. Já passou tempo demais dentro de uma caixa.

— Espinodorsos? — perguntou Maylee.

— Infernos, eu não te contei — admitiu Viv. — É só uma caçada ao sul daqui. Gallina que encontrou. As ovelhas de alguma fazenda estão sumindo. Não deve ser nada de mais. — Estava prestes a minimizar ainda mais a empreitada, mas pensou melhor, e em vez disso perguntou: — Você não quer ir, quer? Já faz tempo, mas talvez...

— Imagina. — Maylee deu um tapinha na perna de Viv, olhando para cima com um sorriso tenso. — Tenho muita coisa para fazer, e só atrapalharia vocês.

Viv se lembrou de Berk dizendo:

Às vezes, o momento certo não existe.

Quando Alforje teve certeza de que ninguém falaria mais nada, disse:

— Será um prazer.

— Viu, Fern? Você pode dormir até mais tarde amanhã — disse Viv.

Mas Fern já estava dormindo, seu ronco suave ecoando o do grifete em seu colo.

37

Viv e Gallina saíram silenciosamente do Poleiro naquela hora fresca antes do amanhecer, o ar carregado com o cheiro de areia úmida e madeira molhada. O céu estava claro; a névoa do dia anterior se afastara da costa ou subia pelas colinas ao norte. A lua era uma grande moeda prateada no céu, envolta num halo fantasmagórico da própria luz.

Viv tentava afastar a ansiedade que a mantivera acordada metade da noite. Contara seus planos a Brand — provavelmente com detalhes suficientes para deixá-lo irritado —, caso Rackam aparecesse enquanto ela estava fora. A ideia de perder a chegada dele por estar perseguindo algumas pestes locais era insuportável.

Além disso, havia a preocupação que a perseguia dia e noite: a de que os Corvos não aparecessem. Nem queria imaginar qualquer das possíveis razões para algo assim.

Estando o livro sob os cuidados de Iridia e com Alforje a acompanhando, Viv convencera-se de que assim Fern e Maylee não correriam grande perigo.

Ou quase.

— Não acredito que está trazendo *os dois* — disse Gallina com uma risadinha, mantendo a voz baixa.

Viv deu de ombros, sentindo Sangue-Preto se mover contra suas costas e tateando o pomo do sabre.

— O terreno faz diferença. É melhor ter opções.

A bolsa de Alforje balançava em seu quadril.

Gallina revirou os olhos, mas não discutiu enquanto desciam depressa até a estrada principal no ponto em que emergia das longas fileiras de construções de madeira mais próximas da praia.

— Tem certeza de que arranjaram uma mula? — perguntou Viv. — Não quero ir a pé o caminho todo.

— Aham, a menos que tenham me ignorado. Eu sei. *Nada de cavalos.*

De fato, havia duas mulas. Estavam presas a uma carroça baixa, mordiscando sem muito gosto os poucos ramos de capim que conseguiam alcançar. Um feérico de mar as aguardava sentado com as pernas compridas no banco do carroção, terminando o café da manhã, um lampião ao lado.

— Sabe para onde vamos? — perguntou Gallina, erguendo a voz.

— Sei — respondeu ele, lambendo os dedos e pegando as rédeas. — Precisa de ajuda para subir?

— Claro que não — retrucou Gallina.

Ela jogou uma pequena bolsa de viagem na traseira e subiu com um salto ágil; Viv fez o mesmo. Havia algumas sacas de grãos ali, empilhadas na parte da frente, para servir de assento. Viv retirou as armas, e as duas se acomodaram. Depois que ela deu uma batidinha no encosto do cocheiro, o homem bateu as rédeas, e eles partiram.

Por um acordo tácito, ficou decidido que era cedo demais para conversar. Viv passou a Gallina um dos pãezinhos adormecidos que guardara no bolso do casaco, e as duas comeram em um silêncio agradável.

Por um tempo, só se ouviam os zurros das mulas, o estalar ocasional do couro e o sacolejar da carroça. Um pouco mais tarde, esses sons se somaram ao ronco do estômago de Gallina.

— Metabolismo de gnomo, é? — perguntou Viv.

Gallina enfiou a mão na bolsa de viagem e pegou uma linguiça curada. Então se lembrou dos pãezinhos divididos e, a contragosto, ofereceu outra a Viv. Depois de uma pausa, tirou também uma das facas da bandoleira e passou adiante também.

Viv aceitou ambas, mas não começou a comer.

— Você já fez isso antes?

— Andar de carroça? — Gallina revirou os olhos.

— Caçar feras.

A gnoma abriu a boca para dar uma resposta atravessada, mas então mudou de ideia. Em vez disso, cortou um pedaço da linguiça e o colocou para dentro. Mastigou bem devagar e então murmurou:

— Mais ou menos.

Viv se lembrou de como Gallina a pressionara sobre Maylee lá no penhasco.

— O que aconteceu?

Gallina a encarou com um olhar feroz.

— Eu dou conta do trabalho. Eu...

— Não falei que não dava. — Viv ergueu a mão para interrompê-la. — Você me perguntou o que aconteceu comigo uma vez, e eu contei. Nada mais justo que eu perguntar o mesmo. Somos iguais, não é?

— Eu devia ter te feito trazer um livro. Aí podia ler e me fazer dormir.

— O que você fazia antes de Murk?

A gnoma encarou a linguiça com grande hostilidade.

— Eu me juntei a uns mercenários que encontrei em Cardus. Pelo menos, foi o que pensei. Acho que não causei uma boa impressão.

Gallina esperou, desafiadora, por alguma zombaria de Viv que não veio.

— A gente tava caçando um bando de ladrões. Uns ladrões bem meia-boca, aliás. Se você vai roubar alguma coisa, por que *pergaminhos*? Mas, enfim, eles estavam acampados numa floresta ao sul da cidade, então a gente foi pra área e montou acampamento por lá também. A floresta era grande, então a gente precisava cobrir o máximo de terreno e achar eles logo. Nos separamos, nós quatro, pra fazer reconhecimento.

Ela parou de falar e pesou o quanto queria contar. Viv deixou.

— Eu tava lá, fazendo a minha parte, avançando escondida, indo pro leste rente a um barranco seco do rio. Bem fundo. Só que o chão de repente... — Ela fez um barulho de sopro e sacudiu a linguiça. — Sumiu, bem debaixo dos meus pés, e eu despenquei. Foi uma queda feia. E não dava pra escalar de volta. Era pedra dura e bem reta. Então segui o leito do rio, procurando alguma parte mais inclinada. Mas sabe o que gosta de viver em leitos de rios secos assim?

— Alguma coisa que caça presas que não podem escapar — disse Viv.

— Sapos-pedra. Do tipo venenoso. Um montão. Claro que dei cabo deles. — Gallina deu um tapinha nas facas cruzadas no peito. — Mas já era noite de novo quando consegui sair.

— E aí?

— Aí que eu achei que era melhor voltar pro acampamento, ver o que estava acontecendo. Mas eles já tinham ido embora, os três. Desmontaram tudo e deram o fora.

— Não esperaram nem um dia?

Gallina não olhou para ela, mas para as colinas que ficavam para trás.

— Fui a pé até Cardus, e lá estavam eles, contando a recompensa. Capturaram os ladrões enquanto eu andava por aí matando sapos. Nem precisaram de mim, imagino, capaz até de terem esquecido que eu existia.

Viv observou o rosto da gnoma. A linguiça continuava no colo dela, intocada.

— Bando de desgraçados — disse Viv, com sinceridade.

Gallina fungou e limpou o nariz.

— Bom, não foi de todo ruim. Descobri que tem gente que paga muito bem por língua de sapo.

Viv estendeu a mão e apertou o ombro dela.

Então as duas se recostaram na carroça e terminaram as linguiças.

Quando acabaram de comer, Viv respirou fundo, deixou o ar frio invadir os pulmões e viu a noite se dissolver no campo.

Distraída, passou o polegar pelo gume de Sangue-Preto, pensando no que estava por vir, e sentiu como se estivesse despertando de um sonho que durara semanas.

Quando chegaram à tal fazenda, o sol já tinha nascido, e os últimos fiapos de névoa se dissipavam dos campos no calor da manhã. A propriedade consistia em um chalé, algumas construções anexas e cercados, um celeiro comprido com telhado de palha e uma horta espaçosa, com campos cheios de montes de feno em volta. Nas encostas acima do vale, carvalhos robustos cresciam aglomerados.

Ouvia-se o balido das ovelhas que despertavam, ansiosas pela ração matinal, e o latido de um grande cão ecoando por todo o vale.

A dona da fazenda estava sentada num banquinho quando as mulas pararam na curva que a estrada fazia em frente ao chalé. Mesmo sentada, dava para ver que a mulher era alta. Magra e forte, com cabelos grisalhos imponentes, ela fumava um cachimbo, acenando para que se aproximassem.

— Então, finalmente alguém de Murk decidiu vir dar uma olhada? — perguntou, sem tirar o cachimbo da boca.

Viv e Gallina saltaram da carroça e se espreguiçaram.

A fazendeira as olhou de cima a baixo, fixando a atenção em Viv enquanto ela recolocava a espada grande e o sabre.

— Meg — apresentou-se.

— Olá, Meg — respondeu Gallina, exibindo o papel oferecendo a recompensa. — Continua tendo problemas? Tomara que a gente não tenha vindo até aqui pra nada.

A fazendeira soltou uma risada amarga ao se levantar.

— Ah, se continuo. Tenho que manter o rebanho por perto e nem arrisco ir até os pastos ao sul com elas. Mas agora os bichos deram para aparecer por aqui ao anoitecer. Só me resta trancar a porta, colocar o cão pra dentro e esperar.

— Estão levando as ovelhas à noite? — Viv examinou os cercados, que pareciam intactos. — Você conserta as cercas depois que quebram?

— Não vêm toda noite, mas quase. E, quando aparecem, sempre me faltam algumas cabeças pela manhã. Engraçado é que não estragam as cercas. Devem pular — supôs, balançando a cabeça.

— Sangue?

— Normalmente, não.

Viv franziu a testa.

— Não parece ser um espinodorso.

— Você já viu algum? — perguntou Gallina para Meg.

— Uma ou duas vezes. Acho que tem um ninho perto do prado, duas colinas ao sul. E aquele barulho que eles fazem? Tipo pedras se esfregando? Não dá pra esquecer tão cedo.

— Tudo bem — disse Viv. — É só mostrar pra que lado a gente deve ir e vamos ver o que podemos fazer. Nosso cocheiro pode ficar aqui com você?

Meg assentiu.

— O chá tá no fogo — gritou para o feérico de mar.

Viv olhou para o sul, para as colinas cobertas de carvalhos e, supostamente, para o tal prado além. Já tinha visto — e abatido — muitos espinodorsos, e estava ficando cada vez mais cética com aquela história.

⁂

Quando elas alcançaram os carvalhos, Viv pediu para que parassem e tirou a bolsa de couro do ombro.

Colocando-a no chão, pegou um dos frascos lá dentro, tirou a rolha com os dentes e colocou uma pitada de pó nos ossos de Alforje com algumas batidinhas do indicador.

Enquanto fechava a pequena garrafa de volta, Alforje se montou em um turbilhão perolado, iluminando-se com um azul vívido conforme a consciência tomava suas órbitas.

— Não sei por que estou tão preocupada — disse Viv, pendurando a bolsa no ombro e se levantando. — O que poderia ferir você?

— Garanto que não há motivo para preocupação — declarou ele, a voz oca sem deixar dúvida.

— É. Mas, na minha experiência, espinodorsos gostam de triturar ossos com os dentes. — Ela fechou o punho para demonstrar. — Fico me sentindo culpada por você não ter uma arma nem nada do tipo.

Alforje fez um floreio com a mão, e as falanges se afinaram em pontas compridas e ameaçadoras.

Gallina assobiou.

— Bom, me convenceu.

Juntos, os três cruzaram algumas colinas baixas, e um terreno mais montanhoso subia à esquerda, com alguns carvalhos esparsos. Ao chegarem a um cume, avistaram uma campina irregular. A grama alta ainda estava coberta de orvalho.

O grupo assustou alguns tetrazes, mas, exceto pelo burburinho distante das ondas, só havia o farfalhar de seus pés pisando na grama e os resmungos de Gallina sempre que uma folha a acertava no rosto.

Enquanto Alforje avançava ao lado delas, Viv não pôde deixar de observá-lo de soslaio, surpresa com o silêncio e a postura alerta dele, uma agressividade que nunca vira no homúnculo até então. O primeiro indício de sua ameaça em potencial tinham sido aqueles dedos letais, e esse pressentimento crescera até se transformar em uma inquietação.

Embora ela estivesse quase convencida de que nada daquilo fosse importar, afinal.

Não havia sinais das feras: nada de grama amassada ou terra revirada, nenhum indício de caça. Espinodorsos faziam muita bagunça com suas refeições e largavam restos por todo lado. Se havia algum na área, não devia estar próximo — e Viv estava cada vez mais convencida de que o bando deixara a região.

Ainda assim, tinham viajado até ali. Não havia motivo para não procurarem. Ela estava impaciente, mas sabia ser meticulosa. Pelo menos, era o que dizia a si mesma.

Vasculharam a campina e começaram a avançar pelos vales rasos entre as colinas do outro lado, pontilhados de xisto e rochas despontando do solo.

— Mas que infernos — resmungou Gallina, afastando outro tufo de grama na altura de seus olhos.

Viv ficou aliviada por ser ela a finalmente reclamar.

— Vamos procurar por mais uma hora, pelo menos — sugeriu, examinando a encosta em busca de sinais de um covil ou toca.

Alforje subia à frente delas, escalando as pedras com rapidez e saltando o xisto. Ele era incrivelmente ágil, e pequenos lampejos de luz azul percorriam as inscrições nos braços e pernas conforme se movia.

De repente, ele ficou imóvel e olhou para a esquerda. Viv parou onde estava, seguindo seu olhar. Havia um monte de pedras no meio de uma vegetação rala.

O homúnculo fez um sinal para elas. Viv gesticulou para Gallina, que vinha logo atrás, cansada da subida devido às pernas mais curtas.

Juntaram-se a Alforje para examinar o que ele havia encontrado. Leques de terra remexida ladeavam a entrada onde algum animal cavara uma caverna natural, abrindo mais espaço. Estilhaços de ossos quebrados pontilhavam o solo revirado. Viv teria que engatinhar para entrar, mas Gallina ou Alforje talvez conseguissem adentrar sem muito esforço.

O que seria uma tolice, claro.

— Eles estão lá dentro — sussurrou Alforje, um assovio sinistro na voz ecoante.

— Como você sabe? — questionou Gallina.

— Por causa do que eles tocam — respondeu ele, enigmático.

E então, como se em resposta, um som parecido com uma pederneira arranhando granito ecoou da caverna.

— Ora... Tem *mesmo* um covil de espinodorsos aqui — disse Viv. — Vão ter que sair. Ninguém vai entrar aí.

Ela retirou o sabre da cintura e o escondeu, junto com a bolsa, atrás de uma rocha. Depois pegou Sangue-Preto, deixando o peso confortável se espalhar pelos músculos até o ombro.

Viv já estava com a mão na boca, sugando ar para gritar, quando se deu conta e parou. Seus companheiros a observavam, na expectativa.

— Não é muito complicado — disse. — Vou fazer barulho, e eles vão sair correndo. Aí acabamos com eles. Não são muito espertos. Vou ficar aqui para ser um grande alvo, e depois...

Ela ergueu Sangue-Preto em um gesto sugestivo. Gallina já tinha um par de adagas nas mãos e olhou feio para Viv.

— E deixar você se divertir sozinha? Nem a pau. Esse pedação de metal aí vai ser muito lerdo. Vou ficar lá em cima.

Ela apontou para a saliência de pedra que despontava acima do túnel e, sem esperar resposta, começou a andar. Viv quase protestou, mas observou a gnoma contornar os arbustos em silêncio até o tufo de seu cabelo arrepiado surgir acima do túnel. As lâminas dela reluziram ao sol.

Viv lançou um olhar de relance para Alforje.

— Esse é o máximo de planejamento que eu faço, em geral. Está pronto?

— Completamente — respondeu ele.

Viv esperou um pouco, caso ele precisasse de um tempo para fazer o truque com os dedos afiados de novo, mas Alforje só ficou parado.

Bem, não esperava precisar da ajuda dele, de qualquer maneira.

E a orc estava impaciente para voltar a viver no limite outra vez.

Tomando um longo fôlego, gritou a plenos pulmões:

— Ei, seus desgraçados!

Como grito de guerra, deixava a desejar, mas eram só umas bestas burras.

Seu berro ecoou nos penhascos a leste e, quando o som morreu, restou apenas o silêncio.

Eles ficaram atentos a qualquer sinal vindo da boca escancarada da toca.

— Tem certeza de que estão aí dentro? — sibilou Gallina, erguendo a cabeça.

Então o primeiro espinodorso surgiu da escuridão.

O corpo era esguio, meio lupino, as costelas visíveis sob a pele, o dorso escamado coberto de fileiras e mais fileiras de espinhos pedregosos. Os olhos eram brancos e brilhantes, e a mandíbula escancarada, cheia de dentes afiados como estacas quebradas.

Viv girou Sangue-Preto em um arco lateral, pegando a criatura no meio do salto. A pedra do dorso estilhaçou-se com um estrondo apavorante, e a fera foi lançada encosta acima, quase dobrada ao meio. O rugido grave se aquietou como rochas rolando por uma ribanceira.

Viv estava vagamente consciente de um brilho azulado à sua direita enquanto Alforje fazia... algo. Os fragmentos de ossos no chão começaram a se mexer, como se a terra estremecesse.

Não havia tempo de pensar naquilo; outros dois espinodorsos emergiram da toca. Gallina mergulhou em cima de um deles, correndo uma adaga entre as costelas enquanto cravava a outra na barriga da besta.

Viv abriu um sorriso selvagem, já atacando com a espada grande na volta do golpe anterior, erguendo a lâmina para atingir o animal bem no peito.

Estava tão empenhada no golpe que, quando um vulto surgiu à sua esquerda, não havia nada a fazer além de trincar os dentes e erguer o cotovelo.

Só teve tempo de pensar, com irritação distante: *então tem outra saída nesse buraco dos infernos.*

O golpe do cotovelo salvou suas costelas dos dentes do espinodorso, fechando a mandíbula do bicho com força, mas não conteve seu ímpeto. Ele a atingiu com tudo, fazendo Viv rolar pelo chão.

Embora o golpe da espada grande tivesse sido atrapalhado, ainda atingiu o alvo original. O espinodorso uivou e caiu, arrancando Sangue-Preto das mãos de Viv e rolando de cabeça para baixo num emaranhado de patas e dentes.

De repente, Viv estava caída de lado, sem ar, girando para erguer as mãos e apertar a garganta da criatura em cima dela. A mandíbula do espinodorso se fechava a poucos centímetros de seu rosto, e o bafo horrendo atingiu sua bochecha junto com alguns respingos de saliva. Ela conseguiu envolver o pescoço da fera e apertar, preparando-se para empurrá-lo, mas o ângulo não ajudava.

Ouviu o grito distante de Gallina e um zumbido acompanhado de um chacoalhar em algum lugar acima de sua cabeça. Um clarão azul incandescente a fez semicerrar os olhos, e então o ar foi preenchido pelo som de um enxame de vespas.

O espinodorso guinchou e estremeceu como se estivesse sendo golpeado de todas as direções ao mesmo tempo. Algo quente e úmido espirrou sobre Viv, e a criatura se contraiu, retorcendo-se com vários espasmos, depois desabou, inerte de repente.

Viv se virou e lançou a fera para o lado, olhando em volta, atordoada.

O bicho não estava vivo o suficiente nem para dar seu último suspiro.

Inúmeros fragmentos de ossos o haviam perfurado de todas as direções imagináveis.

Viv conseguiu se pôr de joelhos e olhou para Alforje, o brilho azul recuando nas inscrições pelos membros dele. As chamas de seus olhos estavam brancas de tão quentes, mas já começavam a diminuir.

— Que merda foi essa? — disse Viv.

Gallina cambaleou até os dois.

— Oito infernos. Você...

Ela mexeu a mão no ar e fez um som de ar passando rápido. Alforje deu de ombros, e Viv achou que ele parecia quase constrangido.

— Ossos — disse à guisa de explicação.

— Pelos deuses, essa foi uma surpresa e tanto — comentou Gallina, bufando. — Quando você disse que servia a sua Senhora, achei que fosse tipo... servir o chá dela.

˜

Viv arrastou os quatro espinodorsos mortos para perto, examinando-os.

— Tem algo errado — declarou.

— É o fedor deles, só isso — retrucou Gallina, fazendo careta.

— Não. Estavam passando fome. Olhe só pra eles.

Espinodorsos não eram belos, nem de longe, mas aqueles quatro eram exemplares deploráveis: as costelas pronunciadas, o couro com várias falhas. Esqueléticos.

— Os ossos já estavam aqui há vários dias — observou Alforje, mexendo em um dos estilhaços.

— Então o que tá comendo as ovelhas? — perguntou Gallina.

— Comendo. Ou roubando — corrigiu Viv. — Não sei. Talvez não seja nada. Mas parece que esses espinodorsos foram acuados e se esconderam na toca. Poucas coisas deixam esses bichos com medo. São burros demais pra isso. Talvez haja algum outro predador por aqui?

— A *recompensa* é só pelos espinodorsos — observou Gallina, ocupada cortando troféus de cada uma das feras, para provar que o serviço fora feito.

Viv suspirou.

— Não me parece certo deixar o trabalho inacabado.

— Bom, aquele cocheiro não vai esperar pra sempre — insistiu Gallina, terminando a tarefa nojenta.

Colocando o sabre na cintura, Viv pegou a bolsa de Alforje.

— Quanto a isso não tem discussão. Eu é que não quero voltar para casa a pé.

⁓

Alforje se enfiou bolsa adentro antes que surgissem entre as últimas árvores próximas à fazenda.

Ao se endireitar e pendurar a alça no ombro, Viv parou e farejou o ar.

O cheiro no vento.

Sangue e inverno.

Os pelos da nuca se arrepiaram, e um calafrio percorreu seus braços.

— Esperem aqui — ordenou, já começando a se afastar.

— O quê? — exclamou Gallina. — Infernos, o que você tá fazendo?

— Só um segundo! — gritou de volta.

Ela seguiu o odor e, embrenhando-se na floresta, chegou a uma clareira sombria e encontrou as ovelhas desaparecidas — ou o que restava delas.

Mas foram as outras coisas que encontrou que fizeram seu sangue gelar.

— Isso é o que acho que é? — perguntou em voz baixa, abrindo a aba da bolsa.

O crânio do homúnculo surgiu para espiar o que ela indicava.

— Ah, não — gemeu Alforje, a voz carregada de pavor.

Quando Meg atendeu à porta do chalé, Viv a pegou de surpresa ao agarrar sua mão e conduzi-la a passos rápidos até um trecho de terra nua.

— Já viu isso antes? — perguntou e, com a ponta de um graveto, desenhou um símbolo na terra.

Um diamante com dois galhos como chifres.

Viv só precisou ver a surpresa no rosto da fazendeira.

— Há quanto tempo? — questionou.

38

As mulas avançavam rumo ao norte com uma lentidão agonizante, e era impossível convencer o condutor a fazê-las se apressarem.

— Não tenho mulas pela velocidade — resmungou ele. — Elas estão fazendo o que podem.

Viv cerrou os dentes, se perguntando se a ameaça de mortos-vivos o faria acelerar. Mas, provavelmente, se soubesse o que podia estar esperando por eles, o cocheiro talvez desse meia-volta e seguisse na direção contrária.

Ela era capaz de correr mais rápido do que aqueles animais de passo arrastado, mas embora a perna estivesse quase curada, seria insensato forçá-la por uma distância tão grande.

No fim, só lhe restava ficar ali sentada, remoendo a raiva, tamborilando a lateral do carroção e lançando olhares fulminantes para a paisagem pacífica que passava devagar.

Não ajudava em nada o fato de ainda sentir no vento o cheiro dos mortos-vivos. Ou, pelo menos, achava que sentia. Seus pensamentos eram preenchidos por imagens de Maylee enfrentando inumanos com sua velha maça, e a livraria de Fern em chamas.

Gallina lhe lançou alguns olhares pensativos durante a viagem, mas sabia que não era uma boa ideia discutir os medos de Viv na frente do cocheiro.

A carroça seguiu seu caminho enquanto o sol mergulhava no mar como ferro quente na têmpera, e a noite azul o perseguiu colina abaixo.

Elas ouviram os sinos antes mesmo de Murk surgir no horizonte, as badaladas distantes e solenes. Faltavam apenas uma ou duas colinas baixas para chegarem à periferia da cidade, e Viv não aguentava mais esperar, ainda mais com aquele badalar concretizando seus piores medos. Ela saltou da lateral da carroça com Alforje no ombro, aterrissando com força na areia.

Gallina fez menção de segui-la, mas Viv a agarrou no meio do pulo, ignorando o guincho da gnoma e pendurando-a nas costas como uma capa, montada em Sangue-Preto. Viv só a soltou quando Gallina passou os braços ao redor de seu pescoço.

— Você só pode estar de brincadeira — sibilou a gnoma.

— Segura firme.

— O que você acha que tá fazendo? — gritou o cocheiro, puxando as rédeas das mulas.

— Uma estupidez — respondeu Viv, disparando em uma corrida alucinada, os joelhos de Gallina cravando-se em suas costas a cada passada.

A cidade, os prédios de madeira no entorno e as dunas ao redor — tudo parecia sereno. Só o som dos sinos revelava que algo estava errado.

Viv cruzou o cume da última colina em alta velocidade, a areia voando a cada passo, o suor já escurecendo a túnica. A respiração de Gallina era quente contra seu pescoço, e a gnoma grunhia a cada vez que se chocava com a espada grande.

Viv esperara encontrar fogo, gritos, um exército de mortos-vivos, mas não havia nada disso à vista.

Depois de algumas semanas de treinos leves e recuperação física, seus pulmões ardiam em uma corrida que, poucos meses antes, teria sido fácil. Mesmo assim, ela não diminuiu o ritmo, disparando pelo último trecho da estrada antes de se bifurcar rumo ao Poleiro.

— Não estou vendo nada — disse Gallina.

— Mas você já ouviu esses sinos tocarem antes? — ofegou Viv.

Os braços da gnoma a apertaram um pouco mais, e Viv pôde sentir que ela negava com a cabeça.

— Devem estar dentro das muralhas.

Não tinha certeza, mas pensou ouvir gritos distantes. Vislumbrou o bruxulear dos lampiões na janela da Thistleburr.

Viv parou em frente ao prédio, arfando. Gallina se soltou de suas costas, aterrissando atrás dela.

— É tipo montar um cavalo de pedra — reclamou a gnoma.

Fern ou Maylee? Viv ficou paralisada pela súbita indecisão. Mas só uma opção fazia sentido: precisava ir para a cidade e encontrar Iridia.

— Vá ver se Fern está bem — ordenou, apontando para a porta vermelha. — Tranque a porta depois de entrar.

— O que *você* vai fazer? Não vou ficar sentada com um monte de livros enquanto alguma coisa interessante finalmente tá acontecendo.

— Vou ver se Maylee está bem. Você não precisa *ficar*. Só veja se Fern está bem e em segurança.

Sem esperar Gallina discordar outra vez, Viv saiu andando.

A Canto do Mar estava trancada — o que era bom —, mas Viv sentiu cada segundo se arrastar enquanto esmurrava a porta. Sua vontade era recuar alguns passos e arrombá-la de vez, e se não precisasse trancar a porta depois que fosse embora, talvez tivesse feito mesmo isso.

O badalo dos sinos estava mais alto ali, e ela duvidava que Maylee estivesse dormindo com tanto barulho. Padeiros costumam deitar cedo, e ela devia estar rolando na cama lá em cima.

Na realidade, não demorou muito até avistar a claridade do lampião de Maylee brilhando pela janela, mas a sensação foi de que levou uma eternidade. Quando Maylee abriu a porta, Viv ficou surpresa com a intensidade do alívio que sentiu.

— Você voltou — bocejou a anã. Ela ergueu o lampião para iluminar o rosto de Viv.

— Não sei quem faz mais barulho, você ou os sinos.

Viv segurou-a pelos ombros, inclinou-se e a beijou na boca.

— Ora, olá pra você também, meu bem — murmurou Maylee.

— O que esses sinos *significam*? — perguntou Viv, e o tom sombrio de sua voz espantou os últimos resquícios de sonolência do rosto de Maylee.

— Um incêndio, talvez? Não vi nada daqui. Não tem nada que a gente possa fazer. — A anã então pareceu perceber que Viv estava com duas lâminas. — Espera aí...

Viv lançou um olhar por cima do ombro, quase esperando algum esqueleto cambaleante se aproximar pelo calçadão.

— Acho que não é um incêndio. Você ainda tem aquela sua maça lá em cima?

— Tenho.

— Vá buscar. Fique acordada. Tranque a porta de novo quando eu sair. Não deixe ninguém entrar.

Maylee estreitou os olhos.

— Se for por causa *dela*, eu deveria ir com você. Ainda consigo...

— Não. Quando foi a última vez que você usou aquela coisa? Só quero que fique segura.

— Bom, eu quero o mesmo. — Maylee cutucou a barriga de Viv com o dedo. — Aonde você vai?

— Buscar um livro.

~~~

Os gritos foram ficando mais audíveis conforme Viv corria em direção à entrada da fortaleza. Um brilho dourado ultrapassava a parte de cima das muralhas, mas não parecia vir de um incêndio descontrolado. Lampiões brilhavam nas plataformas da fortaleza, e os sinos seguiam badalando, ensurdecedores.

Ao seu lado, a bolsa estremeceu, e Viv se sobressaltou quando os dedos esqueléticos saíram e a agarraram.

Ela parou derrapando e tirou a alça do ombro. O homúnculo abriu a aba da bolsa sozinho, crânio e um dos braços surgindo, as órbitas brilhando com chamas azuis.

— O quê? O pó...

— Restou o bastante para isto — interrompeu ele. — Rápido! Precisa me deixar sair.

— Estou indo para *lá*. Vou pegar o livro. — Ela apontou para as muralhas. — Quer que alguém te veja e te destrua? Você ainda não conheceu Iridia. Não tenho tempo de explicar quem você é, e ela ainda não gosta muito de mim. Não acho que vá gostar de você também.

— Ela não vai me ferir. Não pode. Nem qualquer mortal dentro daquelas muralhas.

Sua voz trazia uma certeza fria. A lembrança de um espinodorso perfurado por inúmeros fragmentos de ossos veio à mente de Viv, pondo fim às suas incertezas.

— Sua Senhora pode já estar lá dentro — avisou ela.

— Se estiver, prefiro encará-la de pé.

Ela hesitou, então se ajoelhou e polvilhou seus ossos mais uma vez, só para garantir. Assim que ele se recompôs ao lado dela, Viv agarrou a bolsa de volta.

— Vamos.

A entrada da cidade estava sem guardas, e os temores de Viv se transformaram em certeza. Alforje acompanhou seu ritmo admiravelmente bem enquanto ela disparava pela areia, a respiração pesada, mas regular.

Um berro curto e agudo se ergueu acima dos outros gritos e chamados.

Ao contornar uma imensa coluna próxima ao portão, seus passos finalmente ecoando nas pedras do calçamento, ela parou, e foi atingida por uma sensação surreal de estar vendo dobrado.

Figuras esqueléticas, de sorrisos ossudos e órbitas iluminadas por uma luz azul, lotavam a rua da feira. Guardiões dos Portões combatiam os invasores em toda a sua extensão, e Viv sentiu como se estivesse de volta à floresta, enquanto os Corvos de Rackam golpeavam os servos necromânticos de Varine. Havia dezenas de inumanos, o dobro do número de Guardiões dos Portões naquela via. Quantos lotavam as vielas laterais?

— Merda — sussurrou.

— Onde está o livro? — perguntou Alforje.

Viv tirou Sangue-Preto das costas, arreganhando os dentes, pronta para se lançar ao combate mais uma vez, reduzir os inumanos a pó...

— O *livro*? — insistiu Alforje.

Ela rosnou, balançando a cabeça para recobrar o foco.

— Está com Iridia. Os Guardiões dos Portões.

— Precisamos recuperá-lo. Antes.

Ela fechou os olhos.

— Você tem razão. Consegue fazer aquela coisa com os ossos de novo?

— Não com essas criaturas. Pertencem a ela.

— Então me siga — disse Viv, avançando em disparada.

As portas estavam trancadas, o povo da cidade sem dúvida escondendo-se atrás delas, embora alguns moradores espiassem das janelas altas, apontando e gritando. Os Guardiões dos Portões de Iridia desesperadamente tentavam repelir o avanço dos mortos-vivos pela rua. Viv procurou algum sinal da tapenti em meio ao confronto, mas não a viu.

Ela analisou o caminho adiante, planejando uma rota, e quando chegou ao inumano mais próximo, girou Sangue-Preto em um golpe diagonal que pulverizou a caixa torácica do inimigo. O crânio voou para longe, girando.

O Guardião dos Portões que lutava contra ele, um elfo, a encarou assombrado, mas Viv nem mesmo diminuiu o ritmo. Continuou abrindo caminho pela confusão, escolhendo alvos oportunos e estraçalhando-os como se fossem troncos podres.

Viv partia pernas ossudas, enfiava a lâmina entre as costelas a cada golpe de retorno e arremessava inumanos para longe em uma confusão de ossos cinzentos. As luzes azuis em suas órbitas se apagavam conforme se desintegravam, e ela rugia em triunfo. Nem se preocupou em procurar Alforje — ou ele a acompanharia, ou não.

Ela continuava vagamente ciente de seu objetivo. O *livro*. Mas a Viv do presente — a *verdadeira* Viv — estava ocupada com toda a selvageria que podia praticar pelo caminho. Sorria, exultante, irrestrita.

Tinha se perdido nas últimas semanas, mas agora encontrava seu caminho de novo.

Uma parte dela protestou, mas era muito, muito pequena.

Viv destroçava os servos de Varine com a espada roubada de sua própria mestra.

~

Não encontrou Iridia, mas cruzou Luca, o anão. Viv se erguia sobre os restos de um morto-vivo vencido, coberta de pó de ossos, o peito subindo e descendo com a respiração ofegante.

— Iridia. Cadê? — interpelou Viv, enquanto Luca se encolhia diante de sua sombra ameaçadora, como se ela própria fosse um inumano.

— Eu... não sei — gaguejou ele, apontando com a espada curta para o quartel dos Guardiões dos Portões. Então avistou Alforje, e os olhos se arregalaram. — Atrás de você! — gritou, erguendo a arma.

— Ele está comigo. Procure outra coisa para atacar.

E saíram, deixando o anão boquiaberto em meio a ossos espalhados, armaduras destruídas e pó de ossos.

Finalmente, Viv avistou a tapenti na linha de frente de um grupo de Guardiões dos Portões. O grupo se espalhava em uma formação em semicírculo diante da entrada de seu bastião.

Os inumanos de Varine se aglomeravam ali, e outros saíam dos becos para se juntar à massa, aumentando seu exército sombriamente silencioso. Os únicos grunhidos de esforço e exclamações vinham dos próprios Guardiões, e a voz de Iridia se erguia acima de todos, incitando seus companheiros a lutar. Ela girava a espada grande, rachando ossos, a lâmina soltando nuvens de pó a cada golpe.

Viv se atirou contra a turba com determinação, cravando Sangue-Preto em colunas vertebrais desprotegidas, partindo membros havia muito sem tutano. Durante um mero instante, seu olhar cruzou com o de Iridia, e então ambas retornaram à tarefa violenta.

Traçando arcos amplos contra os servos de Varine, Viv avançou pela massa até destruir o último inimigo que a separava da tapenti.

Iridia estava coberta de pó perolado dos pés à cabeça, as tranças, quase brancas. Ela estreitou os olhos ao avistar Alforje ao lado de Viv.

— Infernos, o que é *isso*? — sibilou.

— Não tenho tempo de explicar. Cadê o livro?

A Guardiã dos Portões pareceu prestes a discutir, mas mudou de ideia.

— É por isso que ela está aqui, não é?

— Precisamos dele para acabar com isso — disse Viv, pois havia muito a dizer e pouco tempo para fazê-lo.

— Você me dá sua palavra de que vai ajudar a vencê-los?

Viv quase riu ao pensar na ironia de que Iridia de repente *queria* que ela usasse sua arma, mas para isso também não havia tempo. Ela apenas assentiu.

— Avancem! — gritou Iridia para os Guardiões ao seu lado, enquanto novos horrores vinham da rua para fortalecer os números dos mortos-vivos. Então, para Viv, ela disse: — Venha comigo.

⁂

Os sons da batalha foram abafados quando Iridia trancou a porta do quartel. O interior parecia sobrenaturalmente quieto em comparação ao caos lá fora.

Depois de um olhar de soslaio para Alforje, que as seguia, a tapenti não perdeu tempo. Passou pelas mesas e entrou numa sala que Viv supôs ser seu escritório, um espaço pequeno e organizado. Mas não havia tempo para observar os detalhes.

Na parede dos fundos tinha uma porta de ferro estreita com uma fechadura imponente. Iridia pegou um molho de chaves, escolheu a certa rapidamente e a girou. Então encostou a mão na superfície, inclinou a cabeça e murmurou algumas palavras ásperas. Glifos ao redor do batente brilharam num clarão intenso antes de sumirem, algum tipo de barreira arcana que Viv não compreendia nem queria compreender.

Quando Iridia usou ambas as mãos para forçar a porta a se abrir para dentro, atrás dela surgiu um cômodo igualmente estreito e sem janelas, com as paredes cheias de prateleiras.

— Espere aqui — disse ela, virando-se para passar pela porta.

Logo depois, retornou com algo embrulhado em lona. Mais uma vez, pousou a palma em cima do embrulho e murmurou palavras ásperas. De novo, a escrita arcana brilhou. Iridia puxou a lona, revelando o livro preto de Varine, com os portais para o subespaço.

Alforje emitiu um som entre um suspiro e uma exclamação de desespero.

Apesar da urgência, Viv não se conteve e perguntou:

— Que diabos era tudo aquilo?

— Precauções — respondeu Iridia. — Inúteis, ao que parece.

— Nem tanto — corrigiu Alforje, enquanto Viv tirava o livro das mãos da tapenti.

De repente, os sons abafados na rua cessaram.

— Ela pode nos ver muito melhor agora — concluiu o homúnculo.

— O que está acontecendo lá fora? — interpelou Iridia.

— Ela consegue ver o que vamos fazer agora? — perguntou Viv, ignorando a pergunta da Guardiã dos Portões.

Alforje deu de ombros.

— Acho que vamos descobrir.

Viv abriu o livro, folheou até o meio e dobrou o canto de uma página.

~

Quando Iridia e Viv voltaram para a rua, foi como se adentrassem um quadro vivo de movimentos congelados.

Os inumanos permaneciam em suas fileiras, de frente para os Guardiões dos Portões, imóveis; espadas, machados e bardiches paralisados em posição rígida de sentido. Os homens e mulheres defendendo a guarnição tinham uma postura mais insegura, as armas erguidas em poses defensivas, aguardando ataques que não vinham.

Então, como se fossem um só ser, as cabeças dos mortos-vivos se voltaram para fixar aqueles olhos frios e azuis em Viv. O símbolo de Varine ardia luminoso em suas testas. Viv estava parada com o livro debaixo do braço e os ossos de Alforje na bolsa, pendurada a tiracolo.

Trocara Sangue-Preto pelo sabre e o tinha a postos, mas os servos de Varine não fizeram menção de atacar. Em vez disso, suas mandíbulas se abriram ao mesmo tempo, e delas saiu uma voz que Viv reconheceu dos sonhos.

— Ah, Viv — disse Varine, em uma voz seca como areia e doce como mel. — Tenho aguardado ansiosamente por este momento. Gostei de conhecer suas amigas. Acho que nós duas deveríamos nos encontrar em algum lugar mais confortável. Só você e eu, em carne e osso.

E com isso todos os inumanos desabaram de uma vez, como marionetes monstruosas cujos fios tinham sido cortados.

O estômago de Viv se revirou ao saber imediatamente onde a necromante estava.

39

Viv parou diante da porta vermelha da Thistleburr, e uma centena de imagens terríveis do que poderia encontrar lá dentro encheram sua mente, ficando mais sombrias a cada momento.

À esquerda de Viv, Iridia tinha os pés plantados na poça de luz de um lampião, com meia dúzia de Guardiões dos Portões às suas costas. Viv conseguira convencê-la a manter a distância, mas não sabia quanto tempo isso duraria.

Olhando para o sabre que empunhava na mão direita, ela respirou fundo e o embainhou deliberadamente.

Nenhum som vinha do interior da livraria. As cortinas estavam fechadas. Os sinos de Murk tinham se silenciado, e apenas o rugido distante do mar acompanhava a martelada do próprio coração nos ouvidos de Viv.

Ela apertou o livro de Varine, segurou a maçaneta e a girou.

Estava destrancada, é claro.

Esperavam por ela.

— Entre, minha cara. E feche a porta.

Viv avançou com cautela, os nervos fervendo com a violência contida, os olhos semicerrados para se ajustarem à luz forte do lampião no interior.

Uma carnificina literária a aguardava. Pilhas de livros caídos, prateleiras derrubadas e despedaçadas, páginas soltas amassadas e rasgadas em caos.

À esquerda, Fern e Gallina estavam suspensas, presas em casulos de ossos, como se algum tipo de aranha esquelética as tivesse capturado. Crânios com olhos de chamas azuis e armaduras em frangalhos pontilhavam as prisões, tecidas a partir dos vários inumanos de Varine.

Rastros de lágrimas marcavam o pelo fino das bochechas de Fern.

— Viv — murmurou ela, sem fazer barulho.

Ao seu lado, Gallina se debatia contra os ossos que a apertavam, o rosto pálido de fúria.

Vivas. As duas.

O gelo no peito de Viv derreteu de imediato, e seu estômago se inundou com a enxurrada decorrente.

Então seu olhar encontrou a outra pessoa ocupante do aposento, sentada placidamente em uma das poltronas. A simples força de sua presença transformava o assento em um trono.

Viv a reconheceu na hora. Afinal, já a vira com clareza em seus sonhos.

Varine era bela, uma elegante escultura de marfim e diversão gélida. Os olhos eram tão pretos quanto Viv se lembrava, o cabelo de um breu ainda mais profundo, caindo pelos ombros em ondas que pareciam absorver a luz. Um manto de pele na cor da neve glacial irradiava um frio palpável. Os lábios azulados e exangues se abriram em um sorriso de dentes perfeitos.

Uma das adagas de Gallina estava cravada até o punho logo acima do seio direito de Varine, em uma ferida sem sangue e desimportante.

— Que prazer enfim conhecê-la. O sonho raramente faz jus à realidade, mas, nossa, você é impressionante. — A sobrancelha estreita se ergueu ao fitar o grimório debaixo do braço de Viv. — E tão maravilhosamente cooperativa.

— Por que demorou tanto? — perguntou Viv, desafiadora, erguendo o livro. — Faz semanas que estou esvaziando isto aqui.

A necromante se levantou, apertando o manto contra o corpo como se estivesse protegendo-se do frio.

— Ah, Viv. Que blefe mais fofo. Nós duas sabemos muito bem que a única coisa minha que você teve coragem de pegar está presa às suas costas. Embora deva admitir que você me atrasou com aquelas proteções. Fiquei surpresa. — Os olhos dela se estreitaram, e ela olhou para a bolsa de Alforje. — Ou talvez não. Meu querido assistente pode ter algumas explicações a dar.

— O que me impede de te atacar agora? — perguntou Viv, embora a adaga insignificante de Gallina já fosse uma resposta bem convincente.

O olhar frio e nada divertido de Varine indicava que a necromante conhecia os pensamentos de Viv tão bem quanto ela mesma. As jaulas de ossos no canto da loja rangeram, e Gallina ofegou, berrando:

— Sua *vaca*!

— Eu agradeceria se segurassem a língua — cortou Varine, e seu rosto passou da beleza à feiura em um instante. — Não é culpa minha que tenham tomado o que *me* pertence, e é somente graças à minha infinita paciência que ainda estão respirando.

A expressão dela voltou a ficar tranquila, e ela se virou para Viv outra vez.

— Você já sabia a resposta antes de me perguntar. Eu já entendo um pouco como você pensa, Viv. E devo dizer que foi divertido vasculhar seus sonhos, tão curiosamente contraditórios.

Viv se sobressaltou ao ouvir isso, e Varine riu, um som surpreendentemente agradável.

— Ah, sim, manter algo meu tão próximo tem seu preço. Pensou que não haveria consequências? Sangue-Preto abriu a porta para mim, e não pude resistir a dar uma espiadinha. Foi até triste, na verdade, ver você toda dividida com sua preocupação em relação às pessoinhas que pretende descartar assim que terminar o que veio fazer aqui.

A mente de Viv estava em turbilhão, imaginando o quanto a necromante teria visto. Só podia rezar aos Oito que não fosse demais.

— Deve ser tão exaustivo, esse seu conflito interno. Vocês têm tão poucos dias em suas curtas vidas. Até mesmo eu sou capaz de sentir essa perda. Isso a surpreende?

— Não tenho a menor ideia de que merda você está falando.

— Não seja obtusa. Não estou aqui por causa de um *livro*, Viv. Não estou aqui por causa *dele*.

Furiosa, ela apontou para a bolsa pendurada no ombro de Viv.

— Então sinto dizer que você está perdendo seu tempo.

Varine riu outra vez, uma risada sincera de deleite.

— Ora, você acabou tropeçando na resposta certa. Estou aqui pelo *meu tempo*. Todos os dias, décadas e *séculos* que investi em tesouros inestimáveis, que você carrega por aí como se fossem *livros* ou *bagagem*.

— Foi você quem deu o nome dele — rosnou Viv.

Os olhos sombrios da necromante arderam com pontinhos azuis, e ela pareceu se expandir, crescendo em estatura e presença.

— Ele é a minha longa existência destilada. O valor que possui é o que *eu depositei nele*. Tudo é *sempre* sobre tempo. É a única coisa que importa, e eu estou faminta por mais. — As palavras de Varine eram tão sinuosas quanto os fios de seu cabelo. — Eu venero os momentos que você desperdiça em inanidades. Foi simplesmente falta de sorte sua ter roubado algo do cadáver de Balthus que pertencia a mim enquanto desperdiçava os seus dias.

— Para alguém que se incomoda com perda de tempo, você passa muito tempo de blá-blá-blá — comentou Viv. — Se soltar minhas amigas, eu entrego suas coisas e nós colocamos um fim nisso.

— Um fim — repetiu Varine, em tom pensativo, curvando o canto da boca naquele sorriso glacial. — Pois é, nunca gostei de fins. Achei que já estivesse óbvio. Suas amigas vão ficar onde estão.

Viv ergueu o livro e o balançou de leve.

— Acho que o único motivo de você não ter tomado isso de mim ainda é porque sabe que posso destruí-lo. Eu acho que isso a preocupa, e acho que você quer este livro mais do que quer minhas amigas.

— E eu acho que você quer que elas continuem vivas mais do que ousa arriscar minha fúria — retrucou Varine, a voz estalando como um lago congelado começando a derreter. A necromante estendeu a mão pálida. — Mas tem razão, é hora de colocar um fim nisso. Devolva o que é meu ou ouse testar meu poder.

— Você vai soltar as duas?

— Não vamos fingir que você confiaria na minha palavra. Qualquer acordo entre nós é uma pantomima. Primeiro, meu servo.

Com todo o cuidado, Viv tirou a bolsa de couro do ombro. Seus dedos apertaram a alça, então ela a estendeu para a necromante, encarando seus olhos frios.

— *Não* — arfou Gallina, mas Viv a ignorou.

Varine pegou a bolsa e abriu a aba, lançando um olhar rápido para o conteúdo.

— Cuido de você depois, pequeno lacaio — disse em uma voz ronronante.

Viv ficou arrepiada ao ouvir a avareza doentia na voz da necromante, que largou a bolsa descuidadamente na poltrona atrás de si e estendeu o braço outra vez.

Devagar, Viv estendeu o livro com ambas as mãos. Um livro contendo mil páginas como espelhos, sem refletir nada além de sua dona.

Naquele momento, Viv quase sentiu pena de Varine.

Quase.

Impaciente, a necromante avançou e o agarrou.

Os dedos de Viv se moveram para o sabre, mas ela conteve o impulso, lançando um olhar preocupado para Fern e Gallina.

— Ah… — murmurou Varine, acariciando a capa com a ponta dos dedos. Os glifos ali gravados brilharam com o toque. — Estava com tanta saudade, meu querido — disse, as palavras carregadas de anseio, como se saudasse um amante havia muito distante.

Ela girou o pulso e com isso uma cascata de ossos escorreu da bainha de seu manto, empilhando-se em um púlpito macabro, sobre o qual ela colocou o grimório.

Varine abriu a capa e franziu a testa de repente, a testa perfeita se enrugando em desagrado.

— O que…?

Ela folheou o livro até uma página no meio. Irritada, encarou a orelha na página, curvada para dentro do vazio escuro da folha em si, e estendeu a mão para desdobrá-la.

Naquele instante, as mãos de Alforje irromperam da escuridão e agarraram primeiro o pulso de Varine, depois o antebraço... e *puxaram*.

A necromante soltou um grito de surpresa ao ter o braço arrastado para dentro das sombras, os olhos negros ardendo com fúria. Ela firmou a outra mão no livro aberto e usou toda a sua força para tentar retirar o braço da página escura como o breu.

Seu olhar se voltou para Viv no instante em que a orc puxava Sangue-Preto, expondo as presas em um rosnado.

— *Você* — rosnou a necromante, se erguendo à força mesmo enquanto as mãos implacáveis de Alforje subiam pelo seu braço.

Ela voltou a mão livre na direção de Viv, os dedos se contorcendo. Linhas azuis espalharam-se por sua palma e envolveram os dedos como uma teia incandescente. Viv enxergou a própria morte se formando naquela luz azul.

A orc atacou com a espada grande, usando todo o peso de seu corpo no golpe e rezando para concluir o arco antes que Varine pudesse lançar sua terrível magia.

Mas então um guincho estridente ecoou, e de repente Paio planou pelo ar, abocanhando o antebraço estendido de Varine e fazendo-a perder o equilíbrio.

Ela gritou, um som terrível e áspero. O bico do grifete afundou ainda mais na carne exangue de seu braço.

Viv interrompeu o ataque quando Alforje aproveitou o momento, e a cabeça e o pescoço de Varine desapareceram página adentro. Seu grito se transformou em um berro abafado que ecoou no vazio absoluto. As mãos esqueletais de Alforje continuavam a puxar sem descanso, e o grifete continuava tenazmente agarrado ao braço que ainda se debatia, mesmo conforme o ombro dela afundava no livro.

Viv ficou boquiaberta quando o corpo de Varine desapareceu dentro do grimório. A imagem não fazia sentido, uma distorção que causava dor nos olhos de Viv, como se a carne da mulher tivesse sido comprimida ao passar pela página.

E o grifete foi junto.

— Paio! — gritou Fern, ao ver o companheiro desaparecer na escuridão, seguido pelos quadris de Varine e a cauda do manto, ainda se agitando com o movimento.

Viv largou a lâmina no chão e avançou em direção ao livro, enfiando o braço lá dentro. Seus dedos tocaram pelagem, mas não de algo vivo — o manto de Varine. Viv se esticou ainda mais, temendo o instante em que a mão da necromante agarraria seu punho feito uma algema fria.

Encontrou mais pelos, agora quente, e então penas macias.

Viv enfiou os dedos na penugem do pescoço de Paio e puxou, arrancando-o de volta para a luz num barulho de sucção, como uma bota saindo de um lamaçal. Então caiu para trás com Paio em cima do peito, destruindo uma poltrona e aterrissando com força em pedaços de madeira e livros espalhados.

Fern emitiu um gemido de puro alívio.

O grifete fugiu em disparada enquanto Viv saltava de pé, alcançando o livro em duas passadas largas. Quando agarrou o tomo, fechou-o com força, pressionando a capa e a contracapa com as mãos.

E foi no segundo exato, pois o grimório *pulsou*, e golpes pesados ribombaram do interior. Viv grunhiu, apertando o livro ainda mais desesperadamente e expondo as presas numa careta. As veias em seus antebraços saltaram com o esforço enquanto as páginas lutavam com uma força que deveria ter sido impossível.

Viv caiu de joelhos e bateu o livro no chão, forçando-o para baixo. As batidas lá dentro continuaram... e então diminuíram... até cessarem por completo.

Os quatro aguardaram em silêncio, sem nem respirar, por segundos que pareceram se arrastar por minutos, até que, de repente, os ossos que prendiam Fern e Gallina se derramaram ruidosamente, levantando uma nuvem de pó. As duas desabaram no chão em meio à poeira cinza e às lascas afiadas. O púlpito de ossos grotesco também desabou num jorro de falanges.

— Malditos infernos! — exclamou Fern, ajoelhando-se no chão.

— Tenho que tirar ele de lá — disse Viv, sem fôlego.

Ou talvez ele tenha se desintegrado que nem o resto, pensou, sentindo o estômago se revirar.

Abriu o livro de novo e, frenética, passou as páginas até encontrar a marcada. Deixou o tomo parado, temendo que a qualquer instante o rosto furioso de Varine fosse emergir da escuridão para arrastar Viv grimório adentro. Superando esse medo, porém, surgiu o pavor nauseante de que, na verdade, nada sairia dali.

Foi então que dedos ósseos agarraram o canto da página, e um crânio de chifres e olhos de chamas azuis surgiu.

— Alforje! — gritou Viv, agarrando-o pelos ombros para puxá-lo para fora.

Só as costelas o acompanharam. Viv pousou o homúnculo no chão com o máximo de rapidez e delicadeza que pôde, então fechou o livro com um baque e se levantou de um pulo.

Pegou Sangue-Preto do chão, avançou até a mesinha lateral e apoiou ali o terrível livro de Varine.

Com as duas mãos no punho da espada, cravou a lâmina no tomo e na madeira abaixo, com um som do couro se rasgando e o estalo alto da madeira sendo partida. Um uivo lancinante emergiu do grimório, e uma rajada de vento gélido escapou por entre as páginas, fazendo as folhas soltas na loja rodopiarem como uma nevasca de letras.

Com dificuldade, Alforje escalou a poltrona, e o restante de seu corpo emergiu da bolsa e encaixou-se no lugar. Uma vez de pé, ele analisou com cautela o livro e a espada atravessada em seu cerne.

Todos ficaram olhando enquanto as páginas caíam no chão como as cinzas de um incêndio florestal.

— Bom — começou Alforje. — Devo confessar, mal consigo acreditar que deu certo.

40

Pegaram cadeiras emprestadas no Poleiro e as organizaram em um círculo que destoava das que pertenciam à Thistleburr. Fern achara que tinham trazido muitas, mas no fim, não foram assentos suficientes.

Viv se encostou no balcão e observou enquanto as pessoas ocupavam as cadeiras uma a uma, lançando olhares para o interior castigado. Fazia três dias desde que Varine atacara a loja e, embora as marcas ainda estivessem evidentes nas prateleiras remendadas, nos rasgos compridos nos tapetes e na mesinha mortalmente ferida, a loja mantinha seu brilho, com a vitalidade estropiada de uma sobrevivente. As lacunas deixadas pelos volumes que a necromante destruíra destacavam-se como os dentes ausentes do sorriso de um pugilista.

Viv não conseguia deixar de se sentir responsável, uma pontada nauseante de culpa. Não era um sentimento lógico, claro. Balthus escondera o livro de Varine ali, não Viv. Alforje praticamente garantira que a necromante teria vindo atrás dele de qualquer maneira.

Ainda assim, Viv ousara investigar as páginas e roubara algo que não lhe pertencia — e *não* devolveu —, e quem poderia dizer como os acontecimentos teriam se desenrolado se ela não tivesse feito nada daquilo?

Ela sentia como se tivesse sujado o piso de sangue, sem nem se dar conta, e coisas terríveis haviam seguido seu rastro.

De algumas maneiras, isso tornava mais fácil ir embora.

De outras, fazia Viv se arrepender de não ter tomado mais cuidado por onde pisava.

Ela afastou esses pensamentos quando Highlark entrou. Ele fez um aceno de cabeça para Viv, com um volume fino em mãos, e se acomodou na cadeira ao lado de Luca, o anão. Havia rostos que ela não reconhecia também, mas quando Pitts chegou discretamente, Viv não conteve um sorriso. O orc tentou se esconder num canto, segurando o livro na frente de si como um escudo totalmente inadequado para o seu tamanho.

— Eu devia ter trazido mais bolinhos — comentou Maylee, empoleirada no banco ao lado de Viv.

A pilha de bolinhos na bandeja diante delas era enorme, porém, e o bule de latão ao lado ainda soltava vapor.

Seus cotovelos se tocavam enquanto as duas observavam o ambiente, e Viv achou que aquele simples contato cálido ia se fixar em sua memória de um jeito único. Teve vontade de erguer o braço e puxar Maylee para mais perto, mas parecia um gesto grandioso demais.

Uma despedida era iminente, e gestos grandiosos pareciam mentiras.

Havia um pesar quase visível por baixo do jeito casual de Maylee e na maneira como não tentava encaixar nada a mais entre suas palavras.

Se Viv pudesse observar a si mesma de fora, imaginava que passaria a mesma impressão.

Ainda assim, era um fingimento honesto.

Ela viu a livraria se encher de conversas, calor e um senso de comunidade. Por outro lado, embora sem dúvida estivesse ali junto com todos os outros, Viv também sentia como se fosse um fantasma observando a cena.

Rackam logo chegaria, se ainda estivesse vivo, e não havia motivo para achar que não estivesse.

Qualquer rastro que os Corvos seguissem os levaria até Viv.

E, então, ela partiria.

Fern veio do corredor dos fundos com uma pilha de livros nos braços, uma bolsa a tiracolo e Paio trotando logo atrás feito um galo orgulhoso.

A ratoide arregalou os olhos, surpresa, ao ver a quantidade de pessoas presentes e, em seguida, encarou Viv e Maylee.

Viv retribuiu o olhar com um sorriso e deu de ombros.

— O livro é bom.

— Hum, todo mundo chegou? — perguntou Fern, levantando a voz. — Ora, infernos, mas que pergunta — murmurou.

— Quem iria responder que não?

Então a porta vermelha se abriu mais uma vez e três participantes inesperados entraram em fila. As sobrancelhas de Viv foram se erguendo mais alto ao ver cada um dos rostos. Gallina, meio sem graça, seguida por Berk e então Zelia Peregrina, de alguma maneira esplêndida em seu traje prático de montaria.

— Não acredito — disse Viv.

— Ah! — exclamou Fern, enquanto um burburinho percorria o grupo. — Srta. Peregrina, que surpresa!

— Zelia — insistiu a elfa, com um sorriso benevolente. — Bem, vocês todos vieram discutir meu livro, então imaginei que seria bom estar por perto para beber o veneno junto com o açúcar, não é mesmo?

Luca ficou de queixo caído, e Viv achou que talvez ele tivesse parado de respirar.

— *C-claro*! Estou tão... Bem, estou surpresa. Mas é uma surpresa boa! — gaguejou Fern. — Acho que falo por todos quando digo que estamos muito felizes por tê-la aqui.

Luca se levantou às pressas para ceder seu lugar, e Peregrina aceitou com um aceno régio de cabeça.

Berk tirou a espada da cintura e contornou o círculo, parando atrás de Viv e Maylee.

— Parece que perdi toda a comoção de alguns dias atrás.

— Não sei, não — respondeu Viv baixinho. — Espere mais um pouco.

Ele lhe lançou um olhar curioso, mas ela apenas sorriu e voltou a olhar para o centro da sala.

— Então, não sou muito boa de discursos — começou Fern. — Vocês vão ter que me desculpar. Eu vendo palavras, não *falo*. — As risadinhas amigáveis da plateia deram coragem à ratoide. — Enfim, espero que este se torne um evento regular. Vocês todos leram *Sede de vingança*, e espero que tenham gostado tanto quanto eu. A ideia é trocar ideias sobre o livro, e eu, há...

Ela olhou para a pilha de livros em seus braços como se não soubesse bem como tinham ido parar ali.

Highlark se levantou e os pegou com delicadeza, e Fern tateou os bolsos do manto, olhando agradecida para o cirurgião. Ela encontrou um papel dobrado em um deles, que abriu e segurou nas patas trêmulas.

— Preparei uma lista de tópicos para discutirmos, se quisermos, embora a ideia seja vocês falarem sobre o que acharem melhor. Mas, antes disso, tem uma coisa que quero dizer. Uma pessoa que gostaria de *apresentar*.

— Lá vamos nós — sussurrou Viv, encontrando o olhar de Berk. — Deixe a espada onde está, certo?

Fern colocou a bolsa no chão com todo o cuidado, então abriu a aba e se afastou um passo.

Vários arquejos de surpresa soaram ao mesmo tempo quando o homúnculo surgiu de dentro da bolsa, os ossos se reencaixando com um tilintar rítmico, até que as órbitas se iluminaram em espirais de chamas azuis.

Com a partida de Varine, ele não precisava mais de pó de ossos para despertar, como se a presença da necromante fosse a doença que a substância afastava.

Viv sentiu Berk ficar tenso ao seu lado e então relaxar ao perceber sua falta de reação.

— Este — disse Fern — é Alforje. E ele vai passar um tempo aqui comigo.

Houve um silêncio absoluto enquanto o homúnculo torcia as falanges diante de si, nervoso.

Seu olhar pousou em Zelia, e ele fez uma reverência hesitante.

— Lady Peregrina. Que grande honra conhecê-la. Devo dizer: aprecio muito suas obras. Meus dias estarão livres por um tempo, e mal posso esperar para dedicar parte deles a seus futuros livros.

Viv não sabia que a elfa podia parecer tão chocada. Era impressionante.

Seguiu-se um longo instante de silêncio durante o qual ninguém parecia saber como reagir.

Então...

— Oi, Alforje. Então, Fern, quando é que a gente vai começar a comer? — perguntou Gallina.

Depois disso, tudo ficou bem.

Embora, para Viv, fosse como o fim de uma história.

Só que era a história de outra pessoa.

41

Pembroke chutou terra por cima das cinzas da fogueira e observou a última espiral de fumaça que se erguia acima da névoa do amanhecer. Seus anos pesavam dos ombros aos calcanhares, os ossos rangendo como a corda ressequida de um arco.

Marret estava ocupada com os cavalos. Ao vê-la de perfil, ele sorriu diante do rubor saudável em suas bochechas. Como gostaria de ser mais jovem.

Seus joelhos estalaram feito galhos secos quando se agachou para recolher o cobertor de dormir. Em questão de minutos, já tinham desmontado o acampamento.

Tinham escolhido uma bela colina, quase totalmente cercada por bétulas, que dava vista para um riacho prateado cujo nome nenhum dos dois sabia.

— Acho que é nosso último amanhecer antes de voltarmos — comentou Marret.

— Chega de sangue e de lama — concordou Pembroke.

— Mas, pra mim, é ainda mais definitivo. Estou seguin-

do rumo aos pastos tranquilos da aposentadoria. Você, não. Mal saltou a cerca, ainda tem um mundo inteiro pra agarrar pelo pescoço.

Ela tentou fingir surpresa ao encará-lo, mas Pembroke sabia que Marret entendia bem que aquela era sua última aventura. Ela deixou o fingimento de lado e franziu a testa, quase com amargura.

— Infernos, parece tão errado. Nós... nós éramos tão bons juntos, não?

Pembroke riu.

— Nunca me senti tão seguro com outra espada às minhas costas, com outro par de olhos vigiando meu sono. A gente remenda os buracos das calças um do outro, como meu velho pai costumava dizer.

— Então por que precisa acabar?

A súplica na voz dela quase o fez reconsiderar. Quase. Demorou para que ele respondesse, reparando as últimas rachaduras em sua determinação.

— Porque eu estou descendo a ladeira, e você está subindo. Só fico feliz por termos nos encontrado no meio do caminho.

Viv fechou o livro e esfregou o rosto com os dedos.

Um grão de areia devia ter entrado em seu olho. O vento estava forte o suficiente para isso, sem dúvida.

Sentada no topo de uma duna de frente para o mar, Viv observava as ondas revoltas, cada crista ganhando um tom avermelhado antes de se misturar às companheiras. Gaivotas guinchavam sobre o mar, censurando sua intrusão.

Passou o dedo pelo título gravado em relevo na capa. *Caminhos cruzados*, de Kest Brindleby. A última sugestão de Fern. Mais do que qualquer outro, Viv identificou-se com aquele livro de um jeito que não tinha previsto.

Imaginava que era aquilo que Fern quisera dizer lá em cima do penhasco. Sobre livros e espelhos, e aquele instante perfeito em que a pessoa se sentia vista por outra.

E era bom. Maravilhoso até, Viv podia admitir. Mas também terrível, pois não tornava as coisas mais difíceis do que deveriam ser?

Não teria sido muito mais confortável escapulir pela porta sem que ninguém comentasse sua partida? Ela não conseguia deixar de pensar no rosto de Maylee, de sentir a trança grossa entre seus dedos.

Queria que Rackam chegasse logo e, assim, tudo acabasse de uma vez.

Então, de algum lugar atrás dela, veio o tilintar de arreios, o barulho de rodas, o pisar de botas e o ranger de armaduras daqueles que trabalhavam com sangue.

Viv se virou e avistou os Corvos de Rackam avançando pela estrada que levava a Murk, e até aquele momento ela não sabia que era possível sentir angústia e alívio ao mesmo tempo.

⚜

— Aqui está ela — disse Viv, empurrando o livro de Varine pela mesa.

O rasgo na capa era de uma precisão cirúrgica, prova do fio quase sobrenatural de Sangue-Preto. Era estranho, mas, para Viv, o livro *parecia* morto. A vitalidade inquietante que possuíra antes se fora. Restava apenas couro, papel e um leve odor de sangue em um lago congelado.

Rackam estava sentado diante dela no Poleiro, e uma dezena dos companheiros Corvos se amontoava ao redor da mesa. Ele puxou o livro para si, franzindo a testa ao ver os símbolos na capa. Então o abriu.

As páginas ainda eram pretas, mas não eram mais de uma profundeza sem fim. Cada uma delas fora cortada transversalmente.

— Não é um grande troféu, né? — disse Rackam, suspirando. — Semanas de rastros falsos, andando em círculos, atravessando neve e lama, lutando com cadáveres de olhos azuis... e é assim que a gente a encontra.

Sinna jogou o cabelo ruivo para trás e examinou o livro com ceticismo.

— Ninguém vai pagar a gente por isso. Como sabemos se ela morreu mesmo?

— Ah, ela morreu, sim — retrucou o velho anão. — Ou qualquer que seja o equivalente à morte pra gente do tipinho dela. Maléfico viu os lacaios dela desabarem como sacos de farinha de uma só vez, e não encontramos mais nenhum desde então.

Maléfico assentiu sem dizer nada.

— Ainda não entendi como você enfiou a maldita num livro — rosnou Rackam.

Viv havia cogitado contar sobre Alforje, mas apresentar um esqueleto animado a um grupo que passara meses destruindo criaturas semelhantes parecia uma ideia espetacularmente ruim.

— Foi complicado. E tive sorte.

Ele sustentou seu olhar com aqueles olhos azuis implacáveis, mas por fim deu um tapa na capa do livro e o entregou a Sinna para que ela guardasse.

— Bom. Não há nada que eu possa fazer agora. Eles vão nos pagar ou não.

Mas, conhecendo Rackam, Viv achava que pagariam. Ele era um homem persuasivo.

A conversa então mudou para um assunto muito diferente.

— E então, quem é essa? — perguntou ele, apontando para a gnoma sentada ao lado de Viv.

Viv esperou Gallina se apresentar, mas a gnoma só ficou parada, as facas cruzadas sobre o peito, a boca entreaberta e os olhos arregalados. Viv teve pena e interveio. Com um sorriso, deu um tapa nas costas de Gallina e falou:

— Essa aqui é a garota que me salvou numa briga de rua.

―――

Viv não tinha muita bagagem para arrumar, mas imaginou que Brand ficaria feliz se ela colocasse o colchão de volta no estrado. No instante em que o deixou cair na cama com um baque e um rangido de protesto, uma batida soou à porta.

Era Maylee.

Sem perguntar primeiro, ela entrou, fechou a porta e ficou parada com as mãos ao lado do corpo.

As paredes do quarto pareceram flutuar para longe no silêncio, e Viv não aguentaria prolongá-lo. Abriu a boca para falar.

— Shhh — impediu a anã. — Eu sei que você não iria embora sem dizer nada.

Viv queria acreditar que isso era verdade.

— Só não conseguiria fazer isso lá fora, no mundo. — Maylee fez um gesto indicando algum ponto vago atrás de si e, pela primeira vez desde que entrara, encontrou o olhar de Viv. Seus olhos estavam marejados. Ela fungou e passou o braço pelo nariz com força. — Você é alta demais, infernos — reclamou com a voz embargada.

Viv se ajoelhou para que ficassem quase da mesma altura.

— Assim é melhor — sussurrou Maylee, pondo a mão no rosto de Viv. Dava para sentir seu cheiro de fermento, açúcar e pele morna. — Eu me lembro do que falei no início. Sobre conhecer você por um tempo. E eu até acreditei. Ainda acredito, acho. Mas agora chegou a hora de pagar por isso. Talvez você também pague, mas não vou perguntar o quanto lhe custa. Não sei se quero saber.

O nó na garganta de Viv ocupava todo o espaço e não deixava as palavras saírem. Então, imitou o gesto de Maylee e pousou a mão enorme na bochecha da anã.

— Provavelmente nunca mais vou te ver — continuou Maylee, e uma lágrima transbordou, marcando a leve camada de farinha em sua pele. Ela se encostou na mão de Viv e acrescentou, quase com raiva: — Mas não me arrependo.

Então se aproximou e seus lábios quentes tocaram os de Viv, cheios de calor e saudade. Depressa demais.

Depois Maylee se afastou e saiu do quarto, fechando a porta em silêncio.

Viv não conseguiu dizer uma palavra, mas o tempo das duas acabara.

Uma tinha subido, a outra descido, e não iriam se cruzar mais.

༄

Quando Viv entrou na Thistleburr pela última vez, Alforje estava guardando alguns volumes restaurados enquanto Fern folheava um catálogo em uma das poltronas sobreviventes. Paio ergueu os olhos de onde tentava bicar o tornozelo de Alforje e piou para ela.

Fern deixou o catálogo de lado e fez menção de se levantar, mas então viu a bolsa de viagem nas costas de Viv. Sua expressão fez alguns desvios antes de chegar a um sorriso.

— Então você está indo embora, é?

— Daqui a pouco — respondeu Viv. Depois de Maylee, achou que esta despedida seria mais fácil, e até foi, mas não tanto quanto gostaria. — Queria te devolver isso antes.

Ela estendeu para Fern seu exemplar de *Caminhos cruzados*. Fern bufou.

— Eu sabia que tinha emprestado esse por um bom motivo. Assim você não saiu de fininho.

— Eu não faria isso — protestou Viv.

— Sei. Conheço bem vocês, guerreiros — replicou a ratoide com um sorriso triste. — Destroem tudo e depois vão embora. Olha só essa bagunça! — Ela apontou dramaticamente para a loja, que ainda exibia as marcas da invasão de Varine. — Enfim, o livro é seu. O que achou?

A pergunta foi feita em tom casual, mas Viv não achou que fosse realmente o caso. Observou a capa da obra, compreendendo que uma resposta descuidada poderia destruir algo que era precioso para ela.

— Bom — começou, devagar —, no início, achei que talvez fosse meio óbvio demais. Triste. O Pembroke tem certeza de que acabou pra ele. De que nunca mais vão se ver, e talvez seja só porque os dois são teimosos demais pra ver as coisas de outro jeito. É assim que o autor termina. Mesmo assim, quanto mais eu penso… Deveria ser óbvio, mas as pessoas nos livros várias vezes estão erradas. Infernos, os *autores* também estão errados, às vezes. Então talvez seja isso o que a história diz nas palavras que foram colocadas no papel, mas se a gente pudesse ler depois do fim? As palavras que não foram escritas? Talvez terminasse de outro jeito.

— A história depois da história — murmurou Fern.

Viv a encarou, surpresa.

— É.

Fern assentiu.

— Você foi uma boa amiga pra mim, Viv. E vou sentir saudade. — Ela estendeu a pata e Viv a apertou. — Mesmo considerando os prejuízos materiais.

Viv riu e fungou.

— Você também. Falando sério, eu é que saí no lucro.

Alforje se aproximou e fez uma reverência.

— Devo-lhe minha gratidão eterna, senhora — disse, e algo em seu tom impediu Viv de corrigi-lo. — Jamais tinha ousado sonhar com a liberdade.

— Você pretende ficar por aqui, então? — perguntou Viv.

O homúnculo inclinou a cabeça.

— Fern concordou em me hospedar por um tempo, e acho que vou gostar do sossego. Quanto aos dias por vir? Não sei. São muitos para contar.

Um pio aos pés de Viv a fez olhar para baixo. Paio esfregava a cabeça na bota dela, as penas macias se afastando contra o couro.

— Agora você resolve ficar carinhoso, é? Vou sentir saudades até de você, seu monstrinho.

Ela tirou um último pedaço de bacon do bolso e mostrou a ele.

O grifete ergueu os olhos dourados enormes para ela e, com toda a delicadeza, pegou o petisco de sua mão. Ficou segurando o bacon com o bico por um instante, depois o colocou no chão com cuidado, como se dissesse: "Vou guardar para depois." Então lambeu deliberadamente um dos dedos estendidos de Viv.

— Hum — soltou ela.

A voz estava embargada demais para dizer mais. Por algum motivo, aquilo, somado a todo o resto, foi demais para suportar.

Ela se pôs de pé e tentou dizer mais algumas palavras, cada vez mais insuficientes, até que nada lhe restou a fazer além de partir.

Quando abriu a porta, olhou para os três uma última vez.

— A gente se vê na história depois da história — disse Fern.

E então a porta vermelha se fechou.

EPÍLOGO

Muitas histórias depois

Tandri abriu a porta da Cafés & Lendas, e a brisa de primavera ainda levemente invernal a seguiu. Ela desenrolou o cachecol do pescoço e tirou a bolsa de lona do ombro, pousando-a no balcão.

Viv ergueu o olhar de onde estava limpando a cafeteira gnômica.

— Tico já foi embora? — perguntou a súcubo.

— Acabou de sair — respondeu Viv. O ratoide padeiro tinha ido para casa poucos minutos antes. — Sobraram alguns, se quiser.

Com as costas da mão, empurrou um prato de tiquinhos.

— Acabei de voltar do correio, despachei as encomendas, mas isso aqui estava lá esperando por você. Achei mais prático trazer logo — comentou Tandri, revirando a bolsa até encontrar um envelope pardo lacrado com cera vermelha. — Não me lembro de termos negócios em Murk…?

Viv largou o pano, sentindo um arrepio de surpresa.

Pegando o envelope, ela notou os carimbos do Território marcando todo o percurso até Thune. A cera no verso tinha a marca de uma pena e uma folha de papel.

Ela rompeu o selo e puxou a carta dobrada.

Viv,

Faz muitos anos, e não sei como resumir tudo, então nem vou tentar. Pensei em você com frequência, torcendo para que estivesse viva por aí. Confesso que duvidei muitas vezes, pois é uma vida dura a que você escolheu seguir. Imagine meu puro deleite ao descobrir que você passa bem, e mais: que sua vida tomou rumos que eu jamais teria previsto. Recebi notícias da sua loja e do seu sucesso justamente por Zelia Peregrina, imagine só. Café? Ainda não chegou a este cantinho pacato do Território, infelizmente, mas fiquei curiosa.

Eu adoraria poder dizer que minha vida foi perfeita, que aproveitei cada oportunidade, que depois da sua partida não tive mais problemas nem incertezas, mas isso não seria verdade. Ainda assim, tem sido agradável. Tive muitos dias bons.

Mas ficar sabendo de suas ambições me fez pensar no livro que lhe dei, Caminhos cruzados. Pensei na história depois da história. Acho que você encontrou a sua. Saber disso me faz imaginar que posso encontrar a minha também, e decidi que preciso ir atrás dela.

Eu amo o que faço. Sei disso. Você me mostrou o quanto. Mas quero sentir outros ares, ver rostos diferentes, estabelecer novas relações. Não posso nem dizer o quanto você me inspirou.

Alforje partiu. Fico aliviada por ele ter escolhido fazer mais do que apenas ficar aqui comigo, mas estaria mentindo se dissesse que não me senti sozinha desde que ele foi embora.

Viajarei para Thune em maias. Uma espécie de sabático, por assim dizer. Espero muito poder vê-la quando chegar. Consigo imaginá-la, com sua espada e sua impaciência, e mal posso esperar para ter uma nova imagem sua para completar essa.

Você tem lido desde que saiu de Murk? Espero que sim. Eu me pego imaginando se uma semente foi plantada em você naquele período em que ficou presa aqui, que talvez tenha demorado a florescer. Se ajudei a regá-la, isso me faria muito feliz.

Com carinho,
Fern

P.S.: Maylee está bem. Acho que você a ajudou a entender o que precisava encontrar, e por fim ela encontrou. Achei que você gostaria de saber.

— Fern — murmurou Viv.

— Deve ter sido uma carta e tanto — comentou Tandri com um sorriso curioso. — Sua expressão mudou muito, várias vezes.

Viv baixou a carta no balcão e olhou em volta para a Cafés & Lendas, para a loja e o lar que construíra. Visualizou a Thistleburr, a porta vermelha, o lampião e o aconchego dos livros ao redor. Olhou de relance para a pilha de livretos e romances debaixo do balcão.

— Nunca te contei sobre Murk, não é? — começou Viv.

— Não, nunca — respondeu Tandri, se aproximando pelo outro lado do balcão e apertando seu ombro. — Mas, pela sua cara, deve ser uma boa história.

— Acho que vamos precisar de algo para beber. Não é uma história curta.

Ela já conseguia imaginar a expressão divertida de Tandri quando contasse sobre o romance atrapalhado com Maylee naquele verão.

— Pode começar, vou preparar um café para a gente.

— É... — Viv não concluiu o pensamento enquanto uma série de engrenagens girava em sua mente. Algo que enfim fez sentido depois de vinte anos. — Ei, aquele lugar aqui do lado ainda está à venda, não está?

— A loja do Jeremiah? Acho que sim. Por quê?

Viv fez alguns cálculos de cabeça, pensando nas economias acumuladas ao longo dos últimos anos e em antigas relações e pequenas janelas de oportunidade.

— Só estava pensando. Uma velha amiga está vindo para a cidade. Pode ser que ela resolva ficar e, se for o caso... — Ela lançou um olhar para Tandri. — O que acha de quem sabe... abrir uma livraria aqui do lado? Será que Cal aceitaria fazer outra reforma?

— Uma livraria? — Tandri a encarou, surpresa. — Isso tem a ver com a carta?

Viv pensou nas palavras que Berk lhe dissera tantos anos antes. *Às vezes, ainda não somos a pessoa certa.*

Mas agora, talvez, ela fosse.

— É, uma livraria. — Viv olhou para Tandri e, sem pensar, enfiou uma mecha de cabelo atrás da orelha da esposa. — Sabe, foram livros que me trouxeram até você.

— Hum. Não foi o café?

— Muito antes disso.

— Acho que devo ser grata, então.

Viv pensou por um instante.

— Na verdade, acho que foi ter sido esfaqueada na perna.

E, enquanto Tandri ria, aguardando a história completa, Viv se sentiu grata por todos os momentos errados que levaram ao certo.

AGRADECIMENTOS

Bem, nada disso aconteceu como eu esperava.

Estou escrevendo estes agradecimentos menos de um ano depois do lançamento de *Cafés & Lendas*. Ainda estou tentando assimilar tudo isso.

Quando a Tor UK adquiriu os direitos de *Cafés & Lendas* para republicá-lo, parte do acordo era que eu escreveria um segundo livro. Felizmente, eu sabia direitinho qual livro seria. Já o tinha todo na cabeça, muito bem delineado, e *sem dúvida* conseguiria escrevê-lo em seis meses. Afinal, tinha levado apenas um mês para escrever o primeiro. Fácil, não é?

Rá.

Amigos, esse não é o livro que vocês têm em mãos.

Era para meu segundo livro ser um mistério *cozy fantasy* passado na cidade de Thune — algo como *Assassinato por escrito* misturado com fantasia. O foco seria a escola de magia de Ackers, envolvendo uma elfa de quinhentos anos, professora de Taumaturgia Forense. Depois de ser preterida para uma promoção ao cargo de reitora de Ackers em prol de uma pessoa muito menos qualificada, ela se aposentaria com raiva e se tornaria uma escritora de romances — não muito bem-sucedida. Assim, anos depois, ao ser chamada para investigar a morte da reitora que roubou seu cargo, ela retornaria a Thune e a Ackers — acompanhada de seu afável ajudante bonitão e bobão — para investigar o misterioso assassinato. Se não para solucioná-lo, ao menos para parabenizar o culpado. Ao longo da trama, descobriríamos mais sobre o funcionamento da magia no Território, sobre Madrigal e Lack, sobre o submundo de Thune e sobre o início de sua agência de detetives no andar de cima de uma livraria universitária.

Eu sabia direitinho como a história iria se desenrolar. Um esboço de dez mil palavras. Eu era invencível.

Escrevi vinte mil palavras... e detestei. Tudo parecia tão mecânico. Personagem A precisa ir para o local B, descobrir a informação C. Parecia uma lista de tarefas. Havia algumas centelhas das quais eu gostava bastante, mas, no fundo, o livro não tinha coração.

Confessei isso às minhas editoras, Georgia e Lindsey, completamente apavorado. Mas elas foram gentis e me apoiaram enquanto eu tentava engatar outro livro.

E depois outro.

E depois outro.

E é este, enfim, o que você está segurando.

Nem tudo foi em vão. Vai soar meio nojento, mas reaproveitei muitas partes dos cadáveres daqueles três livros fracassados. E aqui estão eles, bombeando sangue em *Livros & Ossos*. Vários personagens saíram daqueles destroços e vieram povoar Murk.

Dizem que o segundo livro é o mais difícil, e é verdade. O maior desafio foi entender meus sentimentos enquanto escrevia. O enjoo que sentia era porque a história estava ruim ou porque agora eu estava escrevendo para um público que criara expectativas e não queria decepcionar ninguém? Eu não sabia identificar. Levei três tentativas para aprender.

Então, aqui estamos nós, com uma *prequel* que eu não pretendia escrever. E estou feliz com ela. Diz o que quero dizer e, se eu tiver sorte, dialoga com *Cafés & Lendas* de uma maneira que torna as duas histórias melhores, mas permitindo que continuem independentes.

Espero que este livro tenha lhe proporcionado uma boa tarde, talvez duas ou três, e que tenha aquecido seu coração.

Agradeço à minha família — minha esposa, Katie, e meus filhos, Gavin & Emma. Amo vocês.

Aven Shore-Kind garantiu que este livro fosse escrito, com seus incansáveis apoio, entusiasmo e ideias. Sou eternamente grato.

Forthright mais uma vez editou o material antes mesmo de ser enviado à Tor, para que eu permanecesse fiel aos personagens e à essência do primeiro livro, pois ela se importa com cada palavra.

À minha agente, Stevie Finegan — sou imensamente grato a você. Você é a melhor.

Seanan McGuire — você me deu um empurrão gigantesco, e nunca me esquecerei disso.

Carson Lowmiller mais uma vez arrasou com a belíssima arte da capa norte-americana, que definiu esta série perfeitamente. Agradeço todos os dias pelo seu talento.

A todas as pessoas que criaram ou me enviaram *fanarts* — eu guardo cada uma delas com todo o carinho.

Aos muitos influenciadores no TikTok, Bookstagram, Booktube e todas as outras comunidades literárias que divulgaram *Cafés & Lendas*, obrigado por tudo o que fazem.

Na Tor UK, meus enormes agradecimentos a Georgia Summers, Bella Pagan, Holly Domney, Grace Barber, Rebecca Needes, Kieryn Tyler, Lloyd Jones, Becky Lushey, Jamie Forrest, Ellie Bailey, Emma Oulton, Carol-Anne Royer, Elle Jones, Ellen

Morgan, Alexandra Hamlet, Andy Joannou, Will Upcott, Holly Sheldrake, Sian Chilvers, Jamie-Lee Nardone, Nick Griffiths, Stuart Dwyer, Kadie McGinley, Richard Green, Rory O'Brien, Becca Tye, Leanne Williams, Joanna Dawkins, Lucy Grainger, Jon Mitchell, Anna Shora, Mairead Loftus, Elena Battista, Toby Selwyn e Hannah Geranio. Muito obrigado.

Na Tor US, minha infinita gratidão a Lindsey Hall, Aislyn Fredsall, Rachel Taylor, Andrew King, Eileen Lawrence, Sarah Reidy, Khadija Lokhandwala, Angie Rao, Peter Lutjen, Bernard Scott, Lauren Hougen, Sam Dauer, Jacqueline Huber-Rodriguez, Michelle Foytek, Rebecca Naimon, Erin Robinson, Alex Cameron, Lizzy Hosty, Will Hinton, Claire Eddy, Lucille Rettino e Devi Pillai. Vocês são todos espetaculares.

Um agradecimento especial à minha leitora sensível, Sophia Babai.

Por último, mas não menos importante, quero agradecer a Kel, Mireille Tessier, Jory Phillips, Kalyani Poluri, Sam Baskin, Linnea Lindstrom, Mark Lindberg e Bao Pham por toda a ajuda e cuidado.

30 de setembro de 2022
Spokane, WA

🌐 intrinseca.com.br

✖ @intrinseca

f editoraintrinseca

📷 @intrinseca

♪ @editoraintrinseca

▶ intrinsecaeditora

1ª edição	JULHO DE 2025
impressão	BARTIRA
papel de miolo	LUX CREAM 60 G/M²
papel de capa	CARTÃO SUPREMO ALTA ALVURA 250 G/M²
tipografia	ADOBE GARAMOND PRO